LES WHISKEY :

LES DARK KNIGHTS DE PEACEFUL HARBOR

Sous l'armure de ton cœur (tome 1)

MELISSA FOSTER

ISBN-10 : 194886875X
ISBN-13 : 9781948868754

Couverture : Elizabeth Mackey Designs
Traduit de l'anglais par Emily B. et Valentin Translation

WORLD LITERARY PRESS
IMPRIMÉ AUX ÉTATS-UNIS D'AMÉRIQUE

Note aux lecteurs

Condamné pour un crime qu'il n'avait pas commis, Truman avait la peau d'un tueur et le cœur d'un amoureux. Vous n'imaginez même pas à quel point je suis ravie de vous raconter l'histoire d'amour de Truman et Gemma. Lorsque j'ai rencontré Truman, j'ai su qu'il avait besoin d'une héroïne forte et aimante, mais je n'avais jamais imaginé à quel point Gemma aurait besoin de lui. Leur histoire est celle de l'amour, de l'espoir, du chagrin et de la rédemption. J'espère que vous les aimerez, eux et les Whiskey de Peaceful Harbor, autant que moi.

Inscrivez-vous à ma newsletter pour vous tenir informés des nouvelles parutions et des promotions :
www.MelissaFoster.com/French-Romance-Newsletter

CHAPITRE UN

TRUMAN GRITT verrouilla la porte de *Whiskey Automobile* et s'engagea dans la nuit orageuse de septembre. Les trombes d'eau brouillaient sa vision, mouillant instantanément son jean et son tee-shirt. Un sourire lent se dessina sur son visage alors qu'il relevait le menton, se laissant tremper par cette douche chargée de *liberté*. Il contourna le bâtiment sombre et grimpa les escaliers en bois jusqu'à la terrasse devant son appartement. Il aurait pu entrer par la porte intérieure, mais après avoir passé six ans derrière des barreaux, Truman profitait des petits plaisirs de la vie qui lui avaient manqué, comme choisir ses propres horaires, décider quand manger et boire, et rester sous cette putain de pluie s'il en avait envie. Il s'appuya sur la balustrade en bois brut, ignorant les échardes qui piquaient ses avant-bras tatoués et grimaçant à cause de l'humidité ; il scruta les voitures de la casse dont ils se servaient pour les pièces détachées — et aussi pour évacuer ses frustrations. Il posa sa botte en cuir contre la boîte en métal dans laquelle il gardait son matériel de peinture. Truman n'avait pas grand-chose : son pick-up, que son ami Bear Whiskey avait gardé pendant qu'il était en prison, cet appartement et un boulot stable, les deux offerts par la famille Whiskey. La seule famille qu'il lui restait.

Des émotions qu'il ne voulait pas affronter lui brûlèrent

soudain les tripes, lui oppressant la poitrine. Il se retourna pour entrer, espérant échapper à ces pensées concernant sa propre famille de merde qu'il avait essayé – *et avait échoué* – de sauver. La sonnerie de son téléphone retentit, lui annonçant que son frère l'appelait, avec la chanson « *A Beautiful Lie* » de 30 Seconds to Mars.[1]

— Merde, murmura-t-il, envisageant de le laisser tomber sur sa messagerie vocale.

Mais six mois de silence de la part de son frère, c'était long. La pluie frappait son dos alors qu'il pressait sa main contre la porte pour se stabiliser. La sonnerie s'arrêta et il expira, n'ayant pas réalisé qu'il avait jusqu'à présent retenu son souffle. La musique retentit à nouveau et il se figea.

Il venait tout juste de se libérer des méandres de l'enfer dans lesquels il s'était jeté pour *sauver* son frère. Il n'avait pas besoin d'être mêlé à toute cette galère dans laquelle cet imbécile de drogué s'était mis. L'appel fut transféré sur le répondeur et Truman regarda la boîte en métal qui contenait son matériel de peinture. Soufflant comme s'il sortait d'une bagarre, il aurait aimé pouvoir évacuer toute cette frustration à travers le dessin. Quand le téléphone sonna pour la troisième fois en trois minutes, la troisième fois depuis qu'il était sorti de prison six mois plus tôt, il répondit à contrecœur.

— Quincy.

Il détestait la façon dont le prénom de son frère sonnait comme celui d'un ennemi. Quincy n'était encore qu'un gamin quand Truman était allé en prison. Une respiration lourde traversa les ondes. Les poils sur le bras et la nuque de Truman se hérissèrent. Il savait reconnaître la peur quand il l'entendait. Il

---

[1] Groupe de rock américain

pouvait presque la goûter alors qu'il serrait les dents.

— J'ai besoin de toi, implora la voix torturée de son frère.

Besoin de moi ? Truman avait traqué son frère après sa sortie de prison et, quand il l'avait enfin trouvé, Quincy était si défoncé au crack qu'il avait presque été incohérent – mais cela ne l'avait pas empêché de lui dire haut et fort qu'il pouvait *aller se faire foutre*. Ce dont Quincy avait besoin, c'était d'une cure de désintoxication, mais Truman sut au son de sa voix que ce n'était pas l'objet de son appel. Avant même qu'il ne puisse lui répondre, son frère croassa :

— C'est Maman. Elle est vraiment mal en point.

Merde. Il n'avait plus de mère depuis qu'elle lui avait tourné le dos il y a plus de six ans et il ne comptait pas renoncer à cette stabilité qu'il avait enfin trouvée pour la femme qui l'avait envoyé en prison sans jamais regarder en arrière.

Il frotta son visage trempé par la pluie.

— Emmène-la à l'hôpital.

— Pas de flics. Pas d'hôpital. *S'il te plaît*, mec.

Un gémissement aigu retentit à l'autre bout du fil.

— Qu'est-ce que t'as fait ? grogna Truman, sentant le creux dans son estomac s'accentuer alors que les souvenirs d'une autre nuit sombre, il y a plusieurs années, lui revinrent en mémoire.

Il fit les cent pas sur la terrasse alors que le tonnerre grondait au-dessus de sa tête comme un avertissement.

— Où es-tu ?

Quincy lui donna l'adresse d'un quartier miteux à environ trente minutes de Peaceful Harbor, puis la ligne fut coupée.

Truman leva le pouce, survolant l'écran de son portable. Trois petits chiffres – *9–1–1*[2] – pourraient le sortir du pétrin

---

[2] Numéro d'appel d'urgence aux États-Unis

dans lequel Quincy et leur mère s'étaient fourrés. Des images de sa mère en train de cracher des mensonges qui le condamnaient et de Quincy, un garçon effrayé de treize ans, l'air dévasté et enfantin malgré son mètre quatre-vingt, l'assaillirent.

Appuie sur les touches.

Appuie sur ces putains de touches.

Il se souvint des grands yeux bleus de Quincy qui lui criaient des excuses silencieuses alors que la sentence de Truman tombait. C'était ces yeux suppliants qu'il voyait désormais et, tordu ou pas, c'est ce qui le poussa à marcher sous la pluie jusqu'à son pick-up, et à traverser le pont, quittant Peaceful Harbor et son univers sûr et stable.

L'ODEUR NAUSÉABONDE DE l'urine et des déchets humains imprégnait la ruelle sombre – pas seulement des excréments, mais des *déchets* tels que des dealers de drogue, des putes et autres débauchés. La boue et les graffitis striaient le béton fissuré et abîmé. Un peu plus haut, des cris retentissaient. Truman adopta une vision tunnel alors qu'il se déplaçait rapidement entre les grands immeubles sous la pluie battante. Un chien aboya au loin, suivi du glapissement caractéristique d'un animal blessé. Truman roula ses larges épaules vers l'avant, ses poings fermés sur le côté, submergé par les souvenirs, mais ce fut le gémissement incessant et torturé provenant de derrière les murs en béton qui le fit respirer plus fort, prêt à se battre. On aurait dit que quelqu'un – ou quelque chose – souffrait à l'intérieur du bâtiment et, malgré son dégoût pour cette femme qui l'avait mis au monde, il ne lui souhaiterait jamais de souffrir comme cela – comme il ne souhaiterait à personne de subir sa colère si l'on infligeait cela à quelqu'un.

La porte métallique verte lui rappela le bruit des barreaux de la prison, ce qui l'arrêta net. Il prit plusieurs inspirations, expirant rapidement et bruyamment alors que les souvenirs l'assaillaient. Les gémissements s'intensifièrent et il se força à franchir la porte. Les odeurs rances et âcres des ordures et des drogues pénétrèrent la pièce enfumée, faisant concurrence aux cris terrifiés. En l'espace de quelques secondes, le cœur battant, Truman observa ce qui se déroulait sous ses yeux. Il reconnut à peine la femme édentée et très maigre étendue sans vie sur le sol en béton, fixant le plafond, le regard vide. De vilaines traces de piqûres, semblables à des morsures de vipère, recouvraient ses bras fins comme des épingles. Dans l'angle, une petite fille était assise sur un matelas souillé et déchiré. Elle portait des vêtements sales et sanglotait. Ses cheveux noirs étaient tout emmêlés et sa peau était recouverte de sable et de crasse. Ses joues étaient rouge vif et ses yeux gonflés par les pleurs. Derrière elle, un bébé était couché sur le dos, ses bras frêles tendus vers le plafond, tremblant et pleurant si fort qu'il restait silencieux entre chaque gémissement.

Son regard s'arrêta sur Quincy, recroquevillé à côté de la femme sur le sol. Des larmes coulaient sur ses joues creusées et mal rasées. Ces grands yeux bleus dont se souvenait Truman étaient hantés et effrayés, leur couleur autrefois vive semblait désormais éteinte, injectée de sang, brillant de cette lueur propre aux drogues voleuses d'âmes. Ses bras tatoués révélèrent les démons qui s'étaient emparés de lui après que Truman eut été incarcéré pour le crime que son frère avait commis, s'attaquant à la seule personne qu'il avait voulu protéger. Mais il n'avait pu protéger personne une fois derrière les barreaux.

— Elle est…

La voix de Quincy était presque inaudible.

— Morte, s'étouffa-t-il ensuite.

Le cœur de Truman martelait ses côtes. Il repensa à cette autre nuit orageuse, quand il était entré chez sa mère et avait trouvé son frère, un couteau ensanglanté dans les mains – et un homme mort, étendu sur le corps à moitié nu de leur mère. Il ravala la bile qui remontait dans sa gorge, la douleur et la colère cherchant toutes les deux à prendre le dessus. Il s'accroupit et prit son pouls, d'abord sur son poignet, puis sur son cou. Il eut un haut-le-cœur. Il se sentit étourdi et confus alors qu'il regardait son frère, puis les enfants sur le matelas.

— Ce sont tes gamins ? lâcha-t-il.

Quincy secoua la tête.

— Ceux de Maman.

Truman trébucha en reculant, se sentant écorché vif, comme si on l'avait ouvert et laissé saigner. Ses frères et sœurs ? Qui vivaient comme ça ? !

— C'est quoi ce bordel, Quincy ?

Il arpenta la pièce et prit le bébé, tenant dans ses bras son corps tremblant, alors qu'il criait. La gorge serrée, il s'agenouilla près de la fillette et l'attrapa aussi. Elle enroula ses bras tremblants autour de son cou et s'accrocha de toutes ses petites forces. Ils étaient tous les deux légers comme des plumes. Il n'avait pas tenu de bébé dans ses bras depuis que Quincy était né, quand Truman avait neuf ans.

— Ça fait six mois que je suis dehors ! s'emporta-t-il. Tu n'as pas pensé à me dire que Maman avait eu d'autres enfants ? Et qu'elle foutait leur vie en l'air à eux aussi ? J'aurais pu aider.

Quincy ricana.

— Tu m'as dit…, il toussa, sifflant comme s'il ne lui restait plus qu'un seul poumon…d'aller me faire foutre.

Truman lui jeta un regard noir, il était furieux.

— Je t'ai sorti d'un putain de squat avec du crack la semaine où j'ai quitté la prison et j'ai essayé de t'aider. J'ai *détruit* ma vie pour te protéger, imbécile. C'est *toi* qui *m'as* dit d'aller me faire foutre pour ensuite disparaître. Tu n'as jamais mentionné que j'avais une petite sœur et…

Il regarda le bébé, sans savoir si c'était une fille ou un garçon. De fins cheveux roux recouvraient son petit crâne.

— Un frère. Kennedy et Lincoln. Kennedy doit avoir, je ne sais pas, deux ou trois ans peut-être ? Et Lincoln… Lincoln, c'est le garçon.

Ah, leur mère et ses putains de prénoms présidentiels. Un jour, elle lui avait dit que c'était important d'avoir un prénom inoubliable étant donné que leurs vies ne l'étaient pas. Voilà que la prophétie se réalisait d'elle-même.

Se relevant, les dents serrées, ses habits trempés par la pluie et désormais couverts d'urine à cause de leurs couches pleines, Truman n'essaya même pas de cacher son dégoût.

— Ce sont des *bébés*, connard. Tu ne pouvais pas te reprendre en main pour t'occuper d'eux ?

Quincy se retourna d'un air boudeur vers leur mère, accentuant ce mépris qu'éprouvait Truman pour cette vie pathétique que menait son frère.

Les cris du bébé se calmèrent quand la petite fille le réconforta. Kennedy cligna ses grands yeux bruns et humides en direction de Truman et c'est à ce moment précis qu'il sut ce qu'il devait faire.

— Où sont leurs affaires ? demanda Truman en observant la pièce sale.

Il repéra quelques couches qui dépassaient de sous une couverture miteuse et les saisit.

— Ils sont nés dans la rue. Ils n'ont même pas de certificats de naissance.

— Tu te fous de ma gueule ?

Comment ont-ils fait pour survivre, putain ? Truman attrapa la couverture en lambeaux qui puait la mort et l'enroula autour des enfants, se dirigeant vers la porte.

Quincy déploya son corps mince et se releva, regardant son frère du haut de son mètre quatre-vingt-dix, les yeux dans les yeux.

— Tu ne peux pas me laisser ici seul avec *elle*.

— Tu as fait ton choix il y a bien longtemps, petit frère, dit Truman d'un air fataliste. Je t'ai supplié d'arrêter la drogue.

Truman tourna la tête vers la femme étendue sur le sol, incapable de la considérer comme sa mère.

— Elle a foutu ma vie en l'air et elle a clairement fait de même avec la tienne, mais il est hors de question que je la laisse foutre en l'air *la leur*. Le cauchemar s'arrête ici.

Il tira la couverture sur la tête des enfants pour les protéger de la pluie et ouvrit la porte. L'air froid et humide s'engouffra, fouettant ses bras.

— Qu'est-ce que je suis censé faire ? l'implora Quincy.

Truman jeta un dernier coup d'œil à la pièce alors que la colère et la culpabilité le consumaient. Au fond, il avait toujours su qu'il en arriverait là, mais il avait espéré se tromper.

— Ta mère est étendue, morte sur le sol. Tu laisses ta sœur et ton frère vivre dans la crasse et tu te demandes ce que tu devrais faire ? *Arrête. La. Drogue.*

Quincy se retourna.

— Et fais-la incinérer.

Il manipula les enfants afin de pouvoir prendre son portefeuille, jetant une liasse de billets par terre, puis fit un pas vers la porte. Hésitant, il fit à nouveau demi-tour, furieux de ne pas être assez fort pour partir sans se retourner.

— Quand tu seras prêt à arrêter la drogue, tu sauras où me trouver. En attendant, je ne veux pas que tu t'approches de ces enfants.

CHAPITRE DEUX

PEACEFUL HARBOR ÉTAIT censé être un nouveau départ pour Truman. Le pont de Peaceful Harbor devait marquer la frontière entre son ancienne et sa nouvelle vie. Mais ce soir, alors qu'il le traversait pour rentrer chez lui, son passé s'accrochait à lui avec ce bébé qui s'était rapidement endormi sur son épaule et cette petite fille assise et attachée à côté de lui, se reposant sur son bras. Sauf que ces bébés ne faisaient pas partie de son passé – en revanche, ils feraient clairement partie de son avenir. La colère se lova, sombre et tendue, en lui – il était en colère contre leur mère, leur frère. Contre *lui-même* pour n'avoir pas découvert que Kennedy et Lincoln existaient, ce qui était complètement tordu vu les circonstances. Il ne voulait même pas imaginer ce qu'ils avaient dû traverser, ou savoir si sa mère avait arrêté de se droguer pendant qu'elle était enceinte, tout comme elle l'avait fait pour Quincy. Mais, une semaine après sa naissance, elle avait replongé.

Avec le bébé contre son épaule, il prit les couches, détacha la ceinture de Kennedy et la hissa dans ses bras.

— Viens, princesse.

Elle se blottit contre son cou avec un léger soupir, tirant sur des cordes sensibles qu'il pensait avoir perdues depuis long-temps. Il remit l'horrible couverture sur les enfants pour les protéger de la pluie, qui n'était désormais plus qu'une petite averse, et les porta jusqu'à son appartement à peine meublé. Il n'avait aucune idée de ce qu'il faisait. La dernière chose dont il avait envie, c'était de les réveiller et déclencher une nouvelle crise de larmes, mais leurs couches allaient bientôt exploser et ils avaient désespérément besoin d'un bain.

Il les porta jusqu'à sa chambre et posa Kennedy sur son lit. Ses petits yeux s'ouvrirent et ses cils sombres caressèrent ses joues à plusieurs reprises. Son visage se crispa et sa lèvre inférieure se mit à trembler, fronçant les sourcils. Elle se mit à gémir et il la serra à nouveau contre lui.

— Chut, chut, chut. Tout va bien. Je suis là.

Il s'assit sur le bord du lit, tenant un enfant contre chaque épaule. Kennedy continua de pleurer et chaque son triste s'accrochait à ces cordes qu'il pensait ne plus posséder, comme un chat s'acharnant sur un jouet. Il aperçut son reflet dans le miroir et, pour la première fois, il essaya de se voir à travers les yeux de quelqu'un d'autre. Des tatouages couvraient ses mains et ses bras, serpentant sous son col et dans son cou. Il ne s'était pas rasé depuis au moins une semaine, peut-être plus, et ses cheveux sombres et trempés par la pluie étaient collés contre son crâne.

Il se considérait comme quelqu'un de dur, même froid, parfois, avec certaines personnes, mais cela ne le dérangeait jamais. Toutefois, savoir qu'il paraissait probablement effrayant comme jamais pour cette petite sœur dont il avait ignoré l'existence jusqu'à ce soir lui faisait mal, d'une façon nouvelle et qui lui était inconnue.

Il posa le bébé sur le lit et écarta les cheveux de son visage, espérant que Kennedy comprenne qu'il n'était pas un sale type. Elle leva la tête depuis son épaule, les yeux remplis d'inquiétude, bien plus que ce qu'une enfant de son âge aurait dû connaître. Il se força à sourire, voulant atténuer sa peur tout en sachant très bien que ce dont elle avait été témoin ce soir n'était probablement que la partie émergée de l'iceberg de toutes les merdes effrayantes qu'elle avait déjà vécues durant sa courte vie.

— Je suis ton frère, dit-il doucement, ravalant cette boule dans sa gorge en pensant à celui qu'ils venaient tout juste de laisser derrière eux. Je m'appelle Truman et maintenant c'est moi qui vais m'occuper de vous.

Sa lèvre inférieure trembla à nouveau et ses yeux se remplirent de larmes. Il ne savait pas si ces larmes étaient dues à cette soirée de merde, sa vie en général ou *lui*, mais il supposait que c'était un mélange des trois. Il l'attira à nouveau contre lui.

— Chhh. Je sais que tout ça est nouveau, mais je te promets que tout ira mieux maintenant.

Il espérait vraiment qu'il disait la vérité.

— Mais d'abord, on va te laver. D'accord ?

Il avait peur de laisser Lincoln sans surveillance. Il amena le bébé endormi, une couverture propre et Kennedy dans la salle de bain. Il étala la couverture sur le sol, coucha Lincoln dessus et commença à remplir la baignoire. Puis il se mit à avoir des pensées sombres. Dieu seul savait ce qui aurait pu arriver à sa petite sœur et ce que leur mère aurait laissé faire. Il déshabilla Kennedy, enlevant ses vêtements sales, priant silencieusement pour que la petite fille n'ait ni stigmates ni hématomes, même s'il savait que ses vraies cicatrices ne seraient jamais visibles à l'œil nu. Il retira la couche lourde et souillée, grimaçant devant ces rougeurs sur sa peau tendre, et cela le rendit malade de savoir que Lincoln était probablement dans le même état.

— OK, princesse, il est temps de te laver.

Il la souleva pour la mettre dans la baignoire et elle enfonça ses ongles dans sa peau, lui donnant des coups de pied avec agitation.

— Non ! Pas bain ! cria-t-elle, ramenant ses petits genoux jusqu'à sa poitrine pour éviter de toucher l'eau.

— OK, dit-il rapidement en la serrant contre lui alors que Lincoln s'agitait.

La colère en lui refit surface. Que lui était-il arrivé, bon sang ? Il la réconforta, tenant son corps tremblant contre lui, ignorant l'urine et les excréments qui recouvraient désormais son bras et son tee-shirt.

— Pas bain ! cria-t-elle à nouveau. Pas bain ! Peur.

Lincoln se mit à pleurer.

— Chh, OK.

Rien de tout cela n'était *OK*, mais il ne pouvait pas la laisser dormir dans sa propre merde.

Il tendit les bras vers Lincoln qui avait désormais activé le mode hurlement et le tint dans son autre bras, étalant les excréments de sa sœur sur les habits, déjà sales, du bébé.

— Bébé faim, dit-elle en caressant le dos de Lincoln.

Évidemment qu'il avait faim. Truman ne connaissait pas grand-chose aux bébés, mais tout le monde savait qu'ils devaient manger toutes les quelques heures. Il fallait qu'il achète de la nourriture et des habits mais, d'abord, il devait nettoyer toute cette merde de leur corps. Il proposa une solution à Kennedy, la seule qu'il puisse essayer de mettre en place pour la calmer.

— Je vais te tenir dans le bain. Ensuite, il faudra que j'aille acheter de la nourriture pour ton frère. Qu'est-ce qu'il mange ?

Elle haussa les épaules et le regarda comme s'il parlait une langue étrangère. Bon sang, mais à quand remontait leur dernier repas ? En regardant de plus près, il aperçut la crasse sous les ongles de Kennedy. Ses cheveux n'étaient pas seulement emmêlés, ils étaient couverts de graisse et il pouvait voir ses côtes. Il n'avait pas d'autre choix que de faire ça à la dure, et il savait que son éruption cutanée lui ferait un mal de chien au contact de l'eau. Mieux valait faire ça vite plutôt que de faire n'importe quoi et de prolonger la torture.

— OK, princesse, voilà comment ça va se passer.

Il l'assit sur sa jambe, posa Lincoln par terre et retira rapidement la couche du bébé, révélant une irritation bien plus importante que celle de Kennedy. Il enleva soigneusement le haut du bébé et faillit devenir fou quand il vit ce putain de gros hématome sur son bras. Il serra les dents pour s'empêcher d'insulter celui ou celle qui en était l'auteur. Il tint Lincoln contre son torse, écœuré. Luttant contre des larmes de colère et d'empathie, il murmura :

— Plus jamais, petit bonhomme. Je te le promets. Plus jamais.

Truman retira son propre tee-shirt souillé et mit Kennedy debout pour qu'il puisse enlever son jean et ses bottes, se retrouvant en boxer.

— Il faut qu'on vous nettoie tous les deux. Ensuite, on ira au coin de la rue pour vous acheter de la nourriture et des vêtements.

— Pas bain ! dit-elle en s'agrippant à ses jambes.

Tru ferma les yeux pendant une demi-seconde pour maîtriser ses émotions. Il s'attendait toujours à ce que la mort de sa mère le frappe de plein fouet, or, pour lui, elle était déjà morte depuis bien longtemps. Cela n'empêcha pas les souvenirs de cette nuit d'horreur de brûler sous sa peau. Entre le bébé hurleur et la petite fille têtue, il aurait pu être furieux. Mais ce n'était pas de leur faute si une mère inapte et insensible les avait mis au monde. Il prit Lincoln et entra dans la baignoire. Lincoln secoua les pieds, pleurant alors que Truman le lavait. Pendant ce temps, Kennedy s'accrochait au bord de la baignoire, les observant.

— Bébé aime pas bain.

— Il va bien, la rassura-t-il, tenant le bébé alors qu'il versait du gel douche dans ses mains. Tu vas bien, n'est-ce pas, mon petit frère ? dit-il en déposant un baiser sur la tête de l'enfant. Ça ne fait pas du bien de se laver ?

Les cris de Lincoln se calmèrent et Kennedy pencha la tête sur le côté, fronçant ses petits sourcils.

— Je crois qu'il aime bien le bain maintenant, princesse, dit Truman.

— Moi z'aime bain.

Elle mit ses bras contre le rebord de la baignoire et essaya de passer la jambe par-dessus.

— Waouh.

Il la hissa d'une main pour la mettre sur ses genoux, regrettant de ne pas avoir un troisième bras.

Peu de temps après, il leur mit à chacun une couche, les habilla avec ses chemises propres, attrapa un paquet de crackers pour que Kennedy puisse en manger dans la voiture et roula jusqu'à Walmart.

GEMMA WRIGHT JETA un troisième pot de glace dans son panier et prit du coulis de chocolat sur le présentoir à côté du congélateur. Elle s'arrêta net en apercevant le nappage au caramel et les vermicelles arc-en-ciel et décida de prendre les trois. Il était minuit passé et les calories ne comptaient plus après minuit. C'était sa règle en tant que noctambule et elle s'y tenait. Notamment après qu'un connard eut heurté sa voiture et se fut enfui. Ce soir, elle méritait le plus gros sundae du monde.

Elle se dirigea vers l'allée enfant pour aller acheter le nouveau body tutu dont lui avait parlé son amie Crystal. Étant la propriétaire de la boutique *Princesse pour un Jour*, elle était toujours à la recherche de jolies tenues. Elle repéra une étagère de costumes pastel avec des tutus pelucheux.

— Merci, Crystal !

Soulevant du présentoir une tenue rose avec un tutu blanc, elle sentit cette nostalgie qui frétillait en elle. Certaines filles rêvaient de mariages blancs, de robes coûteuses et de preux chevaliers – ou de milliardaires en costumes Armani et de voyages de noces somptueux. Gemma n'avait pas besoin d'un mariage chic, ni d'un mari galant d'ailleurs. Elle se débrouillait très bien toute seule. Elle avait ses propres rêves. Ils étaient juste un peu différents de ceux des autres. Toute sa vie, elle était restée sur la touche, d'abord en écoutant les filles se plaindre de leurs crampes menstruelles et plus tard en regardant les ventres des femmes se remplir d'une nouvelle vie. Mais Gemma était née sans utérus et ô combien elle avait souhaité pouvoir expérimenter ces horribles crampes pour déterminer si elles étaient si atroces que ses amies le prétendaient et les utiliser ensuite comme excuse pour manquer le cours de gym. Les rêves de Gemma n'avaient rien à voir avec des mariages somptueux ou *quoi que ce soit d'autre*, tout ce qu'elle souhaitait, c'était d'être comblée d'amour. Elle rêvait de petits bébés aux cheveux châtain et d'un homme affectueux et stable pour les élever. Un homme qui savait comment aimer et non pas en leur offrant de l'argent et des cadeaux en espérant que cela compense son absence. Un homme qui n'abandonnerait pas sa famille pour les mauvaises raisons.

Les pleurs soudains d'un bébé lui renvoyèrent à nouveau un sentiment de manque. Elle regarda en direction du bruit alors que les gémissements devenaient de plus en plus forts et porta son panier jusqu'au bout de l'allée, jetant un coup d'œil dans l'angle. Son cœur faillit s'arrêter à la vue d'un homme incroyablement grand avec des cheveux noirs, épais et en bataille, tenant l'enfant en pleurs tout en feuilletant un magazine. Ses bras lourdement tatoués et très musclés engloutissaient presque le bambin, comme s'il avait peur qu'il lui échappe s'il ne le tenait pas entièrement. Une petite fille était assise dans le chariot, tournant le dos à Gemma, au milieu d'à peu près tous les types d'aliments et préparations pour bébé qui existent. Son esprit tira la sonnette d'alarme. Pourquoi ces bébés étaient-ils dehors si tard ? Et pourquoi lisait-il un magazine alors que le bébé criait ? Gemma avait un esprit naturellement curieux et elle avait l'habitude que celui-ci parte dans tous les sens. Elle commença à s'imaginer une histoire sur le type en question – sa femme l'avait quitté et il se retrouvait père célibataire pour la première fois, totalement perdu. Ou alors il avait kidnappé ses enfants. C'était son côté créatif et imaginatif qui prenait le dessus. Ce côté qui inventait des histoires quand elle était plus petite pour surmonter sa vie solitaire et qui lui avait permis d'écrire la newsletter pour sa boutique, qui incluait un conte inventé de toute pièce pour les enfants et quelque chose d'intéressant et de local pour les parents. Elle contourna à nouveau l'allée, serrant son panier contre elle, cherchant mentalement comment elle pourrait apaiser la tristesse de ce bébé en pleurs sans paraître trop intrusive.

Le bébé poussa un cri à glacer le sang et elle repoussa ce côté d'elle aventureux, fou et en quête d'histoires, puis regarda à nouveau dans l'allée, cette fois-ci en observant l'homme de plus près. Le magazine qu'il lisait lui glissa des mains et il embrassa le bébé sur le crâne, lui murmurant quelque chose qu'elle ne pouvait pas entendre. Sa grande main couvrit le dos du bébé comme un ballon de foot. Il avait des yeux légèrement creusés qui étaient actuellement rivés sur le bébé mécontent. Les manches de son tee-shirt sombre épousaient ses biceps massifs et elle se demanda ce qu'il faisait comme métier. Y avait-il des bûcherons par ici ? Son jean moulait ses cuisses puissantes et tombait jusqu'à ses bottes noires. Il était sexy, comme un dur à cuire, d'une façon que Crystal aimait tant. Il caressa la joue de la petite fille si doucement que Gemma put presque le sentir sur sa propre joue. Il déposa un baiser sur le front de la fillette, puis tint sa petite main, faisant taire l'alarme qui sonnait dans la tête de Gemma.

— Il va bien, princesse. Il a juste faim. On le nourrira dès qu'on aura récupéré le reste et payé son lait.

Il parlait avec douceur à la petite fille, sa voix pleine d'inquiétude.

Princesse.

Ses yeux allèrent du bébé à la fillette, puis se posèrent à nouveau sur cet adorable petit gars dans ses bras.

— T'inquiète, bonhomme. On en prendra un de chaque.

Elle le regarda prendre des couches de toutes tailles et les poser dans le chariot autour de la gamine, puis il fourra celles qui ne rentreraient pas sous le chariot. Elle n'avait peut-être pas d'utérus, mais elle avait des ovaires et ils explosèrent immédiatement face à l'amour qui émanait de cette dichotomie intimidante, entre lumière et obscurité, devant elle.

CHAPITRE TROIS

TRUMAN SENTIT LA chaleur caractéristique d'un regard posé sur lui avant qu'il ne lève les yeux et voie cette beauté aux longues jambes qui le regardait. Des mèches brunes et dorées, ainsi que toutes les couleurs intermédiaires, ondulaient autour d'une peau lisse et ivoire et de lèvres pulpeuses rouge cramoisi – des lèvres qu'il imagina en train de faire toutes sortes de choses érotiques. Il la vit en un coup de pinceau, s'imaginant peindre son menton délicat, son cou long et fin, ses épaules, sa taille mince et ses hanches, aussi sexy que le péché. Son corps s'enflamma, en alerte. Lincoln se mit à pleurer, sortant Truman de sa torpeur, prenant le dessus sur le petit gourmand qui se trouvait sous sa ceinture et il se plaça entre l'inconnue et Kennedy.

Ses yeux verts scrutèrent le chariot.

— J'imagine que votre bébé mange beaucoup ?

Sa voix était comme une chaleur liquide, coulant sur sa peau, douce et chaude comme un soleil d'été, mais la curiosité qu'il perçut dans celle-ci lui fit redresser les épaules. Il n'avait pas besoin que quelqu'un les ralentisse.

— Il est affamé, dit-il d'un ton bourru.

Il saisit le chariot et fit rebondir Lincoln contre son épaule, essayant de le faire taire.

— Alors, *nourrissez*-le.

Ses yeux ne quittèrent jamais les siens, comme un chat traversant son territoire, perçants et provocants à la fois.

Il lui lança un regard impassible, l'air de dire « Nan, sans blague ? ».

— Effectivement.

Il poussa le chariot devant elle et elle le saisit par le côté. Il passa immédiatement sa main autour de Kennedy. La femme baissa les yeux vers la petite fille, l'observant d'un air sceptique.

— On s'habille comme Papa aujourd'hui ?

Elle enroula ses doigts autour du bord du chariot alors qu'elle attrapait un paquet de lait maternisé.

— Quelque chose comme ça, oui, dit-il en la regardant ouvrir l'emballage et arracher l'enveloppe protectrice d'un des biberons de lait maternisé tout prêts. Elle mit la tétine, le secoua et le lui tendit.

Il regarda le biberon, puis elle.

— Je n'ai pas encore payé.

La dernière chose dont il avait besoin, c'était de se faire harceler pour avoir utilisé quelque chose qu'il n'avait pas payé. Son plan était d'entrer, de sortir et de rentrer chez lui, et non pas de perdre du temps à cause d'une madame je-sais-tout insistante, même si elle était sexy. Lincoln hoqueta entre deux cris et elle lui remit le biberon.

— Ce n'est pas comme s'ils allaient vous arrêter pour avoir nourri un bébé affamé.

— Bébé faim, intervint Kennedy.

Truman sentit sa poitrine se serrer. Il prit le biberon à contrecœur et le porta à la bouche du bébé. Lincoln suça puis pleura, puis suça, puis pleura.

— Vous devriez le bercer.

Elle posa son panier et imita le mouvement avec ses bras, comme si elle berçait un bébé.

Il manipula Lincoln dans ses bras. La femme s'approcha. Elle dut percevoir une certaine méfiance dans son regard, car elle s'arrêta à quelques centimètres de lui et tendit les bras. Ses mains étaient douces et chaudes alors qu'elle baissait le coude de Truman, relevant la tête de Lincoln plus haut que ses pieds.

— Voilà, dit-elle avec tendresse, souriant à Lincoln. Ça devrait aider.

En effet, Lincoln but le lait. Kennedy fit un grand sourire à la femme qui regardait Truman comme si elle essayait de le cerner. Il était temps pour lui de partir.

— Merci, dit-il en faisant un pas vers le chariot.

— Vous savez comment le faire roter ? demanda-t-elle en regardant à nouveau dans le chariot. Parce qu'on dirait que c'est le premier jour de garderie pour Papa aujourd'hui.

— C'est mon frère et ma sœur, dit-il sèchement. Et ouais, je sais lui faire faire son rot. Je crois.

— Vous avez un chiffon pour l'essuyer après son rot ?

Il haussa un sourcil.

Elle leva les yeux au ciel et fit un sourire à Kennedy.

— Il est temps d'éduquer ton grand frère.

Elle se mit à trier le lait maternisé et les couches dans le chariot.

— Trop grand, trop petit. Waouh, grand frère ne fait pas gaffe aux frais en ce qui concerne les couches. Ça, c'est quelque chose que j'aime chez un homme, dit-elle en lui souriant alors qu'elle remettait les couches de tailles inappropriées sur l'étagère et en rajoutait quelques-unes dans le chariot.

Elle s'étira pour atteindre le haut du rayon et le bord de son chemisier coûteux se souleva juste assez pour révéler une partie de son ventre bronzé et ferme. Elle avait beau être intrusive, il ne pouvait pas nier l'effet que lui faisaient ses courbes. *Super, montre-m'en un peu plus et bientôt je devrai gérer un bébé et une érection.* Il dut faire preuve de beaucoup de volonté pour détourner le regard.

— Ils ajustent les dimensions en fonction du poids, expliqua-t-elle. Mais elles ne sont jamais vraiment à la bonne taille. Donc pour lui j'essaierais les Swaddlers et les Cruisers. Et toi, est-ce que tu portes déjà des couches-culottes ? demanda-t-elle à Kennedy qui se contenta de cligner des yeux.

— Des couches, répondit Truman, même s'il n'avait aucune idée de ce qu'étaient des couches-culottes.

— Bientôt alors, dit-elle en tapotant la tête de Kennedy.

Elle remplit le chariot de plusieurs paquets de couches.

— Bon, maintenant, pour le lait maternisé, il y en a de toutes sortes. Quel âge a-t-il ?

— Je ne sais pas. Quelques mois.

Comment savait-elle que c'était un garçon, bon sang ?

Les mains sur les hanches, elle le regarda d'un air sceptique.

— Je croyais que c'étaient ton frère et ta sœur.

— C'est le cas, grogna-t-il, se rappelant qu'elle essayait simplement de l'aider et qu'elle était belle à regarder.

Et puis, Lincoln n'avait jamais été aussi heureux depuis qu'il l'avait sauvé de cet enfer. Même s'il détestait demander de l'aide – *jamais* –, il avait bien besoin qu'on le guide en cette nuit de folie.

— Désolé, dit-il plus gentiment. Je ne sais pas quel âge ils ont.

Parce que je ne savais même pas qu'ils existaient, jusqu'à ce soir.

Elle se pencha vers le chariot et sourit de nouveau à Kennedy.

— Quel âge tu as, ma puce ? Deux ans ? Trois ans ?

Kennedy se pencha en arrière, levant les yeux vers Truman.

— Oh, tu es une petite timide, dit la femme. Eh bien, je m'appelle Gemma Wright et moi aussi quand j'étais petite j'étais timide. On va te trouver ce dont tu as besoin.

Elle plaça ses mains à côté de celles de Truman sur le chariot et posa à nouveau ses yeux émeraude et fascinants sur lui.

— Tu ne peux pas nourrir ton petit frère *et* pousser le chariot en même temps. De quoi d'autre avons-nous besoin ?

— Nous ?

Elle soupira, comme si elle en avait assez de son attitude, et ramassa le magazine qu'il avait fait tomber un peu plus tôt.

— *Être parents.* Très bon choix.

Elle regarda les jointures blanches de sa main sur le chariot.

— Tu as peur que je la kidnappe ? Sérieusement, détends-toi un peu qu'on puisse sortir tes bébés de là pour qu'ils aillent se reposer et dormir.

Elle jeta un coup d'œil au magazine *Être Parents* puis se pencha plus près, inondant son sens olfactif d'un léger parfum de vanille et de *femme*. Il n'avait jamais vraiment fait attention à la vanille, mais, désormais, il savait qu'il ne la regarderait plus de la même manière.

Elle baissa la voix.

— De toute évidence, tu essaies d'être un bon grand frère. Soit je m'en vais et je te laisse tâtonner et batailler dans Walmart, soit tu te détends et tu profites de l'offre d'une noctambule qui aime bien aider les hommes qui ont l'air effrayants.

— Pourquoi voudrais-tu aider quelqu'un qui a l'air effrayant ? demanda-t-il d'un ton bourru.

Elle baissa les yeux, analysant son corps avec intérêt et se lécha les lèvres en relevant la tête. Elle le surprit en train de la regarder et leva les yeux au ciel. Il l'avait manifestement mal cernée. Que savait-il des femmes comme elle ? Elle portait un pantalon et une blouse qui coûtaient probablement plus cher que son loyer mensuel.

— Tu n'es pas *si* effrayant. Et puis, je vois bien que tu es un gentil vu la façon dont tu traites les enfants.

Elle effleura la tête de Lincoln du bout des doigts. Puis elle saisit un paquet sur l'une des étagères et le déchira pour l'ouvrir. Elle posa un tissu blanc sur l'épaule de Truman.

— Mets-le sur ton épaule et fais-le roter pour qu'il n'ait pas mal au ventre.

Truman regarda Lincoln qui était pratiquement endormi, le biberon pendouillant de sa lèvre inférieure. Il reposa le biberon dans le chariot à côté de Kennedy qui luttait pour garder les yeux ouverts et hissa Lincoln sur son épaule, lui tapotant le dos jusqu'à ce qu'il émette un petit rot. Cette fille intrusive savait de quoi elle parlait.

— Comment tu t'appelles ? lui demanda-t-elle.

— Truman.

— Truman. J'aime bien, dit-elle, comme s'il avait besoin de son approbation. Et les enfants ?

Il regarda les enfants d'un air protecteur.

— Ils ont forcément des prénoms, dit-elle pour l'amadouer.

— Kennedy, céda-t-il en caressant ensuite la joue du bébé. Et Lincoln.

Ses yeux brillèrent d'amusement.

— Ta mère a un faible pour les présidents ?

Avant même qu'il n'ait le temps de trouver une réponse appropriée, elle enroula ses doigts autour de la poignée du chariot et dit :

— OK. Continuons les courses. De quoi avons-nous besoin ?

Il y avait pire que d'être aidé par une nana sexy avec un bon sens de l'humour. Il prit son panier et dit :

— Des vêtements, de la nourriture, des sièges auto et un lit.

— Un lit ?

— Pour lui, dit-il en faisant un signe de tête vers le bébé.

— Un *berceau*. Et des sièges auto ? Tu n'as pas de sièges auto ? Comment les as-tu amenés jusqu'ici ?

Comme il ne répondait pas, elle dit :

— Mon Dieu, mais à quoi pensait ta mère ? Elle aurait pu te donner quelques leçons de puériculture.

Ça risque d'être difficile, étant donné qu'elle est morte.

GEMMA POUSSA LE chariot surchargé dans le parking sombre tandis que Truman portait les deux enfants endormis comme s'ils n'étaient que des membres supplémentaires. Ils laissèrent un second chariot contenant le berceau et le parc pour bébé que Gemma l'avait convaincu d'acheter, ainsi que quelques autres articles essentiels devant le magasin pour que Truman aille les récupérer une fois les enfants installés dans la voiture. Elle était curieuse de savoir pourquoi les enfants étaient habillés avec ses chemises et pourquoi Kennedy ne portait même pas de chaussures, mais à chaque fois qu'elle insistait – chose qu'elle avait faite de nombreuses fois au cours de la dernière heure – il changeait de sujet. Il était si protecteur et tendre avec les enfants qu'elle laissa tomber, malgré sa curiosité.

— C'est mon pick-up, dit-il en s'arrêtant à côté d'un vieux véhicule bleu, un modèle avec des sièges avant et des sièges arrière. Comment ça se fait que tu connaisses autant de choses sur les enfants ? lui demanda-t-il.

Elle haussa les épaules.

— Je suis propriétaire d'une boutique de princesse. Tu devrais amener Kennedy pour faire des activités un jour. Ça pourrait l'aider à sortir de sa coquille.

Elle rencontra son regard vif et sérieux. Ses yeux étaient d'un bleu incroyable et plus qu'irrésistibles, mais ils étaient aussi hantés et méfiants, se déplaçant furtivement, scrutant le parking.

— Une boutique de princesse ? Je ne vais même pas essayer de deviner ce que c'est.

Il déverrouilla la porte et installa Kennedy sur le siège. Elle se tortilla et il se pencha vers elle, lui murmurant quelque chose avant de déposer un baiser sur sa joue.

Tout ce qu'il faisait avec les enfants était touchant et tendre. Quand ils avaient fait les courses, il ne s'était pas agacé lorsque Kennedy s'était mise à pleurnicher. Il l'avait simplement prise dans ses bras et l'avait réconfortée. Elle avait déjà vu des parents moins patients que ça avec leurs propres enfants, et ceux-là n'étaient que son frère et sa sœur. Elle se demanda pourquoi il devait s'en occuper et pour combien de temps, vu tout ce qu'il avait dû acheter. Elle était contente d'être là pour l'aider, sinon il aurait oublié de prendre des chaussures, du savon pour bébé et toutes ces autres choses auxquelles les grands frères ne pensaient pas.

— Tu veux que je tienne Lincoln pendant que tu prépares les sièges auto ? proposa-t-elle en tendant les mains vers le bébé.

Mais il se hérissa.

— Truman, tu penses vraiment que je t'aiderais à acheter

tous ces trucs pour ensuite faire du mal à ton petit frère ? Je suis vexée.

Il arbora une expression douloureuse. Il enleva Lincoln de son épaule et lui fit un bisou sur la joue. L'amour flottait dans l'air entre lui et le bébé et c'était la plus belle chose que Gemma ait jamais vue. Cela ne dura que quelques secondes, mais, à ce moment-là, elle sut que le cœur de ce grand type costaud battait pour ses deux précieux frère et sœur.

— Je suis désolé.

Le coin de ses lèvres s'étira en un faible sourire, le seul sourire qu'elle ait vu qui n'était pas destiné aux enfants. Son expression ne changea que très légèrement, mais cela adoucit son côté dur à cuire et, quand il posa ses yeux bleus et émus sur elle, elle sentit son estomac faire des bonds.

— J'apprécie toute ton aide. Je n'ai juste pas l'habitude de…

Il serra la mâchoire.

— Je veux juste être prudent, continua-t-il.

Prudent était un euphémisme quand on voyait comment il se comportait avec eux. *Attentif, protecteur et aimant* ne faisaient qu'effleurer la surface. Quand il lui avait parlé de leurs irritations à cause des couches, la douleur dans sa voix et son expression l'avaient presque bouleversée.

— Je ferai *très* attention, le rassura-t-elle.

Quand il lui mit le bébé dans les bras, le désir familier ressurgit. Et quand elle sentit le doux parfum de bébé de Lincoln, sa douleur fut apaisée. Les mains de Truman effleurèrent ses avant-bras lorsque le bébé s'y installa et Gemma regarda ses tatouages. Pourquoi étaient-ils tous bleus ? Et que signifiaient-ils ? Elle n'avait jamais été intéressée par les hommes avec des tatouages ou les types durs. Truman était un mélange mystérieux de plusieurs éléments et, à cause de ça, il paraissait un peu dangereux, mais il y avait aussi quelque chose de sincèrement tendre chez lui qui faisait battre le cœur de Gemma un peu plus vite.

Il s'empressa de décharger les sacs à l'arrière du pick-up et de déballer les sièges auto, ses muscles se contractant et gonflant au fil des efforts. Comme Kennedy dormait sur le siège passager, il transporta le siège auto du côté conducteur et le plaça au milieu des deux sièges.

— Tu ferais mieux de le mettre sur la banquette arrière. Il y sera plus en sécurité.

— À l'arrière ? Et s'il s'étouffe ou quoi ?

Il baissa la voix, jetant un coup d'œil à Kennedy, toujours bien endormie sur le siège passager.

— Je ne pourrais pas le voir. Je préfère qu'il soit devant, dit-il.

— Dans ce cas-là, il faut que tu désactives les airbags. Les sièges auto pour bébé sont faits pour être *uniquement* orientés vers l'arrière. Il faut que tu accroches le socle avec la ceinture et qu'ensuite tu la passes derrière le baquet.

Son expression perplexe lui indiqua qu'il n'avait aucune idée de ce qu'elle voulait dire.

— Tiens. Prends Lincoln et je te montre.

Il lui prit le bébé et la regarda faire alors qu'elle grimpait dans le pick-up et commençait à lui donner des instructions pour désactiver les airbags une fois le moteur enclenché et accrocher la base du siège auto. Elle s'agenouilla dessus et tira sur la ceinture.

— Tu dois t'assurer que c'est bien fixé.

Elle s'installa sur le siège conducteur et il s'étira par-dessus elle pour installer Lincoln dans le siège auto avec précaution. Ses bras effleurèrent ses seins, envoyant une vague de chaleur dans tout son corps, mais il était si focalisé sur le bébé qu'il ne le remarqua pas.

Il se tourna et sourit, rapprochant son visage si près qu'elle sentit son souffle. Elle contempla ses beaux traits, voyant plus loin que sa barbe hirsute. Ses pommettes étaient ciselées et puissantes. Ses lèvres avaient une teinte rose, plus foncée que la normale, et étaient charnues, lui donnant envie de l'embrasser. Les yeux de Truman scrutèrent son visage avec inquiétude – *à cause du bébé*. Évidemment.

— Tu peux me montrer comment l'accrocher ?

— Hum, ouais. Bien sûr.

Laisse-moi juste contrôler ces hormones en folie. Elle lui montra comment accrocher les ceintures et sécuriser l'enfant, puis elle se tourna pour sortir du pick-up et *il fut juste là*.

Ses bras épais tendus au-dessus de sa tête, ses mains posées contre le châssis, lui bloquant la sortie, ses yeux bleus perçants rivés sur elle. Son pouls s'accéléra.

— Tu en sais beaucoup sur les bébés.

Elle respira un peu plus fort.

— Je suis une femme. On sait ce genre de choses.

Les yeux de Truman fouillèrent les siens pendant ce qui sembla durer une éternité, puis il se racla la gorge et se détourna, la laissant avec des palpitations cardiaques.

Elle le regarda contourner le véhicule et hisser Kennedy dans ses bras, la positionnant contre son épaule tandis qu'il récupérait l'autre siège auto et le plaçait dans le pick-up.

Réalisant qu'il ne savait probablement pas non plus comment sécuriser ce siège-là, elle se précipita derrière lui.

— Attends, laisse-moi t'aider.

Elle grimpa sur le marchepied pour pouvoir passer par-dessus le siège de la voiture et boucler la ceinture de sécurité et elle sentit sa main très grande et chaude se presser contre le bas de son dos. Elle mordit sa lèvre inférieure, à la fois excitée par son contact et nerveuse à l'idée qu'il puisse être dangereux. *Dangereusement aimant envers ces bébés surtout. OK, je vais plutôt partir surexcitée.*

Et peut-être un peu nerveuse.

Il regarda autour de lui alors qu'elle fixait le siège auto et lui expliquait les étapes pour attacher Kennedy en toute sécurité. Quand elle se tourna pour descendre, il enroula un bras autour de sa taille, la soulevant du marchepied. Pendant de brèves secondes, elle sentit tous ses muscles durs pressés contre elle et son corps fut à nouveau inondé de chaleur.

Il la posa par terre et plaça Kennedy dans le siège auto, complètement inconscient de ces étincelles qu'il venait d'allumer.

Comment est-ce possible ?

Il ferma la porte du pick-up et saisit les sacs de course de Gemma dans le chariot, regardant autour de lui dans le parking.

— Où es-tu garée ?

Ses yeux s'arrêtèrent sur sa Honda Accord, garée deux rangées plus loin sous un lampadaire.

— Oh, waouh. Y en a un qui a eu un accident.

— C'est moi, dit-elle en prenant ses sacs. Un con m'est rentré dedans quand j'étais au travail et s'est enfui. Ma compagnie d'assurance risque d'augmenter mes tarifs si je dépose une autre plainte.

— Une autre ?

Elle lut un certain amusement dans ses yeux.

— Je suis un aimant à chauffards. On m'est rentré deux fois dedans. Enfin, trois fois si l'on compte la dernière.

— Amène-la chez *Whiskey Automobile* demain après le travail. Je la réparerai gratuitement pour toi. L'assurance n'aura pas besoin de s'en mêler, et c'est la meilleure façon pour moi de te remercier pour ton aide.

— C'est beaucoup trop pour le peu d'aide que je t'ai apportée.

Était-il fou ? Cela coûtait au moins une centaine de dollars en réparations, si ce n'est plus.

Il s'avança et son rythme cardiaque s'accéléra à nouveau. Il paraissait encore plus grand et costaud sous la lumière de la lune et si solidement ancré qu'il la fit se sentir sans défense et vulnérable. Il l'étudiait et on ne pouvait pas dire qu'il souriait, cependant il n'avait plus ce regard de chien de garde qu'il avait eu la première fois qu'elle l'avait vu.

— Tu m'as épargné des heures de vadrouille dans Walmart et des centaines de dollars que j'aurais pu dépenser en prenant les mauvaises couches, mauvais pots de nourriture, vêtements pour bébé et Dieu sait quoi d'autre. Amène ta voiture au garage demain, dit-il avec un calme immuable, ne laissant aucune place à la négociation.

Elle avait envie d'amener sa voiture, ne serait-ce que pour le revoir, mais elle se sentait mal d'accepter quelque chose d'aussi gros pour le peu d'aide qu'elle lui avait offert.

— Mais…

Il pressa un long doigt contre ses lèvres, parvenant à la déstabiliser avec son sourire soudain et saisissant.

— Apporte-la au garage quand tu sors du travail. Je la réparerai dans le week-end pour que tu l'aies dès lundi matin. Ça ne devrait prendre que quelques heures, mais nous avons des voitures de prêt au garage donc tu ne te retrouveras pas sans véhicule.

— Truman, c'est trop, insista-t-elle. Tu n'auras pas besoin

de la repeindre ?

— Je ne pense pas.

— Mais comment ça se fait… ?

— Je ne peux pas te confier tous mes secrets. Tu es très douée pour tous ces trucs de bébé. Et moi je suis très doué de mes mains.

Une étincelle de chaleur brilla dans ses yeux.

— Apporte-la demain. Maintenant, sors d'ici que je sache que tu es en sécurité avant que je ne ramène les enfants à la maison.

Elle acquiesça et fit un pas en arrière, se retournant pour lui dire :

— Rappelle-toi de ne pas coucher Lincoln sur le ventre quand il dort. Et mets de la pommade sur leurs éruptions cutanées. Ça va aider.

— Je gère, dit-il, la regardant déverrouiller la portière.

— Merci encore. À demain.

Elle sentit son regard fixe qui la surveillait alors qu'elle montait sur le siège conducteur, tout comme il avait veillé sur ses frères et sœurs. Alors qu'elle sortait du parking, ayant oublié son pot de glace depuis longtemps, elle réalisa qu'elle n'avait jamais été aussi heureuse qu'on ait percuté sa voiture.

CHAPITRE QUATRE

TRUMAN ÉTAIT CONVAINCU qu'il venait de vivre la plus longue matinée de sa vie, suivie de la plus longue nuit de sa vie. Hier soir, il avait couché les enfants dans son lit, avait rangé les courses, puis s'était mis au travail pour monter le berceau. Lincoln s'était réveillé ce qui lui avait semblé dix minutes plus tard, mais, en réalité, c'était probablement une heure, et deux heures après ça, il s'était à nouveau réveillé parce qu'il avait faim. Ce matin fut une course effrénée pour les nourrir, changer, laver et les changer à nouveau – bien loin des matins léthargiques auxquels il était habitué, lorsque sa plus grande urgence était de descendre au garage pour sept heures et demie. Il n'avait même pas pris de douche car il avait peur de laisser les enfants sans surveillance. Comment faisaient les parents célibataires ?

Demain, il prendrait une douche juste après avoir nourri Lincoln à l'aube, quand son petit frère se serait rendormi.

Il était sept heures quarante-cinq et il donnait encore à manger à Lincoln, cette fois-ci au magasin. Ce gamin était un aspirateur à nourriture. Pendant ce temps, Kennedy jouait joyeusement dans son parc, mais il savait qu'elle était trop grande pour y rester longtemps. Il allait devoir mettre en place un planning. Bon sang, il allait devoir réorganiser sa vie.

La porte du bureau s'ouvrit et Dixie Whiskey pointa le bout de son nez, ses cheveux roux et son grand sourire illuminant le garage.

— On est là, Tru…

Ses yeux s'écarquillèrent et elle se précipita dans le garage, ses talons aiguilles battant rapidement le sol en béton. Son grand frère, Bear, la suivit.

— Oh ! À qui est ce bébé ?

La famille Whiskey possédait le garage ainsi que le *Whiskey's*, le bar en bas de la rue. Bear et Dixie travaillaient au garage en journée et certains soirs au bar.

— À moi, désormais.

Truman sortit une serviette de sa poche pour le rot du petit et la balança sur son épaule, puis hissa Lincoln et lui tapota le dos. Ce matin, le bébé avait tout recraché sur sa chemise quand il avait oublié la serviette. Gemma risquait à nouveau de lever les yeux au ciel en l'apprenant.

Bear eut un sourire narquois.

— Je croyais que tu n'avais pas le droit aux visites conjugales en prison.

— C'est mon frère et ma sœur, dit Truman d'un ton sec.

Lincoln lâcha un gros rot.

— Ça, c'est un bon garçon.

— Comment ça, ton frère et ta sœur ? demanda Dixie en s'accroupissant à côté de Kennedy. Et comment s'appelle cette jolie petite fille ? Salut, ma puce. Je suis Tata Dixie.

Kennedy fronça les sourcils alors que Dixie prenait un jouet dans le parc.

— Tout va bien, princesse, la rassura Truman. Tata Dixie a de drôles de cheveux, mais elle est gentille.

Dixie lui tira la langue et Kennedy rigola.

— Elle s'appelle Kennedy et ce petit bonhomme, c'est Lincoln.

Il rencontra le regard sérieux de Bear et baissa la voix pour que Kennedy ne l'entende pas.

— Mon frère a décidé de refaire surface hier soir. Notre mère a fait une overdose. Il était dans un sale état et ces deux-là vivaient dans un squat. La nuit dernière a été un véritable cauchemar. Ça ne vous dérange pas si je les garde ici avec moi ? Jusqu'à ce que je reprenne la situation en main ?

— Hé, ta famille, c'est notre famille. Fais tout ce que tu veux.

Bear passa une main à travers ses cheveux épais et noirs. Lui et ses frères et sœurs, Dixie, Bullet et Bones, faisaient partie du club de motards des Dark Knights et, à l'exception de Dixie, les prénoms qu'ils utilisaient étaient leurs noms de motard. Bear[3] avait autrefois lutté contre un ours et il avait des cicatrices qui le prouvaient. Bullet[4] était un ancien des forces spéciales et Bones[5] était un docteur.

Truman avait grandi dans la ville voisine et il avait rencontré Bear lors d'un salon de voitures anciennes alors qu'il n'avait que seize ans. Bear avait pris Truman sous son aile, lui avait donné un travail et lui avait appris à réparer les voitures. Il s'était arrangé pour que Truman puisse respecter son emploi du temps et lui avait fait entendre raison dès qu'il s'écartait un tant soit peu du droit chemin, par exemple comme quand il séchait l'école pour aller travailler. Il avait même autorisé Truman à amener son frère Quincy avec lui au magasin, puisque leur mauvaise mère n'était jamais là pour prendre soin de lui. Une

---

[3] Ours, en anglais
[4] Balle, en anglais
[5] Os, en anglais

fois que Truman avait appris à conduire, Bear lui avait prêté une voiture, et lui avait vendu le pick-up qu'il utilisait désormais et, depuis, ils avaient été proches comme des frères. Les Whiskey étaient les personnes les plus gentilles et les plus fiables que Truman ait jamais connues et il était fier d'être considéré comme un membre de leur famille.

— C'est quoi le plan ? demanda Bear. Et comment va Quincy ?

Truman soupira. Il avait beau essayer, il n'arrivait pas à ne pas se poser la question lui-même. Il avait appelé son frère avant d'aller dormir hier soir, mais il n'avait pas eu de réponse.

— Mon plan ? M'assurer qu'ils n'aient pas une vie pourrie et, en ce qui concerne Quincy, j'ai déjà sacrifié plusieurs années de ma vie pour qu'il puisse en *avoir* une.

— Et… ?

Bear le connaissait si bien. Contrairement à la mauvaise mère de Truman, Bear lui avait rendu visite toutes les semaines quand il était en prison et il avait même amené Quincy une fois ou deux. Mais Quincy avait fini par ne plus répondre aux appels de Bear et avait finalement complètement disparu. Truman savait à quel point Bear avait essayé de retrouver Quincy et de le remettre sur le droit chemin, mais les junkies savaient comment disparaître et, pour ça, Quincy avait eu le meilleur maître.

— J'ai essayé de l'appeler hier soir, avoua Truman. Il ne m'a pas répondu, mais, en toute honnêteté, je lui ai dit de rester loin des enfants jusqu'à ce qu'il soit clean. Je l'aiderai quand il sera prêt, mais putain…

Il berça Lincoln dans ses bras et l'embrassa sur la joue.

— Ils n'ont même pas de certificats de naissance. Il ne m'a même jamais dit qu'ils existaient et la façon dont il les laissait vivre…

Il serra les dents afin d'étouffer cette colère qui bouillonnait en lui.

— Je ne peux pas le laisser avec eux, je ne lui fais pas confiance.

Bear posa la main sur son dos.

— Je te comprends, frérot.

— Est-ce que tu crois que Bones pourrait demander à un pédiatre de les examiner, sans poser de questions ? Juste le temps que je sache quoi faire. Si je les amène chez un docteur, ils vont avoir tout un tas d'interrogations et il est hors de question que je les laisse entre les mains des services sociaux. J'ai juste besoin d'un peu de temps pour y voir plus clair, mais il faut que je sache s'ils sont en bonne santé.

— Bien sûr. Je l'appelle dans une seconde. Laisse-moi juste…

Bear prit Lincoln entre ses bras tatoués et frotta son nez contre celui du bébé.

— J'adore l'odeur des bébés.

— Gemma m'a aidé à choisir du gel douche et du shampoing pour bébé et un million d'autres trucs.

— Gemma ?

Rien qu'en entendant son prénom, il sourit. Il n'avait même pas envie d'imaginer de quoi ça avait l'air hier soir, deux enfants seuls avec lui à minuit, vêtus de ses chemises pendant qu'il prenait tout ce qui se trouvait sur son passage. Il était même surpris qu'elle lui ait proposé son aide. Elle s'était probablement ravisée ce matin en décidant de rester le plus loin possible de ce coin de Peaceful Harbor. *Tant pis pour moi.* Mais il ne pouvait pas s'empêcher de se demander ce qui aurait pu se passer s'ils s'étaient rencontrés dans d'autres circonstances. *Dans une autre vie.*

Kennedy tendit les bras vers lui, le sortant de sa torpeur.

— Viens là, princesse.

Princesse. Qu'est-ce que c'est une boutique de princesse, d'ailleurs ?

Bear et Dixie le regardaient avec impatience et il réalisa qu'ils attendaient toujours de savoir qui était Gemma.

— Je l'ai rencontrée hier soir au Walmart quand j'achetais toutes ces conneries.

Puis il regarda Kennedy et décida de se corriger.

— Ces *trucs*, pardon. Elle m'a aidé à tout trouver – vêtements, nourriture, biberons et couches. La vache, ils ont besoin de tellement de choses. Je ne me plains pas, hein. Je n'ai jamais réalisé à quel point c'est du travail de s'occuper des bébés. C'est n'importe quoi. Jeudi matin j'étais avec le bureau de libération conditionnelle et je me disais qu'il ne me restait plus que treize mois comme *ça*...

Il regarda à nouveau Kennedy.

— Et quinze heures plus tard, j'ai l'impression que ces treize mois vont passer à la vitesse de l'éclair.

— Il y a d'*autres* façons de gérer ça, dit Dixie avec prudence. Tu n'es pas obligé de les élever et ça ne fera pas de toi un raté ou une mauvaise personne.

C'était ce que s'était dit Truman quand il avait essuyé la merde sur ses mains à quatre heures du matin, puis à sept heures quand il avait réalisé qu'aller pisser était un travail de groupe. Mais ils étaient son sang et il ne leur tournerait pas le dos.

— J'ai échoué avec Quincy. Je ne compte pas faire de même avec ces deux-là.

— JE NE VOIS PAS pourquoi tu t'inquiètes.

Crystal repoussa ses cheveux d'un noir de jais par-dessus son épaule et souleva l'autre extrémité de la boîte qu'elle et Gemma transportaient vers la réserve. Elle s'était mise en mode princesse gothique, de son rouge à lèvres foncé à ses grosses bottes en cuir noir, en passant par ses collants en dentelle noire, son tutu et sa blouse.

— Est-ce que les gamins étaient propres ?

— Ils avaient l'air de sortir de la douche.

Gemma poussa la porte avec ses fesses, la tenant pour que Crystal puisse caler son pied avant de se glisser dans la pièce. Elles venaient tout juste de recevoir le nouveau stock de vêtements de princesse rebelle et elle avait hâte de les voir. Elle s'était habillée avec soin ce matin, choisissant sa tenue de princesse *Courageuse*, une robe courte en velours bleu avec une épaisse ceinture dorée et des sandales en cuir à lanières. En général, elle n'était pas nerveuse avec les hommes, mais, avec Truman, elle avait besoin de tout le courage dont elle pouvait faire preuve.

— Est-ce qu'ils avaient peur de *lui* ? demanda Crystal alors qu'elles posaient la boîte par terre avec un bruit sourd.

— Non, mais il m'a un peu fait flipper, sauf que ce n'était rien comparé à ce truc de oh-bordel-ce-mec-est-super-viril qu'il dégageait. Il portait la testostérone comme un aftershave. Ça paraissait juste bizarre, c'est tout. Kennedy ne portait pas de chaussures. On aurait dit qu'il les avait tirés du lit, sauf qu'il n'avait même pas de berceau pour le bébé.

Cela lui réchauffa le cœur de repenser à la façon dont Truman apaisait Lincoln et la douceur avec laquelle il avait caressé le visage de Kennedy en lui parlant d'un ton rassurant.

— Il les aime. Ça, c'était clair. Mais le reste est curieux, tu ne crois pas ?

Crystal prit un cutter sur l'étagère et ouvrit le haut de la boîte. Ses cheveux lui tombaient sur le visage et elle jeta un regard à Gemma, l'air de dire « Tu sais ce que j'en pense » à travers ses mèches épaisses, tout en ouvrant le carton. Elle retira une petite veste en cuir et la tint en l'air, la présentant d'un air satisfait.

— Étant moi-même une princesse rebelle, je serais allée déposer ma voiture à la première heure ce matin, j'aurais admiré ces superbes tatouages que tu as mentionnés, volé un baiser torride – ou dix – et je l'aurais laissé sur sa faim. C'est toi la chercheuse d'histoire, la fille arrogante que personne ne voit arriver. Je suis surprise que tu n'aies pas débarqué en l'interrogeant pour obtenir des réponses à toutes tes questions. Tu as même mis ta tenue de princesse *Courageuse*. Alors où est le problème ?

Elle rigola. Crystal était le yin de son yang. Elle était effrontée là où Gemma était arrogante. Gemma avait la rébellion en elle, mais alors que sa tenue de rebelle préférée était composée d'une minijupe d'écolière rose et noir, de talons hauts noirs et à lacets, une chemise blanche à froufrous et d'une veste en cuir délavée, Crystal était une vraie motarde – pantalon en cuir, bottes et bustier avec un décolleté qui en montrait autant que possible. Pourtant, elles s'entendaient comme larrons en foire et se soutenaient toujours l'une l'autre.

— Je *n'interroge* pas les gens.

Crystal posa ses mains sur ses hanches et lui lança un regard appuyé.

— OK, peut-être que si, mais je ne l'ai pas fait avec *lui*. Il y a quelque chose chez lui qui m'a stoppée. J'ai envie de me gifler parce que ce matin j'ai *failli* faire ce que tu viens de dire, mais il y a je-ne-sais-quoi chez lui qui m'a fait devenir ça…

Elle sortit une jolie robe de princesse rose d'une autre boîte.

— Oh, Gem. Parce que d'habitude tu es la princesse Confiance, mais il y a un truc chez ce type qui a fait ressortir en toi la fille sans père qui a toujours peur que les gens aient des émotions cachées, des intentions dissimulées ou qu'ils te laissent simplement tomber. Et d'après ce que tu m'as dit sur son côté protecteur, je crois que ça te fait peur parce que c'est ce que tu as toujours souhaité avoir.

Gemma eut des frissons. Ses parents lui avaient toujours offert tout ce qu'ils souhaitaient *pour* elle, l'avaient protégée avec une communauté restreinte, des nounous vingt-quatre heures sur vingt-quatre et un emploi du temps rigide et étouffant. En mûrissant, elle avait réalisé que ses parents étaient incapables de lui donner la seule chose qu'elle avait toujours voulue : le genre d'amour qui ne pouvait pas être acheté, la sécurité et le confort qui naissaient de cet amour et la liberté qui allait de pair avec le fait d'aimer quelqu'un au point de vouloir voir *leurs* rêves se réaliser.

— Ce qui explique, ma Gemma, la taquina Crystal, la ramenant à leur conversation, pourquoi tu es encore là à sept heures un vendredi soir alors que nous avons fermé il y a une heure et que M. Plus Torride que l'Enfer attend que tu viennes déposer ta voiture ce qui, nous le savons tous, est un code pour « Ramène Ton Corps Sexy ».

Gemma leva les yeux au ciel, bien que l'idée lui ait traversé l'esprit. Crystal écarquilla les yeux.

— Oh mon Dieu. Tu crois que ça y est ? Après tout ce temps passé à sortir avec des gars qui ne t'intéressaient pas, tu as enfin trouvé un gars qui fait battre ton cœur ? Ou mieux encore, fait palpiter et vibrer ton intimité et…

Gemme jeta la robe rose dans sa direction et Crystal l'esquiva en riant.

— C'est ça ! Tu aimes ce dur à cuire couvert de tatouages. Le genre de type « qui ne cherche que des ennuis » dont tu me mets toujours en garde. Tu aimes bien les gars froids pleins de testostérone et qui grognent comme des alphas.

Elle sortit nonchalamment de la réserve en soufflant sur ses ongles, puis les fit glisser de haut en bas sur sa poitrine.

— Voilà, mon travail est terminé.

Gemma gémit et la suivit.

— Mon Dieu que tu es pénible. Pourquoi je t'ai embauchée, déjà ?

Elles s'étaient rencontrées dans un café à Peaceful Harbor quand Gemma cherchait un endroit où s'installer après l'université. Crystal était une personne directe, comme elle, ce qui expliquait pourquoi elles s'étaient bien entendues dès leur rencontre. Crystal était peut-être plus effrontée avec un style vestimentaire plus sombre, mais elles étaient toutes les deux sans langue de bois, ce qui contribuait au succès de leur entreprise — et de leur amitié.

— Parce que tu m'adores, dit Crystal en battant des cils. Et parce que je vais te parler franchement, expliqua-t-elle en posant ses mains sur les épaules de Gemma. En avant, jouvencelle, va conquérir ton homme des cavernes.

Gemma ne put s'empêcher de rire.

— C'est bien ça, le problème. Je *l'aime* bien. Il m'intrigue d'une façon que je ne peux ignorer. Mais tu me connais. Je n'aime jamais les mecs aussi rapidement. Et malgré les tatouages et les grognements, ce n'est *pas* un homme de Neandertal. Les néandertaliens n'ont pas un grand cœur comme ça.

Elle ressentit une certaine chaleur rien qu'en repensant à la façon dont il avait tenu les enfants, dont il leur avait parlé et les avait regardés. Et quand elle repensa à sa façon de la regarder *elle*, son corps devint brûlant. Elle saisit son sac à main de derrière le comptoir et un sachet de friandises et de jouets qu'elle avait emballé un peu plus tôt et se dirigea vers la porte.

— Souhaite-moi bonne chance.

— Je te souhaite surtout une longue queue et des boules d'acier. Promets-moi de ne *pas* trop réfléchir et de refouler ces souvenirs qui ont refait surface, sinon tu ne lui laisseras jamais aucune chance.

— Je te le promets, dit-elle par-dessus son épaule, espérant qu'elle y arriverait.

— Je veux tous les détails ! Et ne me sors pas des conneries du genre : « *on n'a rien fait* » parce que tu l'as déjà imaginé dans ta tête. Je le vois dans tes yeux !

Gemma franchit la porte d'entrée, faisant attention à ne pas jeter un coup d'œil en arrière, sinon elle risquait de dévoiler ces autres pensées cochonnes qui lui traversaient actuellement l'esprit.

CHAPITRE CINQ

WHISKEY AUTOMOBILE ÉTAIT situé en périphérie du centre-ville, près du pont qui menait à Peaceful Harbor. Un pont que Gemma avait rarement traversé durant ces quatre années où elle y avait vécu. Elle aimait le confort de la petite communauté soudée de la ville côtière, qui était si différente de cette collectivité fermée et exclusive dans laquelle elle avait grandi. Grâce à sa boutique, elle était devenue un membre de la communauté avec ses clients réguliers et de nombreuses amitiés. Son déménagement avait été fait dans un but précis et cela avait plutôt bien fonctionné. Elle ne pourrait peut-être jamais échapper à la douleur que provoquait le suicide de son père, mais au moins elle n'était plus obligée de faire face aux regards pleins de pitié de ceux qui l'entouraient. Elle avait gardé cette partie de sa vie pour elle, ne se confiant qu'à Crystal après l'un des appels téléphoniques de son horrible mère.

Alors que les boutiques s'éloignaient dans son rétroviseur, elle repensa à Truman et un frisson la parcourut. Oh ouais, ce type avait clairement piqué sa curiosité de toutes les façons possibles.

Elle passa devant le *Whiskey's*, un bar à l'allure louche avec des motos garées devant, chose à laquelle elle n'avait pas vraiment pensé jusqu'à présent. Truman était-il un motard ? Un kilomètre ou deux plus loin, elle aperçut le panneau *Whiskey Automobile* et elle tourna dans la longue allée, roulant vers le bâtiment au loin. Plus elle s'approchait, plus elle était nerveuse. Et s'il avait simplement été poli et ne s'attendait pas vraiment à ce qu'elle accepte son offre de réparation de sa voiture ?

Et s'il offrait simplement ses services pour me revoir ?

Elle eut alors des papillons dans le ventre.

Elle se gara devant le long bâtiment. Trois des quatre hangars étaient fermés. La lumière inondait le quatrième. Le côté droit du bâtiment servait de bureau avec des fenêtres en verre et des panneaux pour les pneus, les silencieux et autres fournitures automobiles. Elle n'avait pas regardé leurs horaires et était contente de voir que quelqu'un était toujours là. Elle espérait que c'était Truman.

Elle attrapa le sac de friandises et jouets qu'elle avait amené pour Kennedy, sortit de la voiture et suivit le son de la musique provenant du hangar où elle vit Truman avec Lincoln lové dans ses bras et Kennedy s'accrochant à sa jambe. Kennedy portait l'une des jolies robes qu'ils avaient choisies la veille. Gemma vit le parc pour enfant et se demanda s'ils avaient passé la journée dedans pendant que Truman travaillait.

Truman attrapa un sac à dos sur le sol et se retourna pour le hisser sur son épaule. Leurs regards se croisèrent et se connectèrent. Le terme *connecter* n'était pas assez fort pour décrire la puissance du regard qui se posa sur elle, l'attirant vers ce courant électrique qui crépitait entre eux. Des éclairs parcoururent ses veines, grésillant et brûlant à chaque pas. Les lèvres de Truman se retroussèrent en un sourire sincère et ses yeux bleus perçants la regardèrent de haut en bas. Elle se souvint alors qu'elle portait encore cette courte robe de princesse. Son sourire devint lascif et elle crut qu'elle allait fondre sur place.

— Tu es venue, dit-il d'un air manifestement soulagé.

— Ça ne pose pas de problème ?

Elle sentit toutes ses peurs remonter à la surface et les refoula au plus profond d'elle-même, refusant de trop réfléchir ce soir. Elle ne s'était pas sentie aussi excitée depuis… non, elle ne l'avait *jamais* autant été, en fait.

Kennedy la regarda, toujours accrochée à la jambe de Truman, et leva doucement et timidement la main pour la saluer.

Gemma la salua en retour, regardant Truman la soulever dans ses bras comme si elle ne pesait pas plus lourd qu'une plume. La petite fille posa sa tête sur son épaule et Truman lui sourit d'un air désolé alors qu'il franchissait les derniers mètres qui les séparaient.

— On était sur le point de remonter.

Elle jeta un coup d'œil vers la porte qu'il avait indiquée.

— À mon appartement, précisa-t-il en tournant la tête vers Lincoln qui dormait profondément sur son autre bras.

— Oh. Je suis désolée d'être venue si tard. Je peux ramener la voiture demain ou…

Elle aurait dû venir plus tôt, maintenant qu'elle était certaine qu'il ne lui avait pas demandé de venir pour pouvoir la revoir.

— Tu es pressée ? demanda-t-il d'un ton un peu bourru.

— Non, mais je ne voudrais pas…

Il sourit.

— Mais si. Allez, monte.

Elle le suivit jusqu'à la porte et monta les escaliers, s'inquiétant de son « Mais si ». Son intérêt pour lui était-il si évident ?

— Je peux revenir une autre fois. J'aurais dû appeler pour savoir à quelle heure vous fermiez.

— Mais tu es là, maintenant, remarqua-t-il.

Une fois en haut des escaliers, il parvint à tourner la poignée de la porte tout en tenant les deux enfants, puis poussa celle-ci avec son pied.

Elle le suivit, entrant dans un appartement de type loft. Un canapé brun à l'air confortable avec de larges coussins trônait au milieu du parquet. Elle avait envie de se blottir dessus en lisant et de disparaître pendant des heures. Non, elle avait envie de se blottir dans le canapé avec Truman et… Elle se força à détourner le regard de ce canapé érotique, remarquant que de nombreux croquis et le magazine *Être Parents,* qu'il avait acheté la veille, jonchaient la table basse. De l'autre côté de la pièce, des baies vitrées menaient à une terrasse et à leur droite une grande alcôve abritait plusieurs grands coffres à outils en métal ainsi qu'un établi en bois avec une variété d'outils accrochés au mur.

À côté se trouvait une belle fenêtre en forme d'arc. À sa gauche, elle vit une cuisine ouverte avec des biberons, pots de nourriture pour bébé et d'autres choses qu'ils avaient achetés la veille. Elle leva les yeux vers les poutres au plafond. L'appartement bien rangé était masculin et brut, comme Truman. Elle eut l'impression de devoir prendre une voix plus grave avant de parler.

— Est-ce que je peux au moins t'aider pour quelque chose ? Tu veux que je prenne Kennedy pendant que tu couches Lincoln ?

Il regarda la petite fille.

— Je m'en occupe.

Ses lèvres s'étirèrent en un demi-sourire et il embrassa Kennedy sur le front.

— Je reviens, lui dit-il.

Il disparut dans le couloir à leur droite et elle fit quelques pas dans l'appartement, écoutant attentivement la voix basse de Truman qui lui parvenait depuis l'autre pièce. Elle savait que c'était impoli d'écouter aux portes, mais il paraissait si calme et doux qu'elle ne put s'en empêcher. Elle entendit l'eau couler pendant qu'il expliquait à Kennedy comment se brosser les dents. Puis ce fut à nouveau silencieux, et elle n'entendit plus que ses pas réguliers sur le sol.

Elle ne parvenait pas à entendre ses murmures bas et apaisants. Curieuse, elle s'avança vers le couloir et sa voix devint soudain plus claire.

— Et la Fée Clochette rencontra Blanche-Neige dans la forêt, où elles firent de la compote de pommes.

Oh mon Dieu. Il se mélangeait les pinceaux avec les contes. Elle sourit, l'écoutant attentivement alors qu'il continuait de raconter son histoire.

— Et les motards transportèrent la Fée Clochette dans un carrosse spécial jusqu'à un champ magnifique où Winnie l'ourson l'attendait avec un grand pot de miel.

Elle ne put réprimer un sourire devant cette histoire idiote et s'en alla sur la pointe des pieds, posant le sac de friandises qu'elle avait amené sur la table basse. Elle s'assit sur le canapé en l'attendant et prit l'un de ses carnets à croquis qui était ouvert en grand, feuilletant les premières pages avec précaution, puis ralentit pour mieux regarder. Des esquisses de personnes et d'animaux, semblables à des graffitis, remplissaient chaque page, l'hypnotisant par leur fluidité et leurs expressions torturées. Les nuances de noir et de gris donnaient vie à des yeux, des bouches en colère avec des crocs de vipère, des visages tordus, tourmentés, des dragons, etc. Leur profondeur et leurs émotions s'accrochaient aux pages, lui donnant la chair de poule.

Une grande main tatouée se posa sur le bord du carnet et

elle leva les yeux vers le visage fermé de Truman.

— JE SUIS DÉSOLÉE. J'étais juste…

Gemma fronça les sourcils, le regard suppliant. Puis un sourire terriblement sexy étira ses lèvres. Elle leva les mains en l'air et haussa les épaules, l'air si adorable qu'il était difficile de rester agacé par cette intrusion dans sa vie privée.

— J'étais curieuse. Je ne peux pas m'en empêcher. C'est ma façon d'être et ces dessins sont incroyables. Ce sont les tiens ?

Truman jeta son carnet sur la table, essayant de faire face à ce tissu d'émotions qui se tordait et s'emmêlait en lui. Au cours des dernières vingt-quatre heures, sa vie était partie dans tous les sens et il avait l'impression d'être en équilibre sur deux roues au lieu de quatre.

— C'est rien.

— Rien ? dit-elle avec surprise. Ils sont audacieux et dramatiques et si différents de tout ce que j'ai pu voir, expliqua-t-elle en tendant la main vers le carnet.

— Non, s'il te plaît.

Son ton sévère la stoppa net.

Elle leva les yeux vers lui, le regardant d'un air confus et plein de défi. Elle se rassit sur le canapé et sa robe remonta sur ses cuisses de façon tentante. Détournant le regard face à ce spectacle séduisant, il lui dit :

— Ce ne sont que des gribouillis sans queue ni tête.

— Si ce sont des gribouillis sans queue ni tête, tu es un artiste sacrément talentueux. Je pourrais présenter ton travail dans l'une des newsletters que j'écris pour ma boutique. Je parie que tu recevras des commandes.

Il traversa la pièce jusqu'à la cuisine pour essayer d'apaiser cette chaleur qui le tenait. D'habitude, il n'aimait pas les femmes insistantes, mais son assurance et son regard lui donnaient envie de la serrer dans ses bras et de prendre possession de cette bouche insolente.

— Tu veux boire quelque chose ?

— Joli changement de sujet.

Elle se leva du canapé et le rejoignit, comme un rayon de soleil terriblement sexy. Maintenant que le cauchemar de la nuit dernière était terminé, il percevait mieux Gemma. Elle était encore plus belle que dans ses souvenirs. Dans ses sandales à talons plats, elle faisait au moins trente centimètres de moins que lui et la robe qu'elle portait était comme la cerise sur le gâteau de Gemma – et Truman était affamé. La couleur vive, la façon dont le vêtement épousait ses courbes voluptueuses et la ceinture dorée et épaisse lui donnaient un côté branché qui contrastait avec la tenue discrète qu'elle portait la veille.

Il avait intérêt à se ressaisir, car non seulement un ex-détenu avec deux bébés n'était pas vraiment en haut de la liste des femmes sexy, mais il avait aussi d'autres priorités. Sans compter qu'il n'avait ni temps libre ni chambre et l'idée de la prendre paraissait alors ridicule.

— Je dois t'avouer qu'en plus d'avoir regardé tes dessins j'ai aussi entendu le conte de fées que tu racontais à Kennedy et, hum… je crois que tu as mélangé plusieurs histoires.

— Je ne peux pas lui raconter les vraies versions. Elle a déjà vu assez de choses horribles dans sa vie. Alors, j'ai inventé une histoire pour elle.

Bon sang, il avait l'air d'une mauviette.

Le regard de Gemma se radoucit.

C'est peut-être bien finalement d'avoir l'air d'une fiotte. Bon Dieu, il avait d'autres problèmes plus importants à régler.

— Tu as inventé une *histoire* juste pour elle ?

Il serra les dents.

— Ouais. Je suis surpris que tu n'aies pas aussi jeté un coup d'œil à *ce* carnet de croquis, là. Je dessine l'histoire pour qu'elle ait des images. C'est pas important. On peut parler d'autre chose, s'il te plaît ?

— Oui, mais créer à Kennedy son propre livre de contes de fées est la chose la plus mignonne que j'aie jamais entendue. Et il faut que je le répète mais, sérieusement, Truman, tes dessins sont incroyables. Pourquoi tu ne veux pas que je les voie ?

Parce qu'ils viennent directement de mon âme.

— Ça n'a rien de personnel, c'est juste que je ne les montre jamais à personne.

— Eh bien, tu devrais. Ils sont vraiment bons.

Elle le regarda comme si elle voulait lui soutirer d'autres réponses, comme elle l'avait fait la nuit dernière, mais elle jeta ensuite un coup d'œil aux pots de nourriture pour bébé sur le comptoir et son expression changea.

— Je me sens mal de débarquer si tard. S'il te plaît, ne te sens pas obligé de me divertir. Tu étais prêt à monter quand je suis arrivé et tu as probablement un million de choses à faire pendant que les enfants dorment. J'étais simplement censée déposer ma voiture. Je peux m'en aller, si tu veux.

— C'est bon, dit-il, grimaçant devant son ton tranchant.

Ce n'était pas de sa faute si elle était arrivée à un moment où sa vie était totalement dingue et il ne voulait pas qu'elle ait l'impression de s'imposer alors qu'il avait passé la journée à espérer qu'elle vienne.

Adoucir sa voix lui parut plus facile que prévu.

— Je suis content que tu sois là.

Il aima la façon dont son visage s'éclaircit en entendant cela.

— D'habitude, ma vie n'est pas aussi désordonnée. *Je* ne suis pas si désordonné. Si tu étais passée à cette heure-ci quelques jours plus tôt, j'aurais été en train de bosser sur une voiture. Mais maintenant… je gère les emplois du temps de trois personnes, et je ne *connais* même pas encore leur rythme.

Enfin, s'ils ont vraiment un rythme.

Il ouvrit le réfrigérateur qui était plein des courses qu'ils avaient faites hier.

— Bon, et ce verre ?

— Je ne suis pas une grande buveuse, dit-elle. Est-ce que tu as quelque chose de non alcoolisé ? J'aime bien le vin. Ce n'est pas que je ne bois pas, c'est juste que je ne suis pas d'humeur.

— À moins que le thé glacé, le jus de pomme ou l'eau soient composés d'alcool, je pense qu'on est bon.

— Le thé glacé, c'est très bien, merci.

Elle le regarda attentivement alors qu'il versait les boissons.

— Tu ne peux pas demander à ta mère pour le rythme des enfants ?

Il se crispa, même s'il aurait dû anticiper la question. Elle était assez compréhensible. Il lui tendit un verre et fit un signe de tête vers le salon avant d'ouvrir les portes qui donnaient sur la terrasse pour laisser entrer l'air frais avant qu'il ne se mette à suffoquer.

— Elle n'est pas dans les parages, dit-il en s'asseyant sur le canapé à côté d'elle.

Il se sentait coupable de laisser Quincy s'occuper de la crémation de leur mère, mais il avait des choses plus importantes à régler – deux petites personnes avec de très gros besoins.

— Tu ne peux pas l'appeler ? Ou lui envoyer un e-mail ?

— Elle est…

Il allait devoir s'habituer à le dire. Autant commencer maintenant.

— Elle est décédée de façon inattendue.

— Oh mon Dieu.

Elle posa ses doigts délicats sur son avant-bras et cela lui plut plus que prévu.

— Je suis tellement désolée, dit Gemma.

— Crois-moi, ils sont mieux sans elle.

Elle recula comme si elle venait de se brûler.

— Pourquoi ?

Il réfléchit à sa question et prit une autre gorgée de son thé glacé, en se disant qu'il aurait aimé boire quelque chose de plus fort. Il n'était pas un grand buveur et ne prenait en général qu'une bière ou deux quand il traînait avec les gars. Mais les bébés n'avaient pas besoin qu'un type ivre s'occupe d'eux. Il fallait qu'il soit lucide et présent, maintenant plus que jamais. Il posa sa boisson sur la table et passa la main sur son menton, se rappelant qu'il ne s'était pas rasé depuis un moment. Au moins, aujourd'hui, Dixie avait pu surveiller les enfants assez longtemps pour qu'il puisse prendre une douche un peu plus tôt. Ne plus avoir le temps de prendre une douche, aider Kennedy à se laver les dents, changer les couches… il était devenu un père du jour au lendemain et s'était tout aussi rapidement mis à aimer les petits bébés qui dormaient dans l'autre pièce.

Ses pensées se focalisèrent à nouveau sur leur mère, faisant remonter la bile dans sa gorge, et se reconcentrèrent sur la question de Gemma.

— Certaines personnes ne sont pas faites pour être mères.

Elle hocha la tête comme si elle approuvait et posa son verre à côté du sien.

— Malgré tout, je suis quand même désolée que tu l'aies perdue. Qu'elle ait été une bonne ou une mauvaise mère, elle faisait partie de ta famille. La famille des enfants.

— C'est vrai, dit-il dans sa barbe.

Elle avait raison d'avoir beaucoup d'estime pour la famille. Malheureusement, Kennedy et Lincoln étaient nés d'une mère qui ne méritait pas ce respect-là.

— Eh bien, j'espère qu'ils ne se souviennent pas une seconde de leur vie avant hier soir.

— Hier soir ? C'est quand… ?

— Oui.

Il se demanda pourquoi il partageait ça avec elle, mais cela lui faisait du bien de le dire. Ce n'était pas comme si c'était *lui*, le junkie. Il n'avait rien à cacher – à part avoir passé six ans de sa vie à payer pour un crime qu'il n'avait pas commis.

Elle toucha à nouveau son bras. C'était une caresse douce et apaisante, le genre de contact que l'on pouvait partager avec un ami ou un membre de sa famille. Il n'y avait rien de sexuel dans son geste, mais c'était très agréable.

— C'est pour ça que tu as eu besoin d'acheter autant de choses pour eux ? Il y a eu un incendie, quelque chose comme ça ? Ils ont perdu toutes leurs affaires ?

— Non. Ils n'ont jamais eu d'affaires.

— Je ne comprends pas. Comment ça se fait qu'ils n'aient rien ? demanda-t-elle en penchant la tête sur le côté.

De qui se moquait-il ? Évidemment qu'elle ne pouvait pas comprendre. Elle venait probablement d'une famille normale avec des problèmes normaux, tels que où partir en vacances, quelle voiture prendre pour aller faire les magasins ? Autant couper court à cette conversation. Il venait d'une famille de merde, et, dès l'instant où elle apprendrait où il avait passé ces six dernières années, elle partirait en courant.

— Tu sais quoi ? Tout ça n'était peut-être pas une si bonne idée. Laisse-moi tes clés et je te donnerai une voiture de location et t'appellerai quand la tienne sera prête, dit-il en se levant.

Elle se leva à côté de lui.

— Pourquoi ?

Il haussa les sourcils.

— Tu viens juste de me dire que tu étais content que je sois là, continua-t-elle.

— Je le suis, mais tu n'as pas besoin d'entendre tout ça.

Elle plissa ses yeux de chat.

— Je ne te poserais pas la question si je n'avais pas envie de l'entendre.

— Tu es toujours comme ça ?

— Comme quoi ? demanda-t-elle en penchant à nouveau la tête avec un sourire innocent.

Il baissa les yeux vers les doigts posés sur sa hanche marquée.

— Ah ouais. T'es toujours comme ça.

Il ne put réprimer ce sourire qui lui étirait les lèvres.

— Tu veux dire amicale ? Intriguée par un type qui me propose de réparer gratuitement ma voiture et qui me rend nerveuse ?

L'innocence de son sourire sembla brûler sous ses yeux.

— Tu n'agis pas comme si je te rendais nerveuse.

Il s'approcha d'elle et elle ne recula pas. L'air qui flottait entre eux semblait scintiller comme la première fois qu'ils s'étaient rencontrés, avant qu'il ne se fasse à nouveau distraire par les enfants.

— Pourquoi as-tu peur de me parler ?

Elle leva le menton, pour garder un visage neutre. Mais elle ne pouvait pas cacher sa respiration rapide.

— Pourquoi est-ce que toi tu *veux* me parler ?

Elle pinça les lèvres.

— Parce que tu aimes tellement ton frère et ta sœur que ça dégouline presque, et c'est quelque chose que j'apprécie chez une personne. L'amour et la loyauté ne sont pas faciles à trouver, notamment avec les frères et sœurs. Et tu les protèges, ce qui est assez révélateur, et puis tu es incroyablement artistique et tu es clairement généreux. Tu m'as proposé de réparer ma voiture gratuitement. Tu es aussi un peu mystérieux.

Elle baissa les yeux vers son torse, retenant l'attention de son membre.

— Et tu es *un peu* attirant.

Il s'avança encore, leurs cuisses se frôlant.

— *Un peu* attirant ?

— Tu aurais besoin de te raser.

Bon sang, il aimait son audace.

— Au cas où tu ne l'aurais pas remarqué, ma vie est assez chaotique en ce moment. Je n'ai pas vraiment le temps de me raser.

— Chaotique ? Non. Je n'ai pas remarqué. En revanche, j'ai entendu dire que tu avais récemment acquis la responsabilité de deux enfants très mignons et il se trouve que je suis très douée avec ceux-ci. Si tu acceptes de me parler, je te partagerais peut-être quelques secrets pour t'aider à trouver le temps de te raser et faire *d'autres choses*.

À l'exception de la famille Whiskey, il n'avait jamais reçu d'aide de la part de quiconque. Ce qui lui rappela qu'il avait intérêt à s'éloigner de la belle Gemma.

— Je n'ai pas besoin d'aide.

Elle étudia à nouveau son visage.

— Tout le monde a besoin d'aide.

— Tu n'as aucune idée de qui je suis.

— Non, mais, généralement, c'est pour ça que les gens parlent. Pour apprendre à se connaître.

Elle déglutit avec difficulté.

— Mon amie m'a rappelé que j'ai toujours été trop prudente avec les hommes. Je ne veux pas être trop prudente. J'aimerais apprendre à te connaître.

Il voyait bien à quel point c'était difficile pour elle de l'admettre, or non seulement elle l'avait fait, mais elle l'avait en plus déclaré avec assurance. Et son cœur en prit note. Truman avait l'habitude de se faire draguer. Les femmes flirtaient souvent avec lui quand il était au *Whiskey's* ou au billard. Quand il était entouré de personnes plus dures pour qui le fait d'avoir fait de la prison n'était pas dissuasif, mais plutôt honorable. Des femmes qui amenaient leur voiture au garage, mariées ou célibataires, le draguaient également, des femmes qui pensaient que baiser avec un tatoué serait un grand moment. Mais il n'acceptait jamais leurs avances. Il avait déjà eu assez de problèmes par le passé, il n'avait pas besoin d'en rajouter à l'avenir en se demandant avec quelles femmes mariées il avait couché.

Mais Gemma… Gemma était intelligente et avisée et plus ils parlaient, plus il l'aimait, ce qui était exactement pour ça qu'il devait mettre fin à leur conversation. Il n'était pas du genre à se laisser punir et il n'avait pas envie de lui donner de faux espoirs tout en sachant que son passé la repousserait.

Avant de se forcer à reculer, il ne put résister à l'envie de lui caresser la joue. Elle était magnifique et intelligente et drôle. Elle méritait un homme sans un passé qui lui collait à la peau comme une corde autour du cou.

— Dans ce cas-là, Gemma Wright, je pense que tu devrais être un peu plus prudente. Allons te chercher cette voiture de prêt.

CHAPITRE SIX

GEMMA NE SE LAISSERAIT pas duper par Truman Gritt,
pas une seule seconde. Il avait le cœur sur la main. Un cœur
brut. Ses émotions étaient *réelles* et s'exprimaient de façon claire
à travers son regard, comme un loup affamé prêt à dévorer son
prochain repas. Elle avait vu l'effort que cela lui avait demandé
de se contrôler. Elle l'avait senti durant cet électrochoc qu'avait
provoqué sa caresse. Et quand il parlait de sa mère, elle avait
perçu son dégoût pour elle à travers ses phrases courtes.
Désormais, elle voulait comprendre pourquoi, et pourquoi il
l'avait renvoyée alors qu'il voulait clairement qu'elle reste. Ce
fut précisément la raison pour laquelle elle se tint sur sa terrasse
à six heures trente du matin le lendemain, avec deux tasses de
café à emporter de chez *Jazzy Joe's*, son café préféré. Elle était
armée et prête à l'interroger s'il le fallait.

Elle lissa sa chemise, se tint bien droite et frappa à la vitre au
moment où les pleurs de Lincoln retentirent. Elle frappa à
nouveau et les rideaux s'ouvrirent. Kennedy leva la tête vers elle.
Elle portait le petit pyjama rose avec des cônes de glaces
imprimés dessus que Gemma avait choisi. Elle bâilla, ses petits
yeux se fermant sous l'effort. Gemma s'accroupit devant elle et
lui fit signe à travers la vitre. Kennedy se tortilla de gauche à
droite, levant soudain le menton quand le grand torse nu de

Truman – *respire, respire, respire* – apparut derrière elle. Gemma se leva lentement, analysant chaque détail au fur et à mesure. Un bas de pyjama bleu foncé pendait dangereusement bas sur ses hanches, sous des abdominaux incroyablement bien dessinés et qu'elle avait extrêmement envie de lécher. Elle passa la langue sur ses lèvres alors qu'elle se levait, s'attardant sur le bras musclé qui tenait Lincoln, et les rubans d'encre bleue décorant son large torse, s'enfonçant entre des pectoraux épais et musclés, sur ses épaules puissantes et sur le côté droit de son cou. Un petit coup contre la vitre lui fit lever les yeux vers lui et elle sentit ses joues s'enflammer devant son sourire. Ses cheveux étaient ébouriffés, ses yeux fatigués et… *curieux*? Elle aimait beaucoup cet air endormi. Cela lui donnait un côté gentil géant. Son sourire cessa soudain quand il tira sur la baie vitrée pour l'ouvrir. *Oh, oh.* Elle avait peut-être confondu curiosité et agacement.

— Est-ce que tu reluques et espionnes tous les hommes qui sont *un peu* attirants ?

Kennedy enroula ses bras autour de sa cuisse, tirant son pantalon vers le bas. *C'est ça, Kennedy, tire un peu plus fort.*

Oh que c'était mal ! Elle n'était pas censée vouloir qu'il perde son pantalon devant les enfants. Waouh ! qui aurait cru que les muscles avaient la capacité de faire baisser son QI ? Réfléchissant bien plus vite qu'elle ne s'en serait crue capable avec tout ce désir qui vibrait en elle, elle lui rétorqua :

— Je ne t'espionne pas. Tu as besoin de te raser, donc de prendre une douche, ce qui est quasiment impossible avec deux petits dans les pattes. Je suis venue t'aider.

Il posa sa main sur la joue de Kennedy et, avec ce geste tendre, le cœur de Gemma battit un peu plus pour cet homme réservé.

— Tu n'écoutes pas très bien, non ? Je croyais t'avoir dit

que je n'avais pas besoin d'aide, dit-il en faisant un pas sur le côté, un sourire se formant sur ses lèvres.

— C'est vrai, mais tes yeux m'ont dit autre chose.

Elle entra dans l'appartement avec le sentiment d'avoir gagné. Puis elle remarqua des couvertures et oreillers sur le canapé, des biberons vides sur le comptoir et le magazine *Être Parents*, ouvert par terre à côté du canapé. Le sac qu'elle avait apporté hier était toujours sur la table basse.

— La matinée a été difficile ? demanda-t-elle.

— Je ne sais même plus quand la nuit s'est terminée et quand le matin a commencé, expliqua-t-il en étouffant un bâillement. Lincoln s'est fait vacciner hier et il a un peu de fièvre. J'ai appelé la pédiatre et elle m'a dit que c'était une réaction normale. Je lui ai déjà donné des médicaments pour faire baisser la fièvre et il semble aller mieux maintenant. Mais elle m'a dit qu'il en aurait probablement à nouveau besoin dans quatre heures.

— Oh, pauvre petit gars. Tu les as déjà amenés chez la pédiatre ?

Elle posa les tasses de café à emporter sur le comptoir de la cuisine.

— Elle est venue hier pour rendre service à mon pote.

— C'est gentil de sa part. Je ne savais pas que les pédiatres faisaient encore des visites à domicile.

Gemma tendit les bras vers le bébé.

— Donne-moi Linc, comme ça tu pourras boire ton café et prendre une douche – et te raser.

Il jeta un coup d'œil à sa chemise décolletée et son jean moulant.

— Pas de robe de princesse aujourd'hui ?

— Je les garde pour des occasions spéciales, comme quand

on me demande de partir par exemple.

Il embrassa Lincoln sur le front et le lui tendit, ses yeux s'attardant sur sa bouche jusqu'à ce que le pouls de Gemma s'accélère. Quand son regard parcourut lentement son corps, elle sentit sa chaleur transpercer ses vêtements.

— Pour ce que ça vaut, dit-il d'une voix rauque et séduisante. J'aime cette tenue autant que j'aime la robe.

Il souleva Kennedy dans ses bras et l'embrassa sur la joue.

— C'est bon à savoir. Mais ne me demande pas de partir.

Ses lèvres s'étirèrent en un petit sourire et il tourna Kennedy vers lui.

— Ça ne te dérange pas de rester avec Gemma quelques minutes pendant que je prends une douche, princesse ?

Kennedy regarda Gemma.

— Ça va aller, lui assura Gemma, adorant cette façon qu'il avait de s'inquiéter pour eux. Ça lui fera du bien de passer un moment entre filles. Et puis, j'ai des friandises pour elle.

— Du café ?

— Oui, du café bien fort, c'est exactement ce dont les enfants ont besoin. Mais pour qui tu me prends ? Tout le monde sait que les enfants aiment les Frappuccinos, pas les cafés.

L'inquiétude se lut sur son beau visage et il plaça sa main sur le dos de Kennedy, comme un lion protégeant ses petits. Il avait peut-être un côté néandertalien en lui, après tout. Et ça lui plaisait beaucoup.

— Je plaisante, j'ai ramené quelques trucs hier soir, dit-elle en pointant du doigt le sac sur la table basse. Arrête de t'inquiéter et va prendre une douche. Et pour l'amour de Dieu, cache-moi ces muscles un peu attirants et distrayants.

Un sourire gratifiant étira ses lèvres et son visage redevint sérieux tout aussi rapidement.

— Tu lui as apporté des cadeaux la nuit dernière ?

Elle haussa les épaules et tendit la main vers la petite fille alors qu'il reposait Kennedy par terre. Celle-ci cligna des yeux en direction de Truman qui hocha la tête et prit finalement la main de Gemma.

— Juste quelques trucs qui devraient lui plaire. Est-ce que ça te va si je leur donne leur petit déjeuner s'ils ont faim ?

— Oui, bien sûr, merci.

Il traversa la pièce, chaque pas étant un rappel visuel de son pouvoir et de son contrôle. Même la façon dont il souleva son sac à dos près de la porte d'entrée fut déterminée, comme s'il avait calculé chaque mouvement dans sa tête. Il plongea la main dans l'ouverture et en ressortit une pile de papiers.

— J'ai cuisiné des œufs à Kennedy hier matin et ça a semblé lui plaire. Le médecin m'a donné des idées de menus, de planning, des trucs comme ça.

Elle réalisa à quelle vitesse sa vie avait changé, il y a seulement deux jours, en perdant sa mère et en devant s'occuper des deux petits. Pas étonnant qu'il se comporte comme un chien de garde. Et voilà qu'il restait debout toute la nuit avec un bébé fiévreux et qu'il fallait *encore* insister pour qu'il accepte de l'aide. Elle connaissait des mères qui seraient prêtes à supplier pour qu'on les aide à garder leurs enfants, juste pour pouvoir aller se faire les ongles.

Elle baissa les yeux vers sa main, vérifiant que son cœur ne s'y trouvait pas. Cet homme n'avait pas besoin de changer. Il était parfait tel qu'il était.

— Tu sais quoi, Tru ? Ne te rase pas si tu n'en as pas envie. C'est bien parfois de se laisser distraire.

COMMENT ÉTAIT-IL censé se doucher quand Gemma n'était qu'à quelques mètres au bout du couloir, en train de s'occuper de *ses* enfants ? Pas les enfants de sa foutue mère ni ceux du gouvernement qui risquait de lui voler la seule vraie famille qu'il lui restait. Il allait devoir y réfléchir, mais il le *ferait*. D'une façon ou d'une autre. C'était un problème dont il ne pouvait pas encore s'occuper. D'abord, il devait faire baisser la fièvre de Lincoln, déterminer leurs horaires, leur sommeil et comment il allait pouvoir s'occuper d'eux en étant dans le magasin toute la journée. Il y avait trop de choses à régler en seulement dix minutes sous la douche, et bon sang que celle-ci était agréable ! Il ferma les yeux et inclina son visage vers l'eau chaude, pensant alors à Gemma. *Gemma* qui était belle, intelligente et arrogante comme tout. Gemma dans cette robe bleue, courte et sexy, dévoilant ses longues jambes et ses cuisses crémeuses, dans une tentation qu'il n'avait pas connue depuis longtemps, ses seins gonflés dépassant de son décolleté. Sa main glissa jusqu'à sa verge palpitante et il y enroula le poing, se caressant lentement. Il imagina les doigts fins de Gemma sous les siens, ses yeux verts séducteurs. *Une caresse. Puis une autre.* Sa langue sur ses lèvres rouge cramoisi alors qu'elle se mettait à genoux. *Caresse. Caresse.* Il pressa sa paume contre le mur, emporté par son fantasme érotique, pénétrant son poing alors que l'image de Gemma en train de le sucer s'installait. Il redoubla de vigueur, glissant sa main rêche sur le bout de son sexe, puis plus rapidement, plus serré. Dans son fantasme, Gemma le regardait par en dessous alors qu'elle le prenait plus profondément, le suçant avec intensité, l'entraînant vers la limite. Il sentit le désir s'intensifier en bas de sa colonne vertébrale et il poussa plus vite, gémissant – « Gemma » – alors que le soulagement s'abattit sur lui, à travers lui, en lui.

Il recula en trébuchant, se heurtant au carrelage, haletant. *Bordel de merde.*

— Truman ? dit Gemma de l'autre côté de la porte.

Son membre tressaillit, anticipant la suite. C'était quoi, ce délire ? Il était comme le chien de Pavlov[6] maintenant ?

— Ouais ? répondit-il.

— Je t'ai préparé un petit déjeuner, si tu en veux.

Il passa la main sur son visage, se sentant coupable. Elle venait de lui préparer un petit déjeuner et lui venait de jouir dans sa gorge fictive.

— Merci. J'arrive.

Il nettoya rapidement les traces de son fantasme sur sa peau, se brossa les dents et les cheveux et enroula une serviette autour de sa taille. Avec empressement, il traversa le couloir jusqu'à sa chambre, trébuchant sur Gemma qui était accroupie à côté de Kennedy, l'aidant à s'habiller.

Gemma sursauta, faisant un bond en avant, elle tendit les deux mains vers Kennedy pour l'empêcher de tomber alors que Truman retrouvait son équilibre. Elle leva les yeux, l'air de dire « Oh-merde » pour finalement exprimer un « Oh-mon-Dieu ». Ses lèvres rouges et ses yeux avides étaient à hauteur de son membre et son fantasme revint à la charge alors qu'elle fixait la bosse sous sa serviette. Elle rougit, mais ne détourna pas le regard. Elle leva lentement ses yeux séduisants vers les siens, se lécha les lèvres et fit un mouvement de rotation avec son doigt, hochant la tête vers Kennedy.

---

[6] Concept du conditionnement classique

Ah putain. Kennedy. Il se retourna, maudissant silencieusement sa verge traîtresse qui semblait avoir figé son cerveau.

— Mieux vaut ne pas réagir de façon excessive, je pensais que tu avais des vêtements dans la salle de bains. Désolée.

Elle prit Kennedy dans ses bras, jetant un dernier long coup d'œil par-dessus son épaule avant de dire :

— Viens, ma puce. Allons voir ton petit frère endormi et laissons ton *grand* frère s'habiller.

Alors qu'elle disparaissait derrière la porte, il baissa les yeux vers son membre rigide, réalisant que toutes les douches froides du monde ne suffiraient jamais à apaiser ces flammes qui brûlaient en lui.

CHAPITRE SEPT

POUR LA CENTIÈME fois depuis autant de minutes, Truman jeta un coup d'œil vers Gemma appuyée contre le cadre de la porte du hangar dans son jean moulant et son haut couleur crème. Elle souriait à Kennedy qui était assise dans l'herbe à trente centimètres de là, jouant joyeusement avec une poupée princesse que Gemma avait apportée, portant aussi un diadème en plastique qu'elle lui avait également donné. La poupée avait un diadème assorti. Kennedy était tellement fascinée par les cadeaux qu'elle avait joué avec toute la matinée. Lincoln dormait dans le parc pour enfants, à quelques mètres de là. Gemma avait posé une couverture sur le dessus pour éviter que le soleil ne lui donne trop chaud. S'occuper des enfants paraissait si facile pour elle, alors que lui stressait pour chaque petite chose. La sérénité qui régnait contrastait avec la nuit chaotique qu'il avait passée – enfin, les deux jours chaotiques qu'ils venaient de passer – et, pourtant, Gemma faisait en sorte que cela soit réalisable pendant plusieurs minutes. Mais si quelqu'un savait à quel point la vie pouvait basculer du jour au lendemain, c'était bien Truman.

Comme ce matin.

Une fois de plus, il revit la scène qui s'était déroulée dans sa chambre – son regard calme et intéressé, la façon dont elle avait léché ses lèvres, comme si elle avait eu envie de lui enlever sa serviette et de le goûter aussi fort qu'il avait envie de la dévorer. Bien qu'aucun d'eux n'ait évoqué l'incident de ce matin, la chaleur entre eux avait atteint des niveaux infernaux. Chaque fois que leurs mains se frôlaient, il y avait des étincelles. Chaque regard était brûlant. Résultat, il avait presque bandé toute la matinée. Heureusement, Dixie et Bear n'étaient pas là aujourd'hui, donc il n'y avait personne d'autre pour être témoin de sa ridicule raideur malvenue.

— Bref, dit Gemma, le ramenant à leur conversation.

Elle lui parlait de sa boutique de princesse. Truman l'écoutait décrire les différences entre la fête d'anniversaire d'un enfant de deux ans et celle d'un enfant de sept ans, qui impliquait apparemment de marcher sur un tapis rouge avec des lumières, de la musique et beaucoup de fanfares.

— Nous faisons des manucures et pédicures, des coiffures et des séances de maquillage, mais ce n'est pas la meilleure partie. Le meilleur c'est quand on regarde les enfants choisir leur tenue sans que leurs parents leur disent quoi porter. Les petites filles les plus précieuses choisissent parfois du cuir et de la dentelle tandis que les garçons manqués préfèrent les robes à froufrous.

Ses yeux scintillèrent et elle regarda dans le vide, comme si elle voyait la scène se dérouler sous ses yeux.

— Et puis il y a ce moment où tout se met en place et où ces petites filles *deviennent* soudain des personnes différentes. C'est encore mieux que de les regarder choisir des vêtements en fait. Cette révélation et cet instant de liberté où elles réalisent qu'elles peuvent devenir qui elles veulent. J'adore ça.

Pour la première fois depuis aussi longtemps qu'il s'en souvienne, les images qui prenaient forme dans son esprit n'étaient plus sombres et ses doigts le démangeaient de créer sans être guidé par la frustration. Gemma était l'art en mouvement. Alors qu'elle lui parlait de sa boutique, il s'imaginait en train de la peindre. Il visualisa des rubans jaunes, roses et orange, entrecoupés de bleu et de violet à la place de ses cheveux. Il imagina dessiner son visage dans un tourbillon de traits légers couleur pastel avec des touches audacieuses de bleu marine et de noir pour ces lueurs séduisantes qui brillaient à travers. Quant à son corps ? Toutes ces courbes voluptueuses et cette force ne pouvaient être peintes que comme un savant cocktail de beauté parfaite et de rébellion avec des couleurs dorées, des verts pâles, du jaune et du rose vif.

— Maintenant que tu connais ma passion, tu veux bien me parler de tes dessins ?

Il secoua la tête pour recouvrer ses esprits.

— Tu les as déjà vus. Dis-m'en plus sur toi.

Il voulait tout savoir, même s'il n'était pas prêt à lui rendre la pareille.

— Pourquoi les princesses ? continua-t-il.

Elle plissa les yeux, de cette façon sérieuse et espiègle qui la caractérisait.

— Pourquoi les dessins ? insista-t-elle.

Il se focalisa à nouveau sur la voiture de Gemma pour éviter de répondre à sa question.

— Tu me laisses faire irruption dans ton appartement à l'aube, mais tu refuses de me parler de tes dessins ?

Il sourit et la regarda à nouveau.

— C'est ça.

Elle leva les yeux au ciel. Elle faisait souvent ça au lieu d'insister et cela lui plaisait. Cela lui laissait le temps de réfléchir. Mais, à vrai dire, personne ne l'avait jamais vraiment bousculé comme elle le faisait, et il aimait bien sa façon de faire. Il aimait savoir qu'elle s'intéressait à lui, même s'il savait que lorsqu'elle le connaîtrait vraiment, elle prendrait ses jambes à son cou.

— Si tu refuses de me parler de tes dessins, et si tu ne veux pas me donner plus de détails sur ta mère, peux-tu m'expliquer pourquoi, depuis le temps que j'habite à Peaceful Harbor, je ne t'ai jamais vu ?

Elle l'avait harcelé de questions au petit déjeuner pendant qu'il faisait la vaisselle et quand il avait mis du linge dans la machine. Elle lui avait posé les mêmes questions de dix manières différentes. Elle était adorablement tenace.

— Est-ce que tu fréquentes cette partie de la ville ? lui demanda-t-il tout en connaissant la réponse.

Il n'y avait pas grand-chose près du pont, à part le *Whiskey's*.

— Eh bien non, mais tu dois bien venir en centre-ville parfois.

Il se focalisa sur sa portière cabossée.

— Bien sûr, quand j'ai besoin de quelque chose. Je suis assez discret et je n'ai emménagé ici qu'il y a quelques mois.

— Tu habitais où avant ?

Derrière les barreaux. Il ne comptait pas aborder le sujet. Il garda ses yeux rivés sur l'intérieur de la porte.

— Et toi, où habitais-tu avant d'emménager ici ? lui demanda-t-il.

— J'ai grandi à deux heures d'ici.

Il jeta un coup d'œil dans sa direction. Elle enroulait une mèche de cheveux autour de son doigt, l'air si à l'aise avec un grand sourire désinvolte et magnifique. Bon sang, elle le tuait avec ce sourire.

— Est-ce que ça ressemblait à Peaceful Harbor ?

Elle secoua la tête.

— Non. J'ai grandi dans un environnement très différent. Je

n'avais pas le droit de jouer dans l'herbe avec une poupée pendant des heures. J'ai eu une vie stricte au sein d'une communauté fermée avec des leçons de musiques, d'étiquette, des professeurs particuliers de langues…

Elle fronça le nez.

— Pourquoi es-tu venue ici ?

Son style de vie était à mille lieues du sien. Encore une autre raison de ne pas baisser son froc.

— Voyons voir.

Elle relâcha ses cheveux et rencontra son regard fixe.

— Communauté fermée, leçons de musique, professeurs particuliers.

Il rigola doucement face à sa candeur.

— La plupart des gens donneraient n'importe quoi pour avoir tout ça.

— La plupart des gens n'imaginent pas à quel point tout cela est horrible. Tout ce que j'avais envie de faire, c'était de voler avec des ailes de fée, me déguiser avec des costumes à dix dollars et construire une tente avec des draps. Je rêvais de courir dans les prés sans avoir une nounou pour me surveiller, tu vois ? Être une enfant, tout simplement, faire un goûter avec ces petites tasses en plastique et du faux thé. Pour une fois, ç'aurait été bien d'avoir des cupcakes à la vanille faits maison plutôt qu'un gâteau d'anniversaire à trois étages avec de la ganache. Mes parents auraient pu facilement m'offrir n'importe laquelle de ces choses. Et du *temps*, aussi, dit-elle d'un air rêveur. Quelques minutes de leur temps, sans aucun planning de prévu, aurait été le plus beau des cadeaux. Peu importe ce que nous aurions pu faire. Nous aurions pu simplement nous asseoir dans une pièce vide et discuter.

Elle prit une grande inspiration et regarda plus loin.

— D'après mes parents, je voulais « vivre la vie d'une pauvre et non celle d'une princesse » et peut-être qu'ils avaient raison, car je n'en avais rien à faire de tout ce qu'ils faisaient. Je n'ai jamais voulu jouer du piano ou apprendre le français, dit-elle en secouant la tête. Je suis désolée. Ce n'est pas un très joli mot. « Pauvre », c'était leur mot, pas le mien.

Il jeta un coup d'œil vers Kennedy et réalisa que la pauvreté était un cran au-dessus des conditions dans lesquelles elle avait vécu.

— Ce n'est pas offensant.

Gemma hocha la tête, l'air soulagé.

— Tout ce que je voulais, c'était du *temps*. Pouvoir passer du temps avec eux, avoir le temps de courir, de jouer et d'être une enfant. J'aurais préféré ne rien posséder et être aimée comme jamais plutôt que de tout avoir et de me sentir comme une vulgaire marchandise qu'ils pouvaient exhiber.

Au premier abord, il n'aurait pas imaginé qu'ils puissent avoir quoi que ce soit en commun et il s'était même demandé comment il pouvait être attiré par quelqu'un qui venait d'un monde si différent du sien. Mais plus il en apprenait sur elle, plus il réalisait qu'ils avaient des choses en commun. Des choses importantes auxquelles il ne s'attendait pas.

— Alors pourquoi les princesses ? On dirait plutôt que tu veux aller dans la direction opposée.

— Parce que *Princesse d'un Jour* ce n'est pas seulement être une petite princesse qui porte des robes à froufrous et qui obtient tout ce qu'elle veut. Il s'agit d'être celle que les *enfants* rêvent d'être. Nous avons des princesses rockeuses, des princesses étudiantes, des princesses qui travaillent dans le bâtiment. Tout ce que vous voulez, nous le proposons. Gothique, froufrous, cuir, dentelle, garçon manqué, fofolle… Au départ, je voulais appeler ça « Être toi Pour Une Journée », mais les spécialistes du marketing avec qui j'ai discuté m'ont dit que personne ne saurait ce que c'était, ni à qui ça s'adressait, expliqua-t-elle en haussant les épaules. Alors j'ai opté pour *princesse*. Et toi, comment était ton enfance ?

Il se concentra à nouveau sur la voiture, serrant les dents.

— Combien de fois vas-tu poser les mêmes questions ?

— Combien de fois vas-tu les éviter ?

— Oh, un bon nombre de fois.

Il leva les yeux et vit qu'elle souriait à nouveau.

— Quoi ?

— T'es mignon quand tu essaies d'être macho et évasif.

Il rigola.

— Mignon ? Lincoln est mignon. Kennedy aussi. Mais moi, je te rends nerveuse, tu te souviens ?

— Ouais, répondit-elle en s'écartant de la porte. J'ai repensé à cet adjectif d'ailleurs. Et je pense que « fiévreuse » correspond mieux.

Elle s'éloigna et rejoignit Kennedy dans la cour.

Comment était-il censé se concentrer maintenant que cette information lui trottait dans la tête ? Il essaya de se focaliser sur la réparation de la portière, mais ses pensées revenaient sans cesse vers Gemma. Il avait beaucoup pensé à elle la nuit dernière, alors qu'il faisait les cent pas dans son appartement pour essayer de calmer Lincoln et de l'endormir. Quand il avait entendu qu'on frappait à la porte ce matin, il avait été certain que les ennuis commençaient et avait craint le pire, s'attendant à ce que la police lui annonce que son frère avait été retrouvé mort quelque part ou que les autorités viennent chercher les enfants. Quand il avait vu Gemma à travers la vitre, non seulement il avait été soulagé, mais il avait également ressenti une certaine excitation. Il aimait être avec elle, malgré ses questions insistantes. À vrai dire, sa curiosité faisait partie de son charme.

La douce voix de Gemma l'accompagna durant ce travail méticuleux et fastidieux. Un peu plus tard, elle porta Lincoln jusque dans le garage et une autre vague de bonheur le traversa. Il se leva pour attraper Lincoln, se sentant un peu déstabilisé par toutes ces émotions.

— C'est bon, je peux le nourrir, dit-elle.

— Je suis probablement en train de te retarder. Ça fait des heures que tu es là.

Elle sourit avec douceur.

— Tu en as déjà marre de moi ?

— Absolument pas, dit-il en s'approchant. Mais tu n'es pas une babysitter et tu es là depuis l'aube.

— Je n'ai pas l'impression d'être une babysitter. J'aime apprendre à vous connaître, toi et les enfants.

Il effleura le front de Lincoln du bout des doigts, heureux de constater qu'il était moins chaud. Maintenant son regard, il posa la main sur son bras. L'électricité lui picota la peau, mais ce fut la façon dont ses lèvres s'écartèrent et le soupir rêveur qu'elle laissa échapper qui firent battre son cœur plus vite.

— Tu ne préférerais pas être ailleurs ?

Sans un mot, elle secoua la tête. L'envie de prendre son joli visage entre ses mains et de réclamer ce baiser qu'il désirait tant était si forte que ses mains se mirent à trembler. Un seul baiser, un seul moyen de goûter, se dit-il. Cela faisait une éternité qu'il n'avait pas embrassé une femme par passion plutôt que comme moyen d'arriver à ses fins.

— Mais je me disais, dit-elle, brisant ses pensées, que j'aimerais beaucoup emmener Kennedy dans ma boutique et la laisser y jouer.

La petite glissa sa main dans celle de Truman. Il n'était pas encore prêt à la quitter des yeux.

— Et si on y allait tous ensemble une fois que j'aurai terminé ?

— Comme un rendez-vous ? demanda-t-elle, ses yeux brillant d'un air malicieux.

Il fit glisser sa main de sa taille à sa hanche et, mon Dieu, que ce petit contact fut incroyable ! Elle était douce et féminine et la brise portait ce léger parfum de vanille qui émanait de ses cheveux. Il avait envie de sentir cette odeur sur sa peau, de la goûter à travers sa sueur quand elle serait dans les bras de la passion. Ils se regardèrent longuement, un fil sensuel se tissant entre eux. C'était un territoire dangereux. Elle méritait mieux qu'un homme avec un passé tourmenté, mais il la désirait *elle*.

Il avait la peau d'un tueur et le cœur d'un amoureux. C'était le tissu de mensonges qu'il avait créé pour protéger ceux qu'il aimait et il s'en servirait éternellement, telle une cape, pour se protéger. Une fois qu'il lui révèlerait son passé, elle ne le regarderait plus jamais de la même manière.

Il se pencha en avant, ayant bien l'intention de prendre ce baiser si c'était la dernière chose qu'il se passerait entre eux.

— Touman, gazouilla Kennedy, élargissant soudain son champ de vision.

Ils regardèrent tous les deux la petite princesse aux yeux innocents et dont le diadème était de travers. C'était la première fois que Kennedy prononçait son prénom, bouleversant à nouveau ces émotions qui tourbillonnaient en lui.

Il prit sa petite sœur dans ses bras et jeta un coup d'œil vers Gemma qui cligna rapidement des yeux, comme si elle aussi essayait de calmer cette rafale de vent qu'ils avaient provoquée.

— Oui, ma princesse ? demanda-t-il à Kennedy.

— Faim.

Regardant à nouveau Gemma pour que son désir et l'intention dans sa voix soient clairs, il répondit :

— Moi aussi, princesse. Je suis *affamé*.

LA RESPIRATION ÉTAIT CENSÉE être quelque chose de facile et naturel et non pas saccadée et irrégulière. Quant au fait de réfléchir ? Gemma avait toujours été vive d'esprit, mais après avoir passé la majeure partie de la journée avec Truman et les enfants, elle était entrée dans sa boutique pour préparer leur arrivée et ses pensées ne cessaient de se disperser, revenant toujours au regard vorace de Truman avant le déjeuner et la façon dont ses mains s'étaient attardées sur sa peau plusieurs fois dans l'après-midi. Et quand il avait trébuché sur elle, seulement vêtu d'une serviette ? Son corps entier se réchauffa en se remémorant cette excitation qu'ils avaient *tous les deux* ressentie. Elle n'avait jamais éprouvé ce type de désir et celui-ci faisait des ravages dans son corps et son cerveau.

Elle s'assit pour enfiler ses Mary Janes dorées. Elle s'habillait toujours bien lors des fêtes organisées pour les enfants. Mais, ce soir, elle s'habillait autant pour Truman que pour Kennedy. Elle avait mis du temps à choisir sa tenue, voulant être sexy sans en faire trop. Son choix s'était finalement arrêté sur l'un de ses costumes préférés : la princesse de la passion. C'était une petite robe sexy avec des manches bouffantes ornées de nœuds blancs qui s'ajustaient autour de ses bras, laissant ses épaules nues. La robe était en satin bleu layette avec des garnitures dorées, un imprimé cachemire irisé, et de minuscules pierres précieuses bordaient le décolleté en cœur. Le dos de la robe était en dentelle et attaché par un gros nœud blanc. La jupe dorée descendait bas derrière, laissant apparaître ses bas à hauteur des cuisses sur le devant. La jupe mi-cuisse avait le même imprimé cachemire doré avec de la dentelle blanche au bout, et un jupon de tulle blanc donnait à la tenue une allure séduisante.

Elle enfonça le serre-tête en satin bleu dans ses cheveux, écartant les mèches de chaque côté de son visage tout en laissant quelques-unes d'entre elles pendre librement. Elle enfila des gants blancs qui lui recouvraient les bras jusqu'au coude et attacha autour de son cou un collier en acier avec une pierre précieuse bleue qui lui rappelait les yeux de Truman. Elle sentit son ventre faire des bonds rien qu'à l'idée que Truman la voit habillée de la sorte.

En se regardant rapidement dans le miroir, elle ne put s'empêcher de sourire. Elle adorait cette tenue. C'était vraiment sa préférée. Elle était suffisamment sexy pour convenir à une adulte et suffisamment féerique pour susciter tous ces senti-ments magiques que procuraient les contes de fées. Elle avait passé tellement d'années à rêver d'être quelqu'un d'autre et à inventer des histoires dans sa tête pour échapper à sa vie solitaire et ennuyeuse que se déguiser était encore plus amusant. Elle vivait tous les fantasmes qu'elle n'avait jamais eu la chance de réaliser quand elle était petite, ce qui rendait sa venue au travail encore plus agréable.

Elle se rendit dans l'aire de jeu pour mettre en place les derniers préparatifs, en disposant les paniers et les étagères pleins de vêtements pour Kennedy et le mignon petit tapis de jeu qu'elle avait acheté en chemin pour Lincoln.

Son téléphone vibra alors qu'elle recevait un texto, et le

visage de Crystal apparut sur l'écran. Il était presque six heures. Elle était surprise que Crystal ait attendu si longtemps pour lui demander plus de détails sur sa journée. Elles avaient parlé tard la nuit dernière et Gemma l'avait mise au courant de son projet de voir Truman ce matin.

Elle ouvrit et lut le SMS. *Alors, a-t-il aussi de l'encre sous la ceinture ?* Les émoticônes smiley et le clin d'œil n'avaient jamais été à la hauteur pour Crystal. Elle était plus visuelle que ça. D'où l'envoi des images qui illuminèrent soudain son téléphone : une série de pénis tatoués.

— Aïe, marmonna Gemma en tapant sa réponse.

Je ne sais pas, mais ça a l'air douloureux, donc j'espère que non. Nous ne nous sommes même pas encore embrassés. Je ne suis pas sûre de pouvoir survivre à un baiser !

La réponse de Crystal fut immédiate. *Tu ne penses pas pouvoir survivre à un baiser ? Oh, mon Dieu. Je pense que je vais moi aussi devoir planter ma voiture alors.*

Gemma prit un air renfrogné. *Ah non, certainement pas ! Bas les pattes ! Il faut que je file, il sera là d'une minute à l'autre. Kennedy va jouer à la princesse ce soir.*

Le texto suivant arriva quelques secondes plus tard. *Et toi tu vas jouer au docteur ?*

Puis elle reçut un autre SMS. *Le Magicien d'Ose ?*

Son téléphone se mit à vibrer comme s'il était sous stéroïdes alors que les textos de son amie affluaient. *Princesse Gorge Profonde ? Prince Cunnilingus ? La danse des canards ? Est-ce que tu vas l'aider à se LIBÉRER DÉLIVRER ?*

Gemma se mit à rire alors que les clochettes dans l'entrée sonnaient et que la mélodie magique de la boutique retentissait. Truman entra en tenant la main de Kennedy et en portant Lincoln dans son siège auto. Elle mit son téléphone sur le comptoir et il posa ses yeux bleus et séduisants sur elle. Elle déglutit avec difficulté en le voyant s'approcher ; il la faisait fondre comme une glace au soleil. Son estomac se noua. Elle adorait savoir qu'elle brisait cette façade d'homme bourru qu'il essayait de conserver. Même si, quand il était sorti de la salle de bains avec cette toute petite serviette, il avait été difficile de ne pas remarquer à quel point elle l'affectait.

— Salut, vous.

Détournant les yeux de son regard perçant, elle remarqua qu'il s'était changé, enfilant un jean taille basse qui moulait sa silhouette là où il fallait. Super, maintenant elle regardait son sexe – essayant de ne pas se demander si celui-ci était tatoué. *Merde, Crystal* !

— C'est un…

Il se lécha les lèvres, ses yeux glissant lentement sur son corps, s'attardant sur ses bas qui remontaient jusqu'aux cuisses.

— C'est un super costume, enchaîna-t-il. C'est vrai qu'il nous faudrait peut-être plus de journées « princesse » dans nos vies.

Elle avait envie de se draper dans ce compliment, telle une cape de velours, mais la façon dont il la dévorait des yeux la fit frissonner, anticipant un contact qu'elle espérait voir venir. Il fallait qu'elle se contrôle et se focalise sur les enfants, sinon elle allait finir par avoir les jambes en coton et s'évanouir.

Détournant *à nouveau* le regard, elle ferma la porte derrière eux et dit :

— Je suis contente que tu aies facilement trouvé et je vois que tu as suivi mes conseils pour le siège auto de Lincoln.

— Tes indications étaient parfaites et celui qui a inventé ça est brillant.

Il souleva le porte-bébé, son sourire vorace se transformant en celui d'un grand frère adorable s'adressant désormais au bébé heureux.

Comment arrivait-il à faire ça alors qu'elle était encore mentalement en train de défaire les nœuds dans son estomac après ce sourire affamé qu'il lui avait adressé ? Elle s'accroupit à côté de Kennedy, sentant revenir le regard brûlant de Truman. Le loup était de retour ! Elle aurait peut-être dû enfiler son costume de Petit Chaperon Rouge, finalement.

CHAPITRE HUIT

— TRU, NE BOUGE PAS. C'est presque fini.

Gemma manipulait les boutons supérieurs de la veste en popeline blanche de Truman – c'était la cinquième ou sixième tenue qu'elle et Kennedy avaient choisie pour lui.

— Je te signale que cette tenue de prince charmant est très demandée.

— Si à chaque fois c'est toi qui t'occupes des boutons, ça ne m'étonne pas, marmonna-t-il dans sa barbe.

Elle se tenait devant lui dans ces bas blancs qu'il mourait d'envie d'arracher – *avec ses dents* –, se mordillant la lèvre inférieure. Son regard était purement concentré tandis qu'elle se déplaçait et défroissait le tissu, promenant ses mains partout sur son torse et ses épaules, provoquant de petites décharges, directement dans son entrejambe. Depuis son poste d'observation, il avait une vue intéressante sur le galbe de ses seins. Son costume sexy de princesse les rehaussait parfaitement, créant un décolleté si profond qu'il eut envie de s'y enfouir pour ne plus jamais en sortir. Elle était l'incarnation même de l'innocence sulfureuse, et lui n'était rien d'autre qu'un mec obsédé et lubrique qui avait rapidement du mal à ne pas avoir les mains baladeuses.

— Tu t'habilles comme ça pour tous les événements ?

Il serra les poings pour ne pas la toucher. Il sentait la jalousie grimper progressivement le long de sa colonne à l'idée que d'autres hommes la reluquent.

Elle haussa les épaules, plissant les yeux en manipulant ses manchettes dorées puis les épaulettes en velours noir de sa veste.

— Ça dépend de mon humeur. Parfois, je porte de longues robes en satin comme celle que porte Kennedy.

Il jeta un coup d'œil vers la petite fille qui jouait avec un panier rempli de diadèmes et imagina Gemma dans une longue robe brillante, ses épaules fines dénudées, pour le plaisir de tous, comme elles l'étaient actuellement, suppliant sa bouche de goûter cette peau lisse et tentante. Le monstre vert qu'était sa jalousie enfonça plus profondément ses griffes.

— Parfois, je porte des tenues avec plus de dentelle et de froufrous, ajouta-t-elle. Ou plus courtes. Si je suis d'humeur audacieuse, je porte la tenue de princesse motarde en cuir. C'est toujours un succès durant les fêtes. Oh, et la princesse fée avec les ailes comme celle que Kennedy a essayée un peu plus tôt. J'adore celle-ci aussi. Elle me fait me sentir légère et drôle.

Il imagina les pères qui amenaient leurs filles à des événements uniquement pour zieuter Gemma. Il lutta pour repousser sa jalousie, mais c'était une bataille perdue d'avance.

— Est-ce que les parents se déguisent aussi ? demanda-t-il sèchement.

Elle sourit, écarquillant les yeux avec joie, et acquiesça.

— Parfois.

Elle promena ses mains le long de ses bras, puis de son torse à sa taille, lissant sa veste.

— Oups, attends.

Elle s'agenouilla devant lui pour fixer l'ourlet de son pantalon.

Bordel de merde, voilà que son fantasme recommençait. Sa température ne fit pas que grimper, elle explosa, brûlant sous sa peau et sa poitrine, descendant le long de sa colonne vertébrale jusqu'au plus profond de ses os – et sa jalousie suivit le même chemin.

— Est-ce que tu aides les hommes à s'habiller ?

Elle ne lui appartenait pas, il savait donc qu'il n'avait pas à être jaloux et qu'il agissait comme un imbécile en lui posant la question. Mais il n'arrivait pas à contenir ces vilaines émotions qui le rongeaient.

— Mmh mmh.

Elle se releva et recula, l'admirant ouvertement.

— Tu es…

Elle soupira avec envie et lui tapota la joue.

— Le prince charmant le plus dur à cuire que j'aie jamais vu.

Cette caresse. Cette voix. Ce soupir – *cette femme*. En un éclair, ses bras s'enroulèrent autour de sa taille, l'attirant si violemment contre lui qu'elle laissa échapper un petit *couine-ment* sexy.

— Dur à cuire dans le sens méchant ? grogna-t-il – à cause de son désir furieux.

Elle posa une main délicate et gantée sur sa joue, ses yeux verts fascinants le retenant captif tandis qu'elle parlait d'un ton sulfureux, plutôt digne d'une femme fatale que d'une princesse.

— Dur à cuire dans le sens : le plus coriace, le plus cool et le plus *sexy* des princes charmants que cette princesse ait jamais vu.

Il sentit le cœur de Gemma marteler contre le sien, goûtant son souffle qui montait vers sa bouche et, quand sa main se posa sur le dos de Truman, il se réchauffa à son contact. Il effleura sa joue avec ses lèvres, inhalant l'odeur de vanille de son shampoing, puis pressa son visage contre son cou, imprégnant ses sens d'un autre parfum féminin : celui du désir. Gemma enroula plus fermement ses doigts autour de lui et il pressa sa main contre son dos. Il s'écarta, la regardant dans les yeux alors que ceux-ci étaient devenus sombres et confiants.

— Il y a trois jours, les princesses n'étaient même pas dans ma ligne de mire, murmura-t-il contre ses lèvres. Maintenant, je ne pourrai plus jamais entendre ce mot sans me souvenir de toi qui portes cette tenue de rêve, qui aides mes enfants, qui me touches.

— *Tes* enfants, dit-elle d'une voix tremblante.

— Mon frère et ma sœur, rectifia-t-il, puis se ravisa. Ce sont des bébés. J'ai l'impression que ce sont mes enfants même si c'est mon frère et ma sœur.

Elle hocha la tête.

— Je sais. Je le vois bien.

Il regarda Lincoln, si petit et innocent, mangeant enfin comme il le devait, dormant bien au chaud dans un vrai berceau avec quelqu'un qui l'aimait et veillait sur lui. Et Kennedy qui jouait gaiement, souriant à son reflet dans le miroir avec ses cheveux fraîchement peignés et lavés, le ventre plein et son cœur… Eh bien, il faisait en sorte de le combler de joie.

— Ce sont mes enfants, Gemma, répéta-t-il. Depuis le jour où je les ai trouvés.

Elle posa la main sur son torse et l'air quitta ses poumons. Elle enroula ses doigts, le *réclamant*, son regard sérieux et si plein d'émotions qu'il n'arrivait pas à s'y retrouver.

— Je sais, dit-elle.

Il sentit la main de Kennedy sur sa jambe alors qu'elle essayait de se faufiler entre eux. Gemma et lui sourirent et s'écartèrent pour la laisser passer. Un désir silencieux s'installa entre eux alors que Kennedy levait les bras vers Gemma. Il sentit son cœur se fissurer légèrement et une larme se forma dans le coin de son œil en voyant cette petite fille tendre les mains vers la seule femme qui lui faisait ressentir quelque chose pour la première fois depuis des années – peut-être même de sa vie. La chaleur dans le regard de Gemma faillit l'achever alors qu'elle soulevait Kennedy pour la prendre dans ses bras et que la petite posait sa tête contre son épaule.

Truman ravala cette nouvelle émotion inattendue qui lui obstruait la gorge et déposa un baiser sur la joue de Kennedy.

— Il est l'heure de rentrer à la maison, princesse.

Il s'adressait à Kennedy alors que ses yeux étaient toujours rivés sur Gemma.

Il savait qu'il valait mieux laisser tomber ce qui se passait entre eux pour qu'elle puisse trouver un homme plus respectable, quelqu'un dont le passé ne le tirerait pas constamment par le bas en nécessitant des explications. Mais il avait passé sa vie à protéger les autres en se reléguant au second plan. Pour une fois, il avait envie de nourrir ce cœur d'amoureux qu'il possédait indépendamment de cette peau de tueur qu'il portait.

— Viens à la maison avec moi, lui demanda-t-il avec espoir.

GEMMA DÉPOSA LINCOLN dans son berceau tandis que Truman installait Kennedy dans le lit. Gemma n'avait pas réalisé que Truman avait cédé son lit à la petite. Désormais, les couvertures sur le canapé avaient plus de sens.

Truman était allongé près de Kennedy, lui murmurant tendrement quelque chose alors qu'elle s'endormait.

— Fais de beaux rêves, petite princesse. Tu es en sécurité. Tu es aimée. Je suis juste là.

Une boule se forma dans la gorge de Gemma. Après avoir quitté leurs tenues de prince et princesse, ils étaient retournés à son appartement, chacun dans leur voiture, lui laissant juste assez de temps pour être nerveuse quant à l'endroit où ils se rendaient. Désormais, toute cette tension s'était envolée, car il y avait chez eux quelque chose de magique, quelque chose de si puissant que Gemma n'essayait même pas de le remettre en question.

Truman Gritt était dur, il était tatoué et semblait ne pas s'être rasé depuis des semaines. Il était tout ce qu'elle n'aurait jamais imaginé désirer, et en deux jours seulement il lui avait prouvé qu'aucune de ces choses n'était importante. Et elle réalisa, en grimaçant intérieurement, qu'elle l'avait d'abord jugé comme sa mère aurait pu le faire. Elle détestait cela et se jura de ne plus jamais le faire. Sous cette armure robuste se cachait l'homme le plus gentil, le plus doux et le plus loyal qu'elle ait jamais imaginé. Ce n'était pas le prince charmant et il n'était pas le genre d'homme que sa mère approuverait. Mais il était vrai et bon, et à cet instant même, alors qu'il déployait son immense silhouette masculine et contournait les barres de lit qu'il avait dû acheter ces derniers jours pour Kennedy, il regarda Gemma comme s'il avait laissé un peu de son cœur sur le matelas. Elle sentit qu'elle tombait amoureuse de lui. Il était pourtant impossible de tomber amoureuse d'un homme qu'elle connaissait à peine, mais alors qu'il prenait sa main dans la sienne et saisissait le babyphone de l'autre – *quand a-t-il acheté ça ?* – le mot impossible n'eut plus aucune importance.

CHAPITRE NEUF

IL SUFFIT d'un regard pour que Truman et Gemma se jettent l'un sur l'autre, s'embrassant sauvagement alors qu'ils ouvraient la porte de la terrasse et trébuchaient dehors. Truman ne put fermer la porte et poser le babyphone assez vite. Même une seconde loin des douces lèvres de Gemma lui paraissait trop longue. À cet instant précis, il n'avait jamais été aussi reconnaissant d'avoir un canapé extérieur de toute sa vie, alors que lui et Gemma s'effondraient en un tas passionné, les mains baladeuses et s'embrassant avec avidité. Les doigts de Gemma s'agrippèrent et explorèrent, se frayant un chemin sous sa chemise, provoquant un gémissement primitif qui semblait avoir été arraché de ses poumons. Mon Dieu, comme il avait envie d'elle. Elle tout *entière*. De ses baisers, de ses mains, de sa bouche qu'on avait envie de pénétrer, son cœur généreux. Prenant ses fesses d'une main, sa joue de l'autre, il l'embrassa plus intensément, leurs hanches se frottant et s'agitant au même rythme effréné. Elle gémit en l'embrassant, faisant grésiller ce désir à travers son entrejambe.

— Putain, Gemma, lâcha-t-il, content que les enfants soient endormis derrière les portes fermées et qu'ils ne puissent pas les entendre.

Elle écarquilla les yeux et les plissa tout aussi vite.

— J'adore ta bouche…

Elle prit son visage entre ses mains, étouffant ses paroles avec un autre baiser féroce, un baiser qui lui disait qu'elle était juste là, avec lui, si prête, consentante. Il relâcha ses fesses, cherchant *plus*, se pressant durement contre sa hanche, ses côtes, sa poitrine pleine, ce qui lui valut un autre gémissement. Il s'écarta, releva la chemise de Gemma et son corps entier frissonna devant sa peau crémeuse et ses mamelons foncés et tendus contre son soutien-gorge en dentelle rose avec de délicats nœuds en satin sur chaque bretelle.

— Bon sang, dit-il.

Elle lui sourit et promena un doigt sur le bord de sa joue.

— Pardon, dit-il. C'est juste… Tu es juste…

Il n'y avait pas de mot pour décrire à quel point sa beauté le fascinait et il ne chercha pas à en trouver, ne voulant pas perdre une seule seconde. Il décrocha le fermoir de son soutien-gorge et repoussa les bonnets sur le côté, prenant un délicieux mamelon dans sa bouche et l'autre dans sa main. Elle se cambra sous son corps, agrippant ses cheveux dans son poing, gémissant et se tortillant, le tenant en place.

— Oh mon *Dieu*. C'est *tellement* bon.

Il la taquina et suça son téton, effleurant le bout sensible de ses dents. Il prit une grande inspiration et sourit en recommençant, adorant ce côté fougueux chez elle. Il s'écarta, se servant du bout de sa langue pour dessiner des cercles lents autour de la pointe dure. Faisant rouler son autre téton entre son pouce et son doigt, serrant juste assez pour obtenir un autre gémissement, il continua à la torturer de plaisir. Elle plaça ses mains pardessus ses épaules et ses biceps, le tenant fermement alors que l'une de ses jambes s'enroulait autour de la sienne, son pied s'appuyant sur son mollet. Bon sang, qu'est-ce qu'il aimait la sentir emmêlée autour de lui. Il voulait découvrir tout ce qui la rendait dingue. Aimait-elle se faire doigter, lécher, sucer ? Qu'on la baise vite et fort ou doucement et sensuellement ? Il se déplaça, prenant à nouveau ses seins dans sa bouche alors que sa main se déplaçait vers sa hanche et plongeait entre ses jambes.

Bordel de merde. Son jean était chaud et, s'il ne se trompait pas, il était *trempé*. Sa verge palpita derrière la fermeture éclair. Il l'embrassa en descendant progressivement sur son ventre qui se soulevait à chaque respiration rapide. Voir sa main tatouée contre sa peau douce et féminine le fit bander un peu plus, le poussant à aller plus loin. Il s'imagina s'enfoncer profondément en elle, imagina ses seins parfaits rebondir alors qu'elle chevauchait son membre.

Il abaissa ses dents jusqu'au bouton de son jean, prêt à faire fi de toute prudence et à laisser leur désir sauvage les guider. Mais, en allant coucher les enfants, il avait ouvert une porte de son passé. Truman avait envie d'être égoïste, de prendre tout ce qu'elle était prête à donner et de s'occuper des répercussions plus tard. Pourtant, lorsqu'il imagina glisser sa main sous son jean et chercher cette humidité chaude qu'il désirait désespérément, sa conscience se mit en marche. Il s'écarta, serrant les dents, intimant à cette putain de voix dans sa tête de se taire, mais peu importe combien il essayait de se convaincre du contraire, il n'était pas ce genre d'homme. Et puis surtout – quel que soit tout *ça* – c'était totalement différent de tout ce qu'il avait connu. Gemma n'était pas une fille d'une salle de billard qui cherchait un coup d'un soir et qui n'en avait rien à faire de son passé, car tout ce qu'elle voulait c'était de prendre son pied. Il fallait qu'il freine ces pensées, assez longtemps pour la laisser entrer, du moins assez pour qu'elle prenne la décision d'aller plus loin avec clarté.

Encore une autre prise de conscience hallucinante. Il n'avait jamais laissé une femme entrer dans sa vie auparavant. Sa poitrine se serra face à cette perspective.

Il relâcha ce petit morceau de jean à contrecœur et pressa sa bouche contre la peau sensible juste sous son nombril, glissant sa langue dessus comme si sa bouche était nichée entre ses jambes. Il ne put résister à l'envie de passer sa langue sous la ceinture de son jean. Elle cambra les hanches. Il était *à ça* d'envoyer balader sa conscience, mais, quand il leva les yeux et vit son air heureux et confiant, un autre de ses organes se serra.

Son cœur.

Son cœur poussa sa bouche vers son ventre pour y déposer un baiser désolé. Son cœur l'incita également à remonter le long de sa taille et à fermer son soutien-gorge malgré sa résistance, à remettre sa chemise et à la prendre dans ses bras. Il pressa sa joue contre la sienne et respira son odeur – son désir, sa douceur, sa déception – mémorisant le tout. La mémorisant tout entière, car une fois qu'il aurait dit ce qu'il devait dire, elle serait partie.

— Je veux te faire ressentir des choses, comme tu n'en as jamais ressenti dans ta vie, dit-il dans son oreille, incapable de la regarder dans les yeux, pour le moment. J'ai envie de te manger au petit déjeuner, te tenir la main et te baiser jusqu'à ce que tu me sentes encore le lendemain.

— Alors fais-le, dit-elle, essoufflée.

— Je ne veux pas te faire de mal.

Il se força à s'écarter et à croiser son regard confus. Il sentit le bord rigide d'un couteau qui tranchait sa poitrine, une main qui se frayait un chemin à l'intérieur des murs brisés, agrippant cet organe qui l'animait.

Sa bouche frémit et elle coinça sa lèvre inférieure entre ses dents, promenant son doigt dans ses cheveux avec douceur.

— Tu es *si* costaud que ça ?

Il rigola et posa son front contre l'épaule de Gemma pendant un court instant d'euphorie pure et simple.

Quand il rencontra à nouveau son regard, elle souriait.

— Oui, mais c'est le cadet de mes soucis.

— *Waouh*, dit-elle silencieusement alors que son sourire ne cessait de s'élargir.

Il le lui rendit, mais la réalité refit son apparition, interrompant ce moment de bonheur. Ne supportant pas de devoir gâcher tout ça, *elle, eux*, il la regarda droit dans les yeux et lui dit :

— Je te veux, Gemma. Je n'ai jamais autant voulu quelqu'un de ma vie, mais si nous franchissons cette limite, il faut que ce soit en toute honnêteté dès le départ.

Il prit une grande inspiration alors que le sombre secret dans lequel il vivait occultait toute trace de sourire, d'espoir, tout plaisir qu'il avait pu éprouver quelques secondes plus tôt, et la vérité, douloureuse et horrible, éclata.

— Je ne suis pas l'homme que tu crois.

GEMMA ÉTAIT ALLONGÉE sous Truman, complètement perdue. Son corps vibrait encore sous l'effet de ses caresses, de ses baisers et de toutes ces émotions qui semblaient s'échapper de lui et se glisser sous sa peau. Mais il s'éloignait, s'asseyant et l'aidant à faire de même et le supplice dans ses yeux la fit frissonner d'inquiétude, chassant ces sentiments décomplexés.

— Je ne…, commença-t-elle en déglutissant avec difficulté.

Je ne comprends pas.

Il appuya les coudes sur ses genoux et tourna son regard vers l'obscurité. La tension émanait de lui, luttant contre quelque chose d'autre, quelque chose de plus triste, ce qui ne fit que la troubler encore plus.

Il secoua la tête, baissant le menton vers la poitrine, ses yeux bleus et intenses se fermant brièvement, la mettant à l'écart. Elle sentit qu'il s'éloignait, *voyant* presque ces murs qui se resserraient alors qu'il ouvrait les paupières. Il releva la mâchoire, la contracta et il regarda fixement dans la nuit. Une profonde inspiration souleva sa poitrine. Il redressa les épaules et se tourna vers elle, affichant un air plus froid, plus réservé, comme le premier soir de leur rencontre. En un clin d'œil, elle vit la tristesse qui débordait de ses prunelles, puis, comme s'il avait tiré un rideau, son regard se ferma à nouveau.

— Ce que j'ai à te dire te fera remettre en question tout ce que tu pensais savoir de moi. Cela va probablement te rendre furieuse et tu risques même de te demander si tu peux vraiment faire confiance à ton instinct.

— Tu me fais peur, admit-elle avec méfiance.

Il acquiesça, serrant la mâchoire à cause de ce qui se passait dans son esprit.

— Je sais. Je suis désolé. Mais je ne peux pas te toucher comme nous le désirons tous les deux avec cette histoire qui me trotte dans la tête.

Elle laissa échapper un rire nerveux.

— À t'entendre, on dirait que tu es une horrible personne.

Il secoua la tête, tordant la bouche d'un air renfrogné.

— Je ne sais même plus ce que je suis, mais je sais que je ne suis pas le genre de type qui est capable d'obtenir plus de toi, sans être honnête en retour.

— Truman, qu'est-ce que tu veux dire par « tu ne sais plus ce que tu es » ?

Elle recula, laissant quelques centimètres les séparer.

Il passa la main sur son visage. Sa nuque tressauta alors que ses muscles se contractaient.

— Tu m'as demandé de te parler de mon enfance. Eh bien, elle n'avait rien à voir avec la tienne, ce que je suppose que tu as compris depuis. La seule raison pour laquelle nous avions un toit au-dessus de nos têtes, c'était parce que ma grand-mère avait légué sa maison à ma mère dans son testament. À un moment donné, elle a dû la vendre ou l'abandonner. Dieu seul le sait. Ma mère était comme le cancer. Elle détruisait tout ce qu'elle touchait.

— Elle ne t'a pourtant pas détruit, toi, dit doucement Gemma, ne pouvant s'empêcher de lui caresser le bras.

Il baissa les yeux vers ses doigts et cligna lentement des paupières avant de les fermer quelques secondes, puis les rouvrit à nouveau.

— Si.

Il se tut un instant, la souffrance se lisant sur son visage, l'obscurité pénétrant son regard.

— C'est un miracle que j'aie survécu à mon enfance, mais le temps que je réalise qu'elle avait un problème... J'étais un gamin. Je ne me rendais pas compte. Je ne sais même plus quand elle a commencé à se droguer. Elle avait quatorze ans quand elle m'a eu. Ma grand-mère était encore en vie et nous vivions avec elle, mais elle aussi était dans un sale état. Qui sait ? C'est peut-être à cause de moi qu'elle a commencé à se droguer. Dieu sait que je réalise à quel point c'est difficile d'élever un enfant et, vu la façon dont elle m'a traité, il est facile de faire cette supposition.

Il fit une pause et elle put à peine respirer. Ses doigts raffermirent leur emprise autour de son bras. Elle avait envie de le serrer contre elle jusqu'à ce que son passé douloureux disparaisse, mais elle sentait les murs érigés autour de lui et savait que ce contact qu'il lui autorisait était tout ce qu'il accepterait pour le moment.

— Mes souvenirs ne sont pas assez clairs pour que je me rappelle mon enfance, mais ce que je sais, c'est que lorsque ma grand-mère est décédée, les choses ont mal tourné. Et quand Quincy est né, ça a empiré.

— Quincy ?

— Mon frère, dit-il doucement. Je l'ai pratiquement élevé jusqu'à… pendant de nombreuses années.

— Je ne savais pas que tu avais un autre frère. Tu as d'autres frères et sœur ?

Il secoua la tête.

— La nuit où j'ai trouvé les enfants, c'était la première fois que je voyais Quincy depuis des mois. La dernière fois, c'était quand je l'avais sorti d'un squat et avais essayé de l'aider. Mais il ne voulait pas de moi ni de mon aide. Pour autant que je sache, je n'ai pas d'autres frères et sœurs.

Sa voix se brisa et il se racla la gorge, se déplaçant pour que la main de Gemma glisse de son bras. Il regarda à nouveau l'obscurité.

— Je lui ai dit de rester loin des enfants jusqu'à ce qu'il soit clean. Je ne connais même pas leurs dates d'anniversaire.

Ses yeux devinrent vitreux et il pencha la tête sur le côté, l'observant d'un air solennel.

— Le docteur pense que Kennedy a environ deux ans et demi et que Lincoln a cinq mois.

Il pressa l'arête de son nez, comme s'il souffrait, puis tourna à nouveau la tête.

Heureusement que ces bébés l'avaient, lui. Les larmes lui montèrent aux yeux et, quand elle lui toucha le dos, il se crispa et leva la tête vers le ciel, clignant rapidement des paupières.

— Si, tu les connais, dit-elle doucement. Tu connais leurs dates d'anniversaire. Jeudi quinze septembre. Le jour où tu les as sauvés.

Il se tourna vers elle, les yeux larmoyants et absolument pas gêné. Cela lui fit mal au cœur. Il ne dit pas un mot, il se pencha simplement en avant et la prit dans ses bras, la serrant si fort qu'il lui fut difficile de respirer. Il la tint ainsi un moment et, après qu'il eut été honnête avec elle, elle se sentait bien dans son étreinte. Quand il s'écarta, les larmes avaient disparu, sa mâchoire se contractait de nouveau et le ventre de Gemma se noua, réalisant qu'il y avait plus.

Qu'avait-il enduré de plus ?

Il posa sur elle un regard sérieux et désolé, une fois de plus. Elle eut envie de lui dire qu'aucune excuse n'était nécessaire, qu'on ne choisissait pas ses parents. Mais cela impliquait de parler à voix haute et sa gorge était trop nouée par l'émotion pour formuler le moindre mot.

— Après la naissance de Quincy, des tas d'hommes sont entrés et sortis de nos vies. Jamais pour longtemps et ce n'était pas des hommes bien. Des drogués, trafiquants, collectionneurs, pour un jour, une nuit, une semaine. Ma mère rentrait défoncée et couverte de bleus. Elle disparaissait dans sa chambre avec un type et me disait de surveiller Quincy, ce qui était risible. Cette femme ne lui a jamais accordé aucune attention. Elle lui fourrait un biberon dans la bouche pour le faire taire, mais ça n'allait pas plus loin. Je ne vais pas t'ennuyer avec les détails sordides de ma vie de merde, mais je suis parti quand j'avais dix-huit ans et j'ai essayé d'emmener Quincy avec moi. Ma mère a envoyé un de ses camés me menacer. Il avait un flingue et m'a dit de ne pas m'approcher de la maison. Je ne l'ai pas écouté.

— Mon Dieu. Ta propre mère t'a fait ça ? dit-elle sans pouvoir cacher son incrédulité.

Il acquiesça.

— Bear Whiskey, un gars que je venais de rencontrer, m'a pris sous son aile et m'a appris à réparer les voitures. Quand je suis parti, il m'a loué cet appartement. Sa famille est devenue la mienne. Lui et Dixie, sa sœur, sont propriétaires de *Whiskey Automobile* et du bar avec leurs autres frères, Bones et Bullet.

Il avait dû remarquer son air perplexe, car il ajouta :

— Ce sont des noms de motards. Enfin bref, j'ai grandi de l'autre côté du pont et j'avais peur de causer des problèmes à Quincy, alors nous avons mis en place un emploi du temps. Notre mère partait pendant des heures, prétendument pour le travail, mais…

Il prit une grande inspiration et expira doucement.

— Quoi qu'il en soit, pendant quelques années on se voyait tous les deux jours, ou presque. Je lui donnais de l'argent pour qu'il s'achète à manger, je lui achetais des vêtements, tout ce dont il avait besoin. Et puis un jour, je suis arrivé et j'ai entendu des cris à l'intérieur de la maison.

Truman se couvrit la bouche et ferma les yeux, comme si ce qu'il était sur le point de raconter le rendait physiquement malade. Sa main retomba sur sa cuisse et il se retourna pour lui faire face.

— La seule chose à laquelle j'ai pensé quand j'ai fait irruption dans la maison, c'était *Quincy*, dit-il d'une voix basse et dédaigneuse. Il se leva et arpenta la terrasse, frottant ses mains sur son jean, les tordant l'une et l'autre et les passant dans ses cheveux, chaque pas déterminé accentuant cette tension qui émanait de lui.

— Quincy était recroquevillé sur le sol avec une entaille sur la joue et du sang sur sa chemise, tremblant de façon incontrôlable.

Il serra les dents tout en parlant, les veines de son cou se gonflèrent, et il crispa les poings si forts que les jointures de ses doigts devinrent blanches.

— Un homme que je n'avais jamais vu auparavant était en train de violer sauvagement notre mère. J'ai essayé de l'éloigner et il s'est retourné en me frappant. Il y avait un couteau sur la table…

GEMMA TRESSAILLIT, LES LARMES coulant sur ses joues alors que Truman posait les mains sur la balustrade, la tête baissée. Les souvenirs l'assaillaient, lui coupant momentanément le souffle. Il avait envie de lui dire qu'il ne l'avait pas fait. Que le couteau était déjà ensanglanté, que l'acte avait déjà été accompli quand il avait franchi le seuil, mais les mots ne venaient pas – et il savait qu'ils ne viendraient jamais. Son frère était peut-être fichu pour le moment, mais Truman espérait toujours qu'un jour Quincy retrouverait le chemin d'une vie saine et meilleure. Et Truman ne serait pas celui qui foutrait sa vie en l'air. Il garderait leur secret jusqu'à son dernier souffle, peu importe le prix.

Tournant son regard vide vers les abysses sombres devant lui, il dit :

— Je n'étais pas censé aller en prison. Le type était impliqué dans un gros trafic de drogue. L'avocat commis d'office a qualifié ça de « meurtre passionnel ». Mais ma mère a menti au tribunal. Elle a dit qu'elle n'avait pas été en danger. Pendant vingt-deux putains d'années, elle n'a pas été capable d'être assez clean pour être une bonne mère, mais elle a réussi à le faire une fois, assez longtemps pour envoyer son fils en prison.

CHAPITRE DIX

GEMMA AVAIT TOUJOURS CRU que le suicide de son père était la pire chose qu'elle aurait à affronter dans sa vie. Elle pensait que la pire chose qu'une personne puisse faire était de *choisir* d'abandonner ses proches. Mais *ça* ? Truman se retrouvant au milieu d'un contexte si tragique, n'ayant pas d'autre choix que de sauver sa mère et son frère de cette situation horrible qu'elle avait elle-même créée ? Et sa mère qui, non seulement tournait le dos à son fils qui avait mis sa propre vie en danger pour la sauver, mais qui en plus l'envoyait en prison ? Elle n'arrivait pas à se faire à l'idée qu'un scénario aussi épouvantable ait pu vraiment avoir lieu et encore moins imaginer l'éducation qu'il avait dû recevoir. Elle tremblait de la tête aux pieds, respirant avec difficulté alors que les larmes coulaient sur ses joues et, quand elle trouva enfin le courage de le regarder, Truman était toujours debout, dos à elle. Les épaules tendues vers l'avant, comme s'il avait le souffle coupé.

Un frisson la traversa de toute part alors qu'elle essayait de comprendre ce qu'il venait de lui dire. Il avait tué un homme.

Tué.

Il avait pris un couteau et avait ôté la vie d'un homme.

Pour sauver sa famille.

Comment était-elle censée réagir face à cette information ?

Elle avait un million de questions à lui poser – et tout autant de peurs. Recommencerait-il ? Était-il instable ? Lui disait-il la vérité ?

Inspire. Expire. C'était à peu près tout ce qu'elle pouvait faire. Les pleurs de Lincoln retentirent dans le babyphone. Truman se tourna lentement. Son regard ne se posa pas une seule fois sur elle alors qu'il marchait vers la maison, comme un automate, et il disparut dans la chambre.

Elle expira longuement et s'agrippa au bord de son siège, essayant de trouver un sens à tous ces fragments de son passé qu'il venait de lui révéler.

Lorsque Truman revint sur la terrasse, elle avait les jambes flageolantes, tentant de concilier l'homme qu'elle avait appris à connaître avec la personne qu'il venait d'avouer être. C'était trop pour elle, son expression douloureuse, son cœur à elle qui était brisé, le poids de son aveu.

— Je ne m'attendais pas à ce que tu sois toujours là, dit-il d'un ton solennel.

Ses yeux se remplirent à nouveau de larmes et elle porta la main à sa bouche, craignant ce qui pourrait en sortir. Les émotions bouillonnaient en elle tandis que ses pensées se bousculaient – la bravoure de Truman, sa loyauté, *son crime.* L'entendre se confesser n'avait pas effacé ce qu'elle ressentait pour lui. Les mots n'étaient pas des touches qui pouvaient tout supprimer ; ils étaient douloureux, des vérités lourdes, chacun d'entre eux se déposant comme une chape de plomb sur tout ce qu'elle voyait de bien en lui, l'alourdissant, l'entraînant plus profondément dans un océan de mystères. Et en même temps, toutes les qualités qui l'avaient attirée vers lui dès le départ et qui s'amplifiaient à chaque moment passé ensemble refusaient de couler. Elles se débattaient sous le poids du négatif, essayant de gagner, de s'élever au-dessus de l'obscurité, la laissant à bout de souffle.

Il hocha la tête en silence, et elle lut dans ses yeux une acceptation résignée. Il saisit le babyphone et se retourna pour entrer.

— Truman…

Son prénom franchit ses lèvres avec désespoir, et, quand il se tourna, son cœur se fissura en deux. Elle savait à quoi ressemblait la détresse. Elle l'avait vue dans les yeux de sa mère après que son père se fut suicidé, et elle l'avait vue à travers son propre reflet dans le miroir durant les semaines qui avaient suivi, quand leur monde s'était écroulé autour d'eux et que sa mère était devenue encore plus froide, se focalisant sur tout *sauf* le fait de prendre soin de sa fille.

— Je ne… je ne peux pas…

Trop envahie par les émotions, elle recula et posa la main sur la rambarde pour se stabiliser face à ce monde qui tournoyait soudain autour d'elle.

— Ce n'est pas grave, Gemma, la rassura-t-il. C'est pourquoi je nous ai empêchés d'aller plus loin.

Tu nous as empêchés. Même au milieu de toute cette passion, tu as pensé à moi. Elle toucha sa main sans réfléchir, ayant besoin de cette connexion malgré son état de confusion. Ses doigts tremblaient autant que les siens.

— C'est…

Elle prit une grande inspiration pour essayer de calmer ses nerfs.

— C'est dur à encaisser.

Il acquiesça d'un air solennel.

— Je ne pouvais pas t'induire en erreur.

— Est-ce que tu as… ? Combien de temps as-tu… ?

Elle ne parvenait même pas à prononcer les mots. Les dire ne ferait que rendre tout cela plus réel.

— J'ai purgé six ans d'une peine de huit ans pour homicide volontaire et je suis sorti depuis six mois. Chaque jeudi matin, j'appelle le bureau des libérations conditionnelles pour faire un point avec eux et je continuerai de le faire jusqu'à la fin de ma peine. Il n'y a pas un jour qui passe sans que je pense à cet homme. Je voulais sauver ma mère et protéger Quincy, mais à aucun moment je n'ai eu envie de le *tuer*. Je voulais *l'arrêter*. Il *fallait* que je l'arrête.

Il respirait avec difficulté, comme si tout ce qu'il possédait reposait sur ces mots. Comment était-ce pour lui de vivre avec ça sur les épaules ? Tout cela aggravé par l'amour inexistant de sa mère. Combien de fois avait-il été contraint d'expliquer son passé ? *Homicide volontaire. Six ans de prison.*

Prison. Le mot résonna dans son esprit.

— Gemma, je te jure, je n'ai jamais pris de drogue de ma vie et...

Elle leva la main, incapable d'en entendre plus. Pas maintenant. C'était trop douloureux après avoir éprouvé tant de choses si rapidement. Trop effrayant de réaliser qu'il avait réellement vécu ça. Que *n'importe qui* ait pu vivre ça. Trop bouleversant d'imaginer qu'il avait été témoin et avait dû subir tout cela. Elle avait besoin d'espace, de temps. *D'air.*

Il fallait qu'elle respire.

— Je suis désolée, dit-elle en le dépassant et en s'échappant.

TRUMAN SE TENAIT sur la terrasse, longtemps après avoir

entendu Gemma partir. Il avait passé six longues années à perfectionner cette capacité à éteindre ses émotions et, ce soir, alors que la douleur coulait dans ses veines et que la colère lui rongeait les tripes, pour tout ce qu'il n'avait pas choisi de vivre au cours de son existence – et ce qu'il avait choisi –, il réalisa qu'il avait refoulé ses émotions depuis bien plus longtemps que ça.

Quand sa mère l'avait irréparablement trahi, il avait eu l'impression qu'elle l'avait poignardé dans la poitrine. Quand il avait appris que Quincy prenait de la drogue, ce couteau s'était enfoncé un peu plus. Quand il avait essayé d'aider son frère et que ce dernier l'avait repoussé avec de la haine dans le regard, c'était comme s'il avait tiré sur la lame, le découpant de la poitrine au sternum. Et quand il avait découvert qu'il avait deux frères et sœurs qui avaient eu une vie qu'aucun enfant n'aurait dû avoir, il avait eu l'impression que quelqu'un avait saisi chaque coin de cette blessure béante et l'avait déchirée, laissant ses entrailles se déverser.

Voir Gemma qui s'en allait aurait dû être aussi douloureux qu'une piqûre d'épingle. Il ne la connaissait pas depuis assez longtemps pour approuver la façon dont elle lui avait coupé le souffle.

La prochaine étape ne nécessitait pas de réflexion de sa part. Il devait aller de l'avant, dépasser ce putain de dégoût pour lui-même et les choix qu'il avait faits. Sauf qu'il ne pensait pas avoir pris les mauvaises décisions, car il serait capable de recommencer pour protéger Quincy. Mais, cette fois-ci, il serait assez intelligent pour dénoncer sa mère à la police et placer Quincy dans un foyer stable, au lieu de le laisser là, sans personne pour le protéger des mauvaises habitudes de sa mère. Elle laissait toujours Quincy seul. Elle *lui* avait laissé Quincy. Pour ensuite l'envoyer en prison.

Sur le seuil de sa chambre, il mit de côté tous ces souvenirs horribles, se forçant à les laisser dehors. Il ne pouvait pas laisser ces émotions nocives affecter les enfants. Fermant les yeux, il inspira profondément, utilisant toutes les techniques mentales que lui avait enseignées Bear pour l'aider à se vider l'esprit. Des techniques qui l'avaient accompagné durant sa vie d'adulte. Ce n'est qu'ensuite qu'il entra dans sa chambre et alluma très doucement la radio, s'assurant qu'il puisse l'entendre à travers le babyphone. Bear lui avait offert ce système de surveillance vidéo longue distance quand il était passé le voir un peu plus tôt. Il avait également gardé les enfants le temps que Truman puisse prendre une douche avant de voir Gemma. Bear était aussi gaga des enfants que l'était Truman. Quand Truman était parti en prison, Bear avait proposé de se battre pour obtenir la garde de Quincy, mais le passé de son ami n'était pas tout *rose* et Truman avait peur que la vérité éclate. Il n'avait pas envie de prendre le risque que son frère soit jugé comme un adulte et il ne comptait pas impliquer Bear dans son crime en lui exposant ce qui s'était réellement passé.

Il déposa un baiser sur le front de Kennedy.

— Je t'aime, princesse.

En se penchant par-dessus le berceau, il plaqua sa bouche contre le front de Lincoln et fut soulagé de constater que sa fièvre avait baissé.

— Je t'aime, mon petit pote, ajouta-t-il.

Son cœur gonfla dans sa poitrine. Il ne savait pas s'il reverrait Gemma un jour, mais il était certain qu'il était impossible qu'il ne pense *pas* à elle en regardant ces bébés.

Le babyphone en main, il verrouilla la porte d'entrée, alluma sous le porche et sortit par l'arrière. Il porta la boîte métallique jusqu'à la terrasse et descendit les escaliers jusqu'au portail en bois qui menait à la casse. Le poids de son matériel de peinture était familier *et* déstabilisant. Il s'arrêta derrière le portail, vérifia la réception vidéo sur le moniteur et augmenta le son. Entendant clairement la radio, il se fraya un chemin jusqu'à l'une des voitures contre laquelle il n'avait *pas* encore libéré ses démons, installa le babyphone et déballa ses affaires.

Onze nuances de noir, y compris ses préférées : corbeau, araignée, obsidienne, graisse et suie. Sept nuances de gris. Défi et pluie de météorites étaient ses gris favoris. Des images de Gemma firent soudain irruption dans son esprit : Gemma admirant ses dessins, tenant Lincoln dans ses bras, levant les yeux vers lui après qu'il fut tombé sur elle dans la chambre, et, finalement, les larmes aux yeux alors qu'elle le dépassait, s'enfuyant de son appartement. Il marcha jusqu'à la boutique, son moniteur à la main, et récupéra une autre boîte de peinture. Truman ne planifiait pas ses œuvres d'art. Il ne pensait pas au style, au design ou à grand-chose d'autre. Son art était une extension de lui-même, né de batailles, anciennes et nouvelles. Alors que le son familier de l'aérosol apaisait son âme ravagée, il disparut dans ses pensées.

Lorsque Lincoln gémit, il fut surpris de constater que trois heures s'étaient déjà écoulées. Il rassembla ses affaires et se dirigea vers l'appartement – sans jamais se retourner. Il ne se retournait jamais. C'était le seul moyen de laisser les démons derrière lui – et pourtant, ils se glissaient dans son dos, se faufilant dans les interstices des portes, à travers les fissures de son armure, et se collant à lui comme de la glu.

CHAPITRE ONZE

DIMANCHE SOIR, GEMMA ouvrit grand la porte de son appartement, posa la main sur sa hanche et jeta un regard noir à Crystal.

— Combien de fois faut-il que je te dise que je vais bien pour que tu me croies ?

Crystal leva les yeux au ciel et marcha d'un pas lourd vers elle.

— Je suis certaine que mes voisins du dessous apprécient tes bottes de combat.

— Ah oui, tu crois ?

Crystal piétina trois fois le sol.

— J'espère qu'ils apprécient également mon jean déchiré et mon tee-shirt à tête de mort. Sinon je leur donnerai un coup de pied au cul avec ma grosse botte.

Elle entra dans la cuisine et regarda autour d'elle, soulevant les coussins du canapé, regardant derrière les rideaux et sous la table.

— Qu'est-ce que tu cherches ?

Elle n'était pas d'humeur à jouer. Elle avait passé la journée à essayer de se perdre dans un de ses romans de fiction féminins pour ne pas penser à Truman et avait fini par recréer les personnages de chaque histoire dans sa tête, se demandant comment le scénario aurait pu évoluer si le héros était un ancien prisonnier qui avait tué un homme.

— Ma meilleure amie, Gemma Wright. Tu la connais peut-être ? C'est ton *doppelgänger*, mais elle, elle *m'appelle* quand c'est la merde dans sa vie. Elle ne se terre pas dans son appartement en me racontant des conneries comme quoi tout va bien.

Crystal s'avança, oppressant presque Gemma.

— Gemma ne dit pas qu'elle va *bien* quand elle *va* effectivement bien. Elle emploie des mots de filles comme « fantastique » ou « comme sur des roulettes ». Et elle ne dit pas : « ça va » quand ce n'est pas le cas. Elle dit qu'elle est « saoulée » ou « en colère » ou qu'elle a envie de casser un truc.

Gemma leva les yeux au ciel.

— J'ai eu l'honneur de recevoir un appel de ma chère Maman tout à l'heure. J'ai ensuite atteint ma limite et ne pouvais pas envisager une autre discussion avec quelqu'un.

Sa mère ferait peut-être une crise cardiaque sur le champ si elle apprenait qu'elle sortait avec un homme qui avait fait de la prison. *Pourquoi est-ce qu'au fond ça me fait un peu plaisir ?*

— Qu'est-ce qui s'est passé ? Ses domestiques ont oublié de lui servir son thé et elle voulait que tu coures pendant deux heures pour arriver jusqu'à chez elle et que tu t'en occupes ?

— Je ne lui ai pas répondu. Son message disait – elle redressa les épaules et prit une voix aiguë et guindée – : *Gemaline, chérie. N'oublie pas que la collecte de fonds est dans deux mois. Assure-toi de porter tes perles. Toutes les filles de bonne famille portent des perles, blablabla.*

— Oh, Maman Wright, tu es une sacrée petite chipie, n'est-ce pas ? dit Crystal en ondulant des sourcils. Un collier de perles, c'est une super idée, mais ça risque de coller un peu, ajouta-t-elle en faisant semblant de branler un gars.

Elles éclatèrent toutes les deux de rire et, bon sang, Gemma en avait bien besoin.

— Pourquoi est-ce qu'elle prend la peine de t'appeler ? Elle sait que tu viendras pour respecter ton devoir annuel de gentille fille et elle sait que tu feras tout comme il faut. Mets tes perles. Celles qui brillent, pas des gouttes de spermes collantes, chaudes et passionnelles. Enfile une robe neuve et fabuleuse et tu pourras partir juste après le dîner.

— J'en ai une meilleure que toi, dit platement Gemma. Pourquoi s'est-elle donné la peine de me mettre au monde tout court ?

Gemma s'avança vers le canapé et se laissa tomber dessus.

Crystal la suivit, mais resta debout.

— Parce que tout le monde sait que les riches ont besoin de faire des enfants pour s'intégrer. Il est hors de question que quelqu'un ait quelque chose qu'ils n'ont pas. Après tout, l'argent peut tout acheter, non ? Même des nounous pour remplacer les parents absents, expliqua-t-elle en posant la main sur sa hanche tout en regardant Gemma. Au fait, je reviens de la boutique.

— Et ?

— Et ton malabar tatoué a laissé un message vocal. Tu veux bien m'expliquer pourquoi il te laisse un message à la boutique au lieu de t'envoyer un SMS ?

Le ventre de Gemma se noua. Elle était contente et triste à la fois qu'il l'ait contactée. Encore trop bouleversée pour penser clairement, elle tritura le coin du coussin.

— Nous n'avons jamais échangé nos numéros.

Crystal s'assit à côté d'elle et étudia son visage.

— Hum, hum. Qu'est-ce qu'il s'est passé hier soir ?

— Que disait le message ?

— C'est donnant donnant, dit Crystal en levant le menton.

Les émotions de Gemma partaient dans tous les sens. Elle avait passé la journée à refouler sa tristesse et, à chaque fois qu'elle pensait l'avoir sous contrôle, la colère s'en mêlait, suivie d'une peine de cœur. C'était une course vers la ligne d'arrivée et elle tentait de grimper par-dessus chaque émotion non désirée pour retomber aussi sec, encore et encore.

— Œil pour œil et gland pour gland ? dit Crystal en levant un sourcil et elles éclatèrent toutes les deux de rire.

— Oui, il a de très beaux yeux… et j'aime son gland ? continua Gemma qui s'étouffait de rire.

— Ou alors il t'a dévorée des yeux et t'a offert son gland. Avec sa bonne grosse…

Crystal tomba en avant tellement elle rigolait.

— Eh ben voilà, tu as enfin un truc à te mettre sous la dent.

C'était tellement bon de se changer les idées après toutes ces pensées chaotiques, Gemma avait les larmes aux yeux. Crystal prit un des livres de poche sur la table basse, son rire s'estompant.

— Quatre fictions pour femmes, ce n'est pas bon signe. Allez, viens.

Crystal se leva et tira Gemma vers elle. Elle prit les clés de son amie et l'entraîna vers la porte d'entrée.

— Où est-ce qu'on va ? demanda Gemma, essayant de suivre le rythme alors que son amie l'entraînait dans les escaliers.

— Chez *Luscious Licks*. D'une façon ou d'une autre je trouverai pourquoi Truman a dit que tu pouvais venir récupérer ta voiture et laisser tes clés du véhicule de prêt sur le siège conducteur pour que tu ne sois pas obligée de le voir.

Gemma s'arrêta sur le trottoir.

— Il a dit ça ?

Crystal enroula son bras autour de celui de Gemma et la tira vers le glacier du coin.

— Oui, affirma-t-elle doucement. Il a dit qu'il savait que tu ne voudrais pas le voir, mais qu'il avait terminé de réparer ta voiture et qu'il laisserait les clés sur le siège avant et que tu pouvais faire de même avec le véhicule de prêt. Gem, qu'est-ce qui s'est passé ?

Elle n'arrivait toujours pas à verbaliser ce qu'il avait fait.

— Je vais t'expliquer. J'ai juste besoin de quelques minutes.

Ou d'une éternité.

Elles marchèrent en silence jusqu'au *Luscious Licks*, le parfum des sucreries apportant un vent de bonheur que Gemma n'était pas prête à accepter.

— Salut, les copines !

Penny, la femme guillerette qui tenait le glacier, leva les yeux du congélateur. Elle avait des cheveux couleur noix qu'elle avait relevés de façon rigolote, les torsadant à l'aide d'une grosse pince. Son sourire lumineux s'effaça soudain.

— Oh, oh, qu'est-ce qu'il se passe ?

Crystal enroula un bras autour de Gemma et dit :

— On ne passe pas une très bonne journée.

— Alors on ferait mieux de vous servir de la glace à volonté. *Tout de suite* !

Penny désigna le menu.

— Tu veux que je te concocte un spécial « Va-T'en Sale Temps » ? Ou bien c'est un problème de mec ? Je peux te préparer un sundae « C'est qu'une Grosse Merde » ? Beaucoup de chocolat avec des Oreos écrasés et des boules de gomme.

Gemma regarda la liste des saveurs.

— Je ne pense pas que je pourrais supporter l'un ou l'autre, mais merci, Pen.

— Ah, c'est ce *genre-là* de sale journée.

Penny se retourna et remplit un petit pot de glace puis se rendit vers ce qu'elle appelait *l'armoire à coup dur*, où Gemma savait qu'elle gardait de toutes petites bouteilles de liqueur, et versa quelque chose sur son pot. Elle le tendit à Gemma.

— Mange ça. Sucre roux et brandy. Un bon petit plat délicieux pour se détendre.

— Merci, Penny.

L'idée même de manger lui noua l'estomac, mais elle ne pouvait pas refuser l'offre de Penny. Gemma avait passé d'innombrables heures à engloutir des glaces tout en écrivant ses newsletters communautaires. Penny avait été le sujet de son premier article quand elle avait emménagé à Peaceful Harbor et elle se sentait toujours inspirée quand elle venait ici. Mais ce soir, tout ce qu'elle ressentait, c'était l'envie de se rendre à l'autre bout de la ville pour voir Truman.

Crystal commanda un cornet de glace à quatre parfums et bava presque lorsque Penny le lui tendit. Les couches colorées de mangue, pistache, myrtille et citron étaient les préférées de Crystal. Mais, pour Gemma, le mélange lui donnait la nausée.

Penny fit le tour du comptoir et serra Gemma dans ses bras.

— Ces deux-là sont offertes par la maison, pour mes deux princesses favorites.

Un groupe d'adolescents entra, riant et blaguant. Penny baissa la voix et dit :

— La petite rousse en pince pour le gars à la coupe sophistiquée.

Puis, d'une voix plus forte, elle ajouta :

— Bonne chance avec ce qui te tombe dessus aujourd'hui. J'espère que la glace aidera, et si ce n'est pas le cas, il y a un magasin d'alcool au coin de la rue, dit-elle en lui faisant un clin d'œil avant de partir servir les clients.

Alors que Crystal prenait une chaise, Gemma se dirigea vers la porte.

— Asseyons-nous plutôt près de l'eau.

Elles mangèrent leurs glaces en silence en marchant vers la plage. Elle adorait savoir que Crystal la connaissait assez pour ne pas lui soutirer des informations. Elle adorait aussi le fait que son amie la connaisse assez pour la sortir de son appartement. C'était exactement ce dont elle avait besoin pour essayer de se recentrer et comprendre certaines choses.

Elles enlevèrent leurs chaussures et marchèrent jusqu'au bord de l'eau pour s'asseoir sur le sable. Être près de l'eau mettait toujours Gemma de bonne humeur, mais, aujourd'hui, cela apaisait à peine sa douleur.

— Quand je n'ai pas eu de tes nouvelles hier soir, j'ai pensé… Tu avais l'air tellement à fond sur Truman.

— J'étais à fond sur lui. Je *suis* à fond sur lui.

L'aveu remua en elle comme un bateau dans la tempête.

— Alors ? Quel est le problème ?

Crystal regarda Gemma mélanger le reste de sa crème glacée dans son pot jusqu'à ce que ce ne soit plus que de la bouillie.

— Je ne t'ai jamais vue comme ça. D'habitude, si tu passes une mauvaise journée, tu engloutis autant de crème glacée que possible. Que s'est-il passé ?

Gemma posa le pot dans le sable et jeta un coup d'œil aux gens sur la plage et aux vagues qui s'échouaient sur le rivage, essayant de mettre des mots sur ce qu'elle ressentait, comme elle avait essayé de le faire tout au long de la journée – et avait échoué. Lamentablement.

Elle secoua la tête, sa voix se brisant.

— Ce n'est pas grave. J'ai toute la nuit, lui dit Crystal. Quand tu seras prête à te confier, je serai là. Ou je pourrais aller lui casser la gueule, tu sais.

Gemma rigola et tapota la jambe de Crystal. Elle portait ce que Gemma appelait son jean squelette, qui était noir avec des bandes horizontales le long de chaque jambe.

— Il aurait une main attachée dans le dos qu'il pourrait quand même t'écrabouiller.

Puis, réfléchissant à ce qu'elle venait de dire, elle ajouta :

— Mais il ne ferait jamais ça.

Crystal termina sa glace et changea de sujet pour parler de leur boutique, laissant un peu de répit à Gemma jusqu'à ce que la conversation dérive à nouveau sur ce qu'il s'était passé hier soir.

— J'ai vu que le nouveau tapis de jeu était encore à la boutique et je me suis demandé ce qui se passait.

— Tu l'aurais vu quand on s'amusait au magasin. Kennedy a choisi plusieurs costumes pour qu'il les porte. Le prince Sombre, le prince Fleur, qui était hilarant, et bien évidemment, le prince Charmant. Il ne s'y est pas opposé comme le font certains gars parfois. Il a regardé la petite et lui a dit qu'il serait tout ce qu'elle voulait.

— On dirait bien qu'il adore ces enfants, dit Crystal.

— C'est le cas. Il les aime *tellement*, Crys. Il veut qu'ils se sentent aimés et en sécurité, et je ne doute pas une seconde qu'il fera tout ce qu'il faut pour que ce soit le cas.

Tout comme il l'avait fait pour sa mère et son frère. Avec cette pensée, la douleur dans son cœur s'intensifia.

— Je suis vraiment tombée amoureuse de lui hier soir.

— Alors pourquoi dans son message vocal, on aurait dit qu'il venait de perdre son meilleur ami ? Et pourquoi es-tu seule au lieu de passer la journée avec lui ?

Gemma regarda la mer. Elle avait passé l'après-midi à se

demander si elle devait aller lui parler. Elle avait tellement de questions à lui poser, mais, à chaque fois qu'elle envisageait de les formuler à voix haute, la tristesse la consumait.

— Est-ce que tu as déjà désiré un homme au point que l'idée de ne pas l'avoir te fasse pleurer, sans que tu ne puisses vraiment en expliquer les raisons – mais tu le ressens jusqu'au plus profond de toi ? demanda-t-elle timidement.

— Ouais. Tu te souviens de Theo trente-trois centimètres, le gars dont je t'avais parlé au lycée ?

— Oui, tellement d'escapades romantiques et si peu de temps, dit Gemma. Non, mais je suis sérieuse.

— Alors la réponse est non, parce que je n'ai jamais rencontré aucun homme qui puisse m'accepter comme je suis sans me dire que je suis une sorte de tarée pour une raison ou une autre.

Gemma regarda sa sublime amie aux cheveux de jais. Elle avait plusieurs piercings dans l'oreille et était habillée, la plupart du temps, comme une punk des années quatre-vingt. Mais elle était drôle et gentille et généreuse. Elle était loyale, honnête et la meilleure des amies. Oui c'était une accro à l'adrénaline qui marcherait probablement sur une corde raide entre les gratte-ciel de New York si on la mettait au défi, et alors ?

— Je ne crois pas que tu sois une tarée, dit Gemma.

— C'est parce que tu *aimes* mon côté bizarre. Et tu es l'une des personnes de mon entourage qui juge le moins.

— Je croyais l'être aussi, mais désormais je ne suis plus très sûre.

Elle prit une grande inspiration et raconta à Crystal la conversation qu'elle avait eue avec Truman. Une fois qu'elle lui eut tout expliqué, elle fut aussi larmoyante et troublée que la veille.

— Bordel. De. Merde, dit Crystal en enfonçant ses pieds dans le sable.

— Je sais.

— Sa propre mère l'a envoyé en prison après qu'il l'a sauvée ? continua Crystal avec colère. Qui fait ça ?

— Une toxicomane, j'imagine. C'est ce qui te choque le plus ?

— Eh bien non, dit Crystal. Toute cette histoire est dingue, mais il a surpris un connard en train de violer sa mère et tu dis qu'il a essayé d'écarter le gars. Il a fait ce qu'il avait à faire. Il ne faisait pas que protéger sa mère. Tu as dit que son petit frère était là aussi. Je peux comprendre, dit-elle sans hésiter. Si quelqu'un violait ma mère, il n'y a rien que je ne ferais pas pour l'arrêter. Je ne pense pas que je réfléchirais beaucoup non plus. *Maman. Violée. Tue ce connard.*

Rien qu'en l'entendant présenter les choses comme ça, le cœur de Gemma s'emballa. C'était difficile pour elle de penser à sa mère de cette façon. À vrai dire, c'était difficile pour elle de penser à sa mère tout court. Et le pire dans tout ça, c'était qu'une partie d'elle se demandait comment elle pourrait lui annoncer qu'elle sortait avec un homme qui avait été en prison pour homicide volontaire.

— Cela explique aussi beaucoup ce que tu as dit de lui. Pas étonnant qu'il soit si protecteur.

Effectivement. Elle savait que c'était vrai.

— Mais... il a *tué* un homme.

— Un violeur trafiquant de drogue, remarqua Crystal. Pas vraiment un pilier de la société, tu vois.

— Comment peut-on surmonter ça ?

— Comment peut-on, ou comment peux-tu ? lui demanda Crystal. Parce qu'on dirait que lui, il a surmonté ça depuis des mois, et vu la façon dont tu parles de lui, on dirait qu'il s'en sort mieux que la plupart des gars que je connais.

Gemma s'allongea sur le sable et regarda le ciel grisonnant alors que le soleil commençait à se coucher. Crystal s'installa à côté d'elle.

— Si tu ne ressentais rien pour lui, ou si tu pensais qu'il représentait un danger pour toi ou ces enfants, tu aurais déjà appelé quelqu'un – les services sociaux pour protéger les enfants, ou moi pour te protéger. Tu as peur de lui ? demanda Crystal.

Gemma secoua la tête.

— Non, répondit-elle honnêtement. Même pas un peu.

— De *quoi* as-tu peur ? Que ta mère croqueuse de diamants fasse une crise de nerfs, ou qu'il soit aussi insensible ou instable que l'était ton père ?

Gemma se retourna pour lui faire face. Même si ces choses étaient vraies à propos de ses parents, elle détestait les entendre.

— Non. Je veux dire, nous savons que ma mère m'enfermerait probablement dans une tour et jetterait la clé si elle le découvrait, mais, pour ça, elle devrait quitter son trône. Nous savons toutes les deux que ça n'arrivera pas. Et Truman est plus que bienveillant, et je ne pense pas qu'il soit instable. S'il l'était, je le verrais, non ? Ils ne l'auraient pas laissé sortir de prison plus tôt. De plus, une personne instable ne fait pas de son jeune frère une priorité après son départ, tout en ne touchant pas à la drogue parce qu'elle sait les dégâts que cela cause chez une personne. Une personne instable choisirait la solution de facilité et se droguerait pour échapper aux problèmes de sa vie.

— C'est ce que je pensais, mais qu'est-ce que j'en sais, moi ?

— Tu me connais, et tu as connu des gens qui ont été en prison avant. Ton frère, par exemple.

Crystal détestait parler de son frère, Jed, mais elle savait que son amie n'y verrait pas d'inconvénient, vu ce qu'elle traversait.

— C'était un voleur. *C'est* un voleur, dit Crystal en regardant le ciel qui s'assombrissait. D'après ce que Jed m'a dit, si tu es une mauvaise personne, aucune peine purgée en prison ne pourra te changer. Il a été arrêté deux mois après avoir été libéré, et c'est seulement parce qu'il s'est fait prendre. Il m'a dit que quelques jours après avoir été libéré, il s'était déjà remis à voler. Donc, en se basant sur ça, si Truman était un homme capable de tuer sans remords, il aurait déjà probablement pété les plombs de nombreuses fois, et pas seulement une fois, lorsque sa mère se faisait violer.

— Il a grandi avec une mère qui ramenait sans cesse des hommes à la maison et, d'après ce qu'il m'a dit, il ne s'est jamais énervé. Même après être parti du foyer, un homme l'a menacé avec un pistolet pour le tenir à l'écart de la maison, mais il n'a pas riposté. Il continuait de venir pour veiller sur Quincy. Mais je ne sais pas comment on peut accepter ce genre de chose. Il a *tué* un homme. Ça ne paraît même pas réel. Quand je l'ai regardé après qu'il me l'a dit, je n'ai pas vu un tueur. J'ai surtout vu l'homme qui n'a pas hésité à élever un frère et une sœur dont il ignorait l'existence jusqu'à présent. Un homme qui était prêt à refuser mon aide parce qu'il pensait que je pouvais vouloir leur faire du mal. Mais, pourtant, il a bien tué quelqu'un et il a fait de la prison. De la *prison*, Crystal.

— Oui, dit-elle d'un ton grave. Il a tué quelqu'un pour protéger sa mauvaise mère et son jeune frère. Il est allé en prison parce qu'il protégeait sa famille, mais, dans un sens, vous avez tous les deux passé du temps derrière les barreaux. Tu as grandi dans une communauté fermée que tu quittais rarement, tu étais surveillée vingt-quatre heures sur vingt-quatre et obligée de faire des choses que tu méprisais. Qu'est-ce qui est pire ? Être prisonnière d'une vie que tu détestes à cause de tes parents, ou être emprisonné parce que tu as empêché un homme de tuer le seul parent et frère que tu avais ?

— Ce n'est pas la même chose, dit Gemma sans conviction.

Crystal inspira profondément, et son regard devint sérieux, comme il le faisait lorsqu'il n'y avait plus aucune place pour la plaisanterie dans leur conversation.

— Non. Rien n'est comparable au fait d'être celui qui a poignardé l'homme qui violait ta mère. Imagine devoir vivre avec ça pour le reste de ta vie.

Les yeux de Gemma se remplirent de larmes.

— Maintenant, dit Crystal avec douceur, imagine devoir élever les bébés de la femme qui t'a envoyée en prison.

Une larme coula le long de sa joue.

— Est-ce que c'est mal de ma part de l'apprécier autant ? J'ai l'impression qu'il est si bon. Il s'est arrêté avant que nous couchions ensemble pour me dire ce qu'il avait fait. Il aurait pu coucher avec moi et me le dire plus tard. Ou pas du tout. Mais il m'a dit qu'il voulait que l'on soit honnêtes sur tout.

Crystal se tourna sur le côté et lui fit face.

— Ça en dit long sur lui, n'est-ce pas ? Ce n'est pas grave si tu l'apprécies autant. Tu vois en lui ce que tu n'as jamais vu en personne d'autre. Quelque chose qui est digne de ce grand cœur que tu as. Depuis que je te connais, je ne t'ai jamais vue verser une larme pour un homme.

TRUMAN DÉPOSA LINCOLN dans le parc et s'installa sur la chaise de jardin à côté. Il jeta un coup d'œil à Kennedy, assise sur les genoux de Bear, la tête sur son épaule. Bear était venu au magasin plus tôt dans l'après-midi pour bricoler sur une moto et était resté pour le dîner. Ils avaient grillé des steaks et préparé des hamburgers et n'avaient pas arrêté de papoter depuis.

— J'aimerais juste que Gemma soit là, dit Truman en passant une main dans ses cheveux et en s'adossant à la chaise.

Kennedy leva la tête.

— Gemma ?

La lueur des flammes projetait des ombres dansantes sur son doux visage.

— Non, princesse, répondit Truman.

Bear embrassa la joue de la petite et guida doucement sa tête jusqu'à son épaule.

— Elle ne viendra pas, mec. C'est beaucoup à encaisser. Tu ne la reverras peut-être jamais.

— Au bout d'un moment, il va bien falloir qu'elle récupère sa voiture.

Truman espérait l'apercevoir quand elle passerait.

— Je veux juste savoir si elle va bien.

— Évidemment qu'elle ne va *pas* bien. Comment pourrait-elle l'être ? Le mec qu'elle aime vient d'admettre être allé en prison pour avoir tué un homme. Peu importe les raisons chevaleresques qui t'ont motivé à le faire, pour une fille comme Gemma, tu es le Grand Méchant Loup.

Truman posa les coudes sur ses cuisses.

— Sans blague.

Bear frotta le dos de Kennedy alors que ses paupières devenaient lourdes.

Truman réalisa que ses mains lui paraissaient trop vides, comme lui, d'ailleurs.

— Tu as déjà pensé à avoir une famille ? Avant ces deux-là, l'idée ne m'a jamais effleuré l'esprit, et, honnêtement, avant

Gemma, je n'ai jamais voulu d'une femme dans ma vie non plus. Mais maintenant je ne peux pas imaginer un jour sans eux.

Et elle me manque énormément.

— Si, ça m'a traversé l'esprit, plusieurs fois même.

Bear regarda Kennedy d'un air pensif.

— Un jour, j'aimerais ce qui t'est tombé dessus par hasard. J'aime les enfants. J'aime la famille. Mais j'aime aussi la *variété.* Tu me connais.

— Oui, je te connais.

Truman gloussa en l'entendant prononcer le mot *variété,* mais il savait combien Bear était loyal.

— Tu m'as sauvé, mec. Trop de fois pour les compter.

— Non, c'est faux. Personne ne peut sauver quelqu'un d'autre. Tu le sais très bien. Tu t'es sauvé toi-même. Tu as traîné tes fesses jusque dans ce bus et tu es arrivé ici, avec ton frère. Bon sang, continua Bear, même quand tu étais adolescent, tu as travaillé plus dur que la moitié des hommes que je connais.

Truman sourit, se souvenant de l'excitation qu'il avait ressentie en apprenant et en accomplissant n'importe quelle tâche qui lui avait été confiée.

— Tu m'as offert une chance de me tirer de cet enfer dans lequel j'ai grandi. Tu m'as appris ce que c'était que d'éprouver de la fierté.

Il se leva et arpenta la pièce alors que des phares s'allumaient dans l'allée. Son pouls s'accéléra.

— C'est elle ? demanda Bear.

— Qui d'autre viendrait à cette heure-ci ? Je reviens tout de suite.

Il avait mis un mot dans la voiture de Gemma, mais il voulait voir son visage quand elle le lirait.

— Mec, l'appela Bear, tu lui as dit qu'elle n'était pas obligée de te voir.

Truman s'arrêta de marcher, et une voiture qui lui était inconnue pénétra dans le parking. La porte côté passager s'ouvrit et une longue silhouette en sortit, titubant légèrement.

— Ce n'est pas elle, dit-il en jetant un coup d'œil à Bear. Reste avec eux pour moi, tu veux bien ?

— Bien sûr.

Bear se leva et se plaça entre le parking et le parc pour enfants.

Les yeux de Truman se posèrent sur la longue carcasse maigre de Quincy qui se dirigeait lentement vers lui. Les cheveux de son frère pendaient devant ses yeux. Son corps se balançait comme un arbre dans le vent alors qu'il avançait en chancelant.

— C'est bon, ne va pas plus loin, lui ordonna Truman, essayant d'apercevoir qui conduisait la vieille berline carrée, mais il faisait trop sombre.

— Hé, mec, marmonna Quincy.

Truman croisa les bras.

— Qui est dans la voiture ?

— Personne.

Quincy glissa une main dans sa poche avant, puis la retira, et l'inséra à nouveau.

— J'en déduis que tu ne viens pas ici pour que je t'aide à être clean.

Quincy détourna le regard et Truman s'avança, observant longuement et durement les yeux vitreux et les paupières lourdes de son frère.

— J'ai pioché dans mon budget nourriture pour la crémation de Maman.

Ses mots s'enchaînèrent rapidement.

— J'espérais que tu pourrais me dépanner.

— Ce sont des conneries. Je t'ai donné de l'argent pour ça.

Son frère détourna à nouveau le regard, puis revint vers la voiture.

— Si je ne paie pas…

Des phares quittèrent soudain la route principale pour rejoindre la longue allée. *Gemma.* Le ventre de Truman se noua. Il ne voulait pas que Quincy ou ses acolytes s'approchent d'elle ou des bébés. Il s'avança, sentant cette puanteur rance due au manque de douches et à l'abus de drogue.

Le monde dans lequel il avait grandi et contre lequel il s'était battu. Le monde dont il avait essayé de sauver son frère.

Le monde qui avait foutu en l'air sa vie entière.

Il ne pouvait même pas se mentir à lui-même. *C'était lui* qui avait fait le choix de sauver les miches de son frère, mais ça n'empêchait pas la colère et la frustration de se déverser en lui.

— Je t'ai dit de rester à l'école. Je t'ai dit de rester sérieux. Quand t'es-tu égaré ?

Conscient que la voiture de Gemma approchait, Truman perdit patience.

— C'est toi qui as gâché ta vie. À moins que tu ne veuilles t'en sortir, ne viens plus jamais ici. Maman est morte. Tu comprends ça, ou tu es trop défoncé pour en avoir quelque chose à foutre ?

Gemma ralentit en contournant le véhicule en marche. Truman lui fit signe de continuer, ne voulant pas que quelqu'un puisse la voir. Elle continua de rouler jusqu'à l'extrémité du parking où sa voiture était garée, et s'arrêta à côté.

— Fous le camp d'ici. Et ne ramène plus tout ce merdier près de ma famille.

Quincy regarda derrière Truman, vers Gemma qui montait

dans sa voiture. Truman se mit dans sa ligne de mire.

— Tu veux savoir quand je me suis égaré ? dit Quincy, la voix remplie de haine. Le jour où tu es allé en prison, Maman m'a offert un shoot de crack et, à ce moment-là, plus personne n'était là pour me retenir.

Truman l'attrapa par le col et lui plaqua le dos contre la voiture.

— Ne me reproche jamais tes choix de merde. J'étais là pour toi chaque putain de jour, lâcha-t-il en serrant les dents et en baissant la voix. J'ai moisi dans une putain de cellule pour que tu n'aies pas à le faire.

— Et moi dans la mienne.

Quincy se dégagea de l'emprise de Truman et monta dans la voiture. Celle-ci contourna Truman et s'éloigna, laissant un nuage de poussière dans son sillage.

Truman scruta le parking en direction de Gemma, qui se tenait là, les yeux écarquillés, ayant été témoin de toute cette scène horrible. Dans sa main se trouvait le mot qu'il avait laissé dans sa voiture, flottant dans la brise. Il se retrouva figé sur place. Il voulait la voir, s'excuser pour toute sa putain de vie. Pour la convaincre de lui donner une chance.

Leurs regards se croisèrent, et cette brûlure électrique à laquelle il s'attendait traça un chemin entre eux malgré tout – ses aveux, cette scène atroce avec Quincy.

Il ne méritait pas cette condamnation qui avait changé sa vie à jamais.

Mais alors qu'elle montait dans sa voiture, coupant leur connexion, il sut qu'elle ne la méritait pas non plus.

CHAPITRE DOUZE

LA MUSIQUE RÉSONNA CONTRE les murs de la boutique alors que sept petites princesses se pavanaient sur le podium en ce mardi après-midi. Des lumières stroboscopiques clignotaient comme des étoiles magiques tandis que Crystal se déplaçait comme une photographe professionnelle, prenant une photo après l'autre. Avec ses longs cheveux noirs et ses nombreuses couches de taffetas gris et argenté, elle était la princesse Fantôme parfaite. Et aussi une photographe de talent. Gemma avait de la chance de l'avoir à bord. Après le défilé, Gemma ferait tout un plat pour remettre à la fille dont c'était l'anniversaire un diadème spécial orné de bijoux. Puis le groupe se ferait photographier en compagnie de Crystal et Gemma. Et enfin, Crystal photographierait les filles avec leurs parents – enfin, ceux qui étaient restés pour l'événement. Aujourd'hui, il n'y avait que deux parents. Un de plus que d'habitude. Les parents étaient souvent prompts à s'échapper pour quelques heures de liberté. Cela l'avait toujours contrariée. Les parents ne devraient-ils pas vouloir voir leurs enfants dans un état de pur bonheur ? Cela la surprenait qu'ils soient tout à fait d'accord pour laisser leurs enfants entre les mains d'étrangers, même si elle savait qu'elle et Crystal étaient parfaitement fiables.

Gemma vérifia les sacs de cadeaux une dernière fois. La jupe verdoyante de sa tenue de princesse Gardenia se froissait bruyamment à chaque pas. Elle tendit la main vers la table, soulevant les fleurs colorées et le lierre qui serpentaient autour de ses bras pour les empêcher de s'emmêler dans les nœuds des sacs. Puis elle se dirigea vers le bureau d'inscription, toujours en froissant le tissu, pour récupérer le diadème spécial prévu pour la fille dont c'était l'anniversaire et ne put s'empêcher de jeter un autre coup d'œil au dessin que Truman avait laissé dans une enveloppe scotchée à la porte d'entrée de la boutique ce matin. Elle balaya du regard le dessin du dragon qu'elle avait vu pour la première fois dans son carnet de croquis et la note qu'il avait laissée avec. Son cœur fit à nouveau un bond, comme les trois premières fois où elle l'avait lue. Il avait aussi laissé une esquisse sur la porte hier matin. Un autre dessin sombre et révélateur, de son carnet de croquis sacré. Des nuances de noirs et de gris furieuses, sans une once de couleur sur la page. Des dessins qu'il avait clairement précisé ne partager avec personne. Et pourtant, il en avait laissé *deux* pour elle, ici, à la boutique, même après qu'elle se fut enfuie de son appartement sans un mot d'explication. La première image qu'il avait laissé scotchée à la porte représentait un visage se frayant un chemin à travers une ouverture étroite. Il était déformé par un cri, les dents apparentes, avec deux mains essayant de forcer l'espace étroit à s'ouvrir davantage. La note qu'il avait écrite sur ce dessin était directe et déchirante — *Tu connais mon histoire. Je n'ai rien d'autre à cacher.* Elle supposait que le croquis était l'autoportrait de Truman derrière les barreaux, ou peut-être que c'était lui essayant de se libérer de cette vie qu'on lui avait imposée dès sa naissance. Elle ne savait pas si elle avait raison ou si elle était sur la mauvaise voie, mais elle avait *envie* de savoir.

Elle repensa au mot qu'il avait laissé dans sa voiture le soir où elle l'avait récupérée au garage quand elle l'avait vu frapper un type contre un véhicule. Ce mot avait été sincère et simple, même si elle savait qu'il avait probablement eu beaucoup de mal à l'écrire – *Je suis désolé pour mon passé, et je comprends pourquoi tu ne voudrais pas de moi ni de ma vie, mais je te promets que je ne suis pas un mauvais garçon. Tu nous manques, aux enfants et à moi. Tru.* Il n'avait pas expliqué ce qu'elle avait vu et, bizarrement, ça ne l'effrayait pas. Pour que Truman traite une personne comme ça, elle imaginait qu'elle le méritait. Elle ne savait pas pourquoi elle avait une telle confiance en lui, surtout après avoir entendu parler de son passé. Mais quelque chose en elle lui disait qu'elle devait lui faire confiance. Et peu importe le nombre de fois où elle se disait qu'elle ne devrait pas, elle ignorait le conseil.

Chaque message avait un peu plus révélé l'homme qu'il était. Mais le mot qu'il avait laissé aujourd'hui avec l'image du dragon contenait un morceau de son âme – *Chasser le dragon est une expression qui désigne le fait d'inhaler la vapeur de la morphine, de l'héroïne, de l'oxycodone et d'autres drogues une fois que celles-ci sont chauffées. Aussi loin que je m'en souvienne, j'ai toujours voulu tuer ce dragon qui a attiré ma mère vers la mort et avalé mon frère tout entier. Tu nous manques. Tru.*

Elle fixa la note sur le mur. *Tu me manques aussi. Vous me manquez tous les trois.*

— Princesse Gardenia, l'appela Crystal à l'autre bout de la pièce, sortant Gemma de sa torpeur. Il est temps d'offrir la couronne à la petite qui fête son anniversaire.

Elle saisit le diadème, arbora le fameux sourire qui lui avait permis de survivre durant sa jeunesse, et s'apprêta à donner le spectacle de sa vie.

— TU PENSES QUE je devrais engager une babysitter ? demanda Truman à Dixie pendant qu'il nourrissait Lincoln.

Le magasin était fermé depuis une heure, mais lui et Bear travaillaient tard, et Dixie était restée pour jouer avec les enfants.

— Absolument pas, répondit Dixie en prenant Kennedy dans ses bras. Ce sont autant des bébés Whiskey que des bébés Gritt désormais.

— Elle a raison, tu sais. Nous aurons peut-être besoin de quelqu'un pour nous aider quand le petit gars commencera à ramper, mais, pour l'instant, nous pouvons nous en occuper. Bear tendit la main vers Kennedy et Dixie tourna l'épaule pour qu'il ne puisse pas la prendre. Elle caressa le cou de Kennedy, provoquant plusieurs éclats de rire.

— J'espérais que tu dirais ça.

Truman avait pensé la même chose. Il détestait l'idée d'engager quelqu'un d'autre pour surveiller les enfants. Il ne pouvait pas imaginer ne pas les avoir avec lui vingt-quatre heures sur vingt-quatre. Il pensait que tout ce qu'il voulait, c'était que les enfants soient en sécurité et heureux, mais il réalisa que ce n'était pas suffisant. Gemma lui manquait, ainsi qu'à Kennedy. Et même si Lincoln ne pouvait pas demander après elle, comme le faisait Kennedy, il avait le sentiment qu'elle lui manquait aussi. Tout chez elle manquait à Truman. Ses sourires, son insolence, et même ses questions agaçantes et invasives. Mais ce qui lui manquait par-dessus tout, c'était sa façon de le regarder, de le toucher – une main ici, un doigt sur sa joue – et cet amour qu'elle portait aux enfants, chaque minute de la journée. Chaque fois que Kennedy disait son prénom, il était pris de nostalgie.

Il espérait que, en ayant partagé ces parties de lui-même qu'il n'avait jamais partagées avec personne d'autre, Gemma finirait par revenir et lui donnerait une chance de lui prouver qui il était vraiment. Au fond, il voulait lui dire la vérité, lui avouer que c'était Quincy qui avait tué cet homme, mais il ne balancerait jamais son frère. Même pas pour Gemma. Il avait passé six longues années en prison. Il savait ce que c'était que d'attendre son heure. Bear lui avait rappelé, bien trop de fois au cours des dernières quarante-huit heures, qu'il ne la reverrait peut-être jamais, mais ce n'était pas pour autant qu'il allait abandonner. Il n'était pas question qu'il renonce à elle.

Truman remit Lincoln à son ami Bear, qui était délaissé. Le sourire de ce dernier quand il prit le bébé dans ses bras lui réchauffa le cœur. Il savait sans l'ombre d'un doute que si quelque chose lui arrivait, les Whiskey s'occuperaient des enfants. À un moment donné, il allait devoir s'occuper des aspects légaux de toute cette affaire, mais il y avait très peu de chances qu'il obtienne la garde légale des enfants avec une condamnation pour crime, et il n'était pas encore prêt à le découvrir.

— Je me disais, annonça Truman, que nous disposons de l'ancien bureau que nous utilisons pour le stockage, et nous avons aussi des hectares de terrain. Si je paie pour, que pensez-vous de délimiter une aire de jeux juste devant la porte et d'aménager le bureau pour les enfants, comme une salle de jeux ? Il y a déjà de la moquette, donc tout ce dont nous avons besoin c'est de le nettoyer et de le peindre. Il y a deux belles fenêtres pour laisser entrer l'air frais. Et je pensais que nous pourrions remplacer la moitié inférieure du mur par du plexiglas pour pouvoir garder un œil sur eux par exemple.

Dixie et Bear échangèrent un sourire approbateur.

— Crow peut nous obtenir des offres sur à peu près tout, dit Dixie avec enthousiasme.

Bear se renfrogna.

— Parce qu'il pense qu'il peut coucher avec toi surtout.

Dixie frotta son nez contre celui de Kennedy et dit :

— Tu entends comme oncle Bear est bête ? C'est un imbécile, n'est-ce pas ?

Kennedy gloussa, et Truman leva un sourcil vers Bear.

— Tu le connais sous le nom de Lance Burke, le gars qui possède *Mid-Harbor Immobilier*. Crow, c'est son nom de motard et il a un faible pour Dixie depuis qu'on est gamins.

— Et voilà que ça se corse, plaisanta Truman. Qu'est-ce qui ne va pas avec Lance ? Ce n'est pas un bon gars ?

Dixie leva les yeux au ciel.

— Est-ce qu'il existe un seul homme assez bien pour moi aux yeux de mes grands frères ? dit-elle en soupirant dramatiquement et en posant Kennedy pour qu'elle joue dans le parc.

Croisant les bras, elle jeta un regard en direction de Bear.

— Il nous fera un bon prix.

Elle baissa les yeux sur Lincoln qui levait ses petites mains vers le menton de Bear.

— Est-ce que tu comptes décliner son offre parce que tu penses qu'il voudra quelque chose en retour ? Parce que si c'est le cas – elle balança ses cheveux roux et sauvages par-dessus son épaule avec un sourire confiant –, alors tu ne te rends pas compte à quel point vous m'avez tous bien élevée.

Bear posa les yeux sur Lincoln. Il baissa la tête vers lui, laissant le bébé mettre ses doigts dans sa bouche.

— D'accord, mais *c'est moi* qui appellerai Crow. Pas toi.

— Tu es insupportable, gémit Dixie. Mais d'accord. Je

ferais n'importe quoi pour ces petits bouts.

Ils échangèrent leurs idées et, une fois qu'ils furent d'accord sur la disposition, ils commencèrent à mettre en place une stratégie pour débuter les travaux. Bear et Dixie insistèrent pour partager les coûts des fournitures, car les rénovations auraient un impact sur la valeur de l'entreprise.

Un peu plus tard, Truman nourrit et lava les enfants. Il commençait à prendre le coup de main, grâce à sa détermination, refusant de les laisser tomber. Le bain pour bébé que Gemma lui avait suggéré d'acheter à Walmart l'avait certainement aidé en ce qui concernait Lincoln. Et tant qu'il continuait d'ajouter des bulles au bain de Kennedy (encore un grand merci à Gemma), elle acceptait d'en prendre un toute seule. Après avoir endormi les enfants, il se dirigea vers le placard à outils et ouvrit le tiroir du bas. Il sentit l'adrénaline grimper en lui à la vue de ces piles de carnets de croquis devant lui. Il en avait aussi des boîtes entières dans le placard de la chambre principale. Il les feuilleta, sachant ce que chacun contenait sans jamais être retourné voir les images après les avoir dessinées. Il avait beau les cacher dans le placard, les laisser derrière lui dans l'obscurité totale ou les ranger dans des tiroirs, les images ne le quittaient jamais.

Sortant le cahier de croquis qu'il cherchait, il feuilleta les pages et trouva le dessin qu'il voulait laisser à Gemma demain matin. Il le retira soigneusement du carnet, écrivit un mot dans la marge et le glissa dans une enveloppe. Le beau visage de Gemma lui vint à l'esprit alors qu'il écrivait son nom sur le papier. Il la posa sur la table basse, rassembla son matériel de peinture et le babyphone, verrouilla la porte d'entrée et ouvrit la baie vitrée donnant sur la terrasse – et, soudain, tout bascula lorsqu'il vit Gemma debout devant lui, la main arrêtée en plein vol, comme si elle s'apprêtait à frapper.

CHAPITRE TREIZE

— GEMMA ? DIT TRUMAN dans un murmure rauque, alors que la boîte métallique lui échappait des mains et il la rattrapa de justesse avant qu'elle ne tombe sur la terrasse.

Gemma avait visualisé ce moment dans sa tête tellement de fois qu'elle pensait avoir le contrôle sur ses émotions, mais rien n'aurait pu la préparer à cette boule qui pulsait et lui obstruait la gorge, ou ces courants de chaleur qui la poussaient vers lui. Elle souleva le tapis de jeu pour enfant qu'elle avait rapporté de la boutique. L'excuse qu'il lui fallait pour venir ici. Une excuse bancale, mais qui l'avait guidée jusque chez lui. Elle avait les jambes en coton et était plus nerveuse qu'elle ne l'avait jamais été, mais elle était *là* quand même.

— Je… Hum.

J'avais besoin de te voir.

— J'ai apporté ça pour Lincoln, dit-elle finalement.

Il regarda le jouet pour bébé, les sourcils froncés, la déception se lisant sur ses traits. Il posa la boîte, puis referma la porte derrière lui. Ignorant le jouet, il se rapprocha, comme si lui non plus ne supportait pas la distance qui les séparait. Comme si tout ce qui comptait, c'était de combler cet écart.

— Gemma, chuchota-t-il.

Ses yeux bleus étaient chaleureux et reconnaissants, et si

pleins de nostalgie qu'elle pouvait la sentir s'enrouler autour d'elle et la faire avancer d'un pas.

— Tu m'as manqué.

Il leva la main, comme s'il allait lui caresser la joue, et elle respira profondément, le bourdonnement familier de l'électricité la traversant de toute part. Quand il baissa la main sans la toucher, elle eut envie de se gifler pour avoir osé prendre cette grande inspiration.

— Je...

Elle posa le tapis pour bébé sur la terrasse.

— Est-ce qu'on peut parler ?

Il hocha la tête, désignant de la main le canapé sur lequel ils s'étaient installés lorsqu'il lui avait révélé son passé. Son cœur s'emballa lorsqu'il s'assit à côté d'elle. Elle ne savait pas par où commencer ni quoi dire. Elle avait tant de questions mais, maintenant qu'elle était ici avec lui, celles-ci semblaient s'être envolées, repoussées par le désir d'être à nouveau dans ses bras. Elle n'avait pas peur de lui, pas du tout. Elle avait vu trop de choses le concernant avant de découvrir la vérité sur son passé pour finalement percevoir toute cette bonté comme de la malice.

Elle cligna plusieurs fois des yeux, essayant de faire le vide dans son esprit, mais cette façon qu'il avait de la regarder, comme s'il avait autant besoin d'elle qu'elle avait besoin de lui, comme s'il la voulait aussi désespérément qu'elle le voulait, brisa le fil de ses pensées.

Mais il s'avéra qu'elle n'avait pas besoin de penser. La vérité éclata.

— Je ne peux pas m'empêcher de penser à toi et aux enfants.

Un demi-sourire étira les lèvres de Truman, la touchant en

plein cœur.

— J'ai tellement de questions, mais elles me paraissent toutes grossières ou égoïstes, comme : comment as-tu tourné la page après tout ça ? Et qu'est-ce que ça t'a fait d'avoir commis ce que tu as fait ? Mais c'est de la curiosité morbide, car, bien sûr, j'imagine que tu étais dévasté et horrifié. Tu me l'as dit l'autre soir. Je suis juste... Je suis encore en train d'essayer de comprendre tout ça.

Les mots franchirent si rapidement ses lèvres qu'elle ne parvint pas à les arrêter.

— Je ne me suis jamais imaginé me mettre en couple avec quelqu'un qui a fait de la prison ou commis ce que tu as fait. De toute façon, je doute que tu aies imaginé que ta vie prendrait cette tournure.

Elle haussa les épaules et ajouta :

— Mais je n'ai pas envie de prendre mes distances parce que tu as tout simplement essayé de protéger ta famille. Je t'ai vu avec les enfants, et j'ai passé assez de temps avec toi pour savoir que tu n'es pas violent. Seulement, j'ai besoin de comprendre. De comprendre tout ça, jusqu'à ce que tu en aies assez de me l'expliquer. Je ne t'en voudrai pas si tu en as marre de mes questions, tu sais comment je peux être.

— C'est normal de vouloir savoir, et j'aime ta façon d'être, alors ne t'inquiète pas. Je ne me lasserai jamais de tout t'expliquer. C'est du passé. J'avais peur de te le dire, mais maintenant que je l'ai fait, je répondrai à tout ce que tu veux ou as besoin de savoir.

Il se tut un instant, assez longtemps pour rassembler ses pensées.

— Tu me demandes comment j'ai tourné la page. Chaque matin, je me réveille et je revois cette scène – ma mère, mon frère, le sang, ce violeur. Et je dois sciemment me rappeler comment cela s'est passé, parce que je n'ai pas l'impression d'être celui qui a commis ce geste. Je ne suis pas une personne violente, malgré mon incarcération. Une fois que je me souviens de la scène, je peux ensuite passer à autre chose. Je ne peux pas vraiment l'expliquer, mais je n'ai pas le choix. Je continue à avancer, et le remords ne disparaît jamais, même si cet homme était en train de violer ma mère. J'aurais aimé... j'aurais aimé que les choses soient différentes.

Elle pressa son doigt sur les lèvres de Truman, l'émotion dans sa voix désormais trop brutale pour être écoutée.

— Je ne veux pas te faire revivre ça. Je veux que tu saches que je n'ai pas peur de toi. Mais je risque d'avoir d'autres questions avec le temps, et j'ai besoin que tu me confirmes que tu pourras le tolérer.

— Gemma.

Il ferma les yeux pendant un moment, respirant profondément. Quand il les rouvrit, il posa sa main sur la sienne.

— Ces dessins que je t'ai envoyés n'ont peut-être l'air de rien comme ça, mais ils sont tout pour moi. Je n'ai plus rien à cacher. Tu as entendu le pire.

— Je sais à quel point ils comptent pour toi, dit-elle doucement. Merci de les avoir partagés.

Elle baissa les yeux vers sa main, observant toute cette encre bleue recouvrant sa peau. Elle voulait en savoir plus. Ses tatouages étaient-ils comme ses dessins ? Représentaient-ils les horreurs de son passé ?

— Que signifient-ils ?

— Les dessins ?

Elle secoua la tête, voulant savoir tout ce qu'il y avait à savoir sur lui.

— Non, tes tatouages.

Elle leva les yeux vers lui. Puis elle enroula ses doigts autour des siens.

— Ça ne te dérange pas ?

Il pinça les lèvres. Truman respirait si fort que sa poitrine se soulevait à chaque inspiration, puis il retourna sa main sous la sienne et entrelaça leurs doigts ensemble, la tenant fermement.

— Rien de ce que tu fais ne me dérange. Je suis juste heureux que tu sois là, que tu me parles, et que tu n'aies pas peur de moi.

— Non, je n'ai pas peur de toi, répéta-t-elle.

Sans un mot, il porta la main de Gemma à sa bouche et l'embrassa. Les poils de sa barbe lui chatouillèrent la peau, mais c'est lorsqu'elle vit ses yeux qu'elle s'estima heureuse d'être déjà assise, car les émotions qu'elle y lut la terrassèrent.

Il guida ses doigts sur ses tatouages, les expliquant un par un.

— As de pique, la carte de la mort. Un rappel. Je l'ai fait après avoir été libéré de prison.

Il déplaça son doigt vers le tatouage sur sa main gauche.

— Le logo du club de moto des Whiskey. Ils m'ont sauvé de tant de façons différentes. Je leur dois beaucoup.

Alors qu'il tirait sa main le long d'un bras et remontait l'autre, déplaçant ses doigts sur sa peau, expliquant la signification de chaque tatouage, une partie de la vie de Truman se déroulait devant ses yeux. Des tatouages qui symbolisaient la force pour lui rappeler que même dans les pires moments, il restait fort. Des centaines de petits points formaient une explosion sur une main, jaillissant d'un appareil photo, symbolisant le monde tel qu'il l'avait connu, qui éclatait en mille morceaux, ainsi qu'un tatouage épais représentant un filet pour récupérer les débris, parce qu'il n'était pas prêt à tout laisser tomber. Ces marques qu'elle avait d'abord perçues comme des avertissements visuels destinés à garder les gens à distance étaient en réalité une carte détaillée de cet homme qu'elle avait en face d'elle. Sa capacité à surmonter son chagrin et sa douleur prouvait à quel point il était fort. Sa loyauté envers sa famille et ses amis touchait particulièrement le côté solitaire de Gemma, un côté qu'elle avait essayé de cacher, même à elle-même, pendant tellement d'années qu'elle avait l'impression qu'il ne pourrait jamais être comblé.

L'émotion dans sa voix accéléra son rythme cardiaque et réchauffa son corps tout entier.

Il relâcha sa main et elle réalisa que celle-ci tremblait. Son visage était solennel et il saisit l'ourlet de sa chemise.

Il la regarda d'un air interrogatif et elle hocha la tête, voulant tous les voir. Il souleva sa chemise lentement, comme s'il n'était pas sûr qu'elle soit vraiment prête à voir ce qu'elle avait demandé, révélant l'encre qu'elle avait aperçue un matin, mais qu'elle n'avait pas étudiée en détail. Elle se concentra sur le tatouage qui traversait son torse large, représentant le dragon furieux et féroce qu'il avait dessiné, l'échine haute, le cou bas, penché en avant, crachant du feu – bleu, comme le reste de ses tatouages – sur un arbre tordu, plié et nu, dépourvu de feuilles. De l'autre côté de l'arbre se trouvait un homme, ses bras tatoués et étonnamment familiers étaient tendus, les mains appuyées contre le tronc, s'efforçant de le maintenir en place. Une jambe derrière lui, l'autre pliée au niveau du genou, et les pieds recourbés alors qu'il se battait contre le dragon.

Sa douleur était si profonde. Les yeux de Gemma se remplirent de larmes.

— Ne sois pas désolée pour moi, dit-il brutalement.

Elle secoua la tête.

— Je ne suis pas désolée pour toi. Je suis bouleversée par tout ce que tu as dû vivre. Et étonnée que tu sois devenu l'homme que tu es aujourd'hui.

Il soutint son regard, respirant à nouveau plus fort.

— Tu veux voir le reste ?

Elle hocha la tête.

— Chacun d'entre eux.

Il prit un air solennel en commençant à déboutonner son jean. Elle pensa soudain aux photos que Crystal lui avait envoyées et ajouta :

— À moins que tu n'aies un tatouage, euh…

Elle jeta un coup d'œil à son entrejambe.

Il laissa échapper un rire rauque qui les fit sourire tous les deux.

— Désolé, mais il y a des choses qui ne sont pas faites pour être en contact avec les aiguilles.

— Dieu merci.

Elle émit un soupir de soulagement.

Il relâcha son jean.

— Gemma, tu sais comment je réagis quand je suis avec toi. Si j'enlève mon pantalon…

Il respirait difficilement. Elle, de son côté, respirait à peine. Il passa la main dans ses cheveux, embrassant sa nuque.

— Gemma, dit-il brutalement, quelque chose de primitif brillant dans ses yeux.

Elle glissa sa main de son torse à sa joue et sentit la tension qui s'y accumulait et ses muscles qui résistaient alors qu'elle essayait de l'attirer plus près.

— Gemma.

L'avertissement dans sa voix était clair. Son regard scintilla, parcourant son visage, cherchant quelque chose.

— Si je pouvais changer mon passé, je le ferais, dit-il avec ardeur.

Sa proximité était comme une drogue, l'attirant. Elle avait envie de se glisser sous sa peau et de ressentir ce qu'il ressentait, d'éprouver sa force et de soulager sa douleur.

— Je ne vais pas m'enfuir.

Elle ne s'était pas attendue à faire cette promesse, mais elle était poussée par un sentiment d'urgence, un besoin charnel d'être plus proche de lui. Elle se pencha, incapable de trouver d'autres mots.

Il l'attira vers lui, la revendiquant par un baiser chaud et intense qui fit vaciller ses sens. Puis ils s'embrassèrent sauvagement, se caressèrent et s'explorèrent, incapables de se rassasier. Il l'embrassa plus profondément, la serrant plus fort. C'était exquis. Durant ces quelques jours loin l'un de l'autre, elle avait disséqué le passé de Truman jusqu'à ce qu'il ne reste plus rien, et pourtant cela n'avait pas atténué cette vague de désir qui la submergeait. Alors qu'ils s'embrassaient, se mordaient et émettaient des bruits, exprimant leur désir de façon effrénée, elle s'accrocha à son cou. Il se déplaça et elle se coucha sur le dos, l'entraînant avec elle. Les hanches de Truman ondulèrent contre les siennes avec avidité dans un rythme hypnotisant, et il ralentit leur baiser, chassant doucement leurs doutes résiduels.

— Gemma, dit-il contre sa bouche, je crois que nous avons déjà connu cette situation.

Elle sourit.

— Non, pas celle qui va suivre.

Son sourire carnassier revint, et elle lut dans ses yeux de vilains désirs.

— Arrête-moi maintenant si tu comptes le faire, parce que

j'ai songé à te faire l'amour, à te baiser, et à te supplier de me pardonner – et une fois nos vêtements enlevés, tu m'auras tout entier. Je ne pourrai pas m'arrêter.

— Ne t'arrête pas.

Ce fut tout ce qu'elle parvint à dire.

Sa bouche se plaqua sur la sienne, avec avidité et intensité. Gemma enfonça les ongles dans son dos. Les mains de Truman allaient et venaient sur sa taille, sur ses seins, sur ses hanches, comme s'il n'arrivait pas à croire qu'elle était là, allongée sous son corps. Pourtant, elle était juste là, avec lui, caressant sa peau, se délectant de la sensation de son poids sur elle. Leur baiser était doux et rugueux à la fois, il s'apaisait, puis s'enflammait, provoquant des vagues d'extase à chaque coup de reins de Truman et déclenchant en elle des tremblements brûlants qui s'agrippaient à son entrejambe. Il lui arracha sa chemise, la faisant passer par-dessus sa tête, et son soutien-gorge suivit lorsque sa bouche talentueuse prit possession de sa poitrine. Elle saisit sa tête dans ses mains, laissant échapper plusieurs petits soupirs. Mais elle s'en fichait. Son impatience grandissait à chaque frottement de sa langue, à la sensation de ses lèvres douces puis fermes. Ensuite, sa bouche fut à nouveau sur la sienne. Sa barbe rêche lui griffait les joues, et ses mains – *Seigneur, ces mains* – se promenaient sur son corps avec confiance et maîtrise, faisant fondre tout sur leur passage alors qu'elle faisait de son mieux pour continuer à respirer.

MÛ PAR BIEN TROP d'émotions pour qu'il puisse y voir clair, dont une qu'il ne pouvait ignorer, Truman s'éleva au-dessus de Gemma, admirant cette femme magnifique et confiante en dessous de lui.

— Je te veux dans mon lit.

Elle lui sourit, un éclat de désir rayonnant dans ses yeux alors qu'elle l'attirait à nouveau vers elle.

— Tu n'as plus de lit.

— Je vais en acheter un demain.

Il écrasa sa bouche contre la sienne et ils rirent tous les deux, mais leurs sourires se transformèrent rapidement en supplications voraces et passionnées. La chaleur se propageait le long de son corps. Il aimait la sensation de ses seins nus contre son torse et de son cœur, battant rapidement et furieusement pour lui. Il voulait posséder chaque parcelle de son corps, le revendiquer comme sien. Il était tellement habitué aux coups d'un soir rapides et insignifiants, où il entrait, prenait son pied et ressortait. Ce désir était tout nouveau pour lui et tellement réel. Il ne voulait pas seulement la baiser – il voulait lui faire l'amour, avec elle, pour elle. Il ne parvenait pas à tempérer son avidité alors qu'il embrassait et suçait sa peau en descendant le long de sa silhouette pour finalement ouvrir son jean d'un coup sec.

Il leva les yeux, cherchant une dernière fois son approbation avant de la goûter pour la première fois. Elle souleva ses hanches, poussant son jean vers le bas et lui donnant ce fameux feu vert qu'il attendait. Son jean tomba sur le sol, et l'air quitta ses poumons dans un gémissement guttural. Il se força à prendre un moment afin de sentir ses hanches délicieuses dans ses paumes, embrasser l'intérieur de ses cuisses alors qu'elle se tordait sous son corps, sa verge palpitante suppliant d'être libérée. Il passa sa langue sur ses replis et elle gémit dans la nuit. *Bordel de merde,* elle avait un goût exquis, et l'odeur de son excitation l'attirait comme le métal vers un aimant. Elle était tellement sexy qu'il poussa un juron en serrant les dents. Il valait mieux y aller doucement, pour lui donner du plaisir de toutes les façons possibles, mais il prendrait son temps plus tard. Il avait besoin d'elle *maintenant*.

Il souleva ses jambes, les faisant passer par-dessus ses épaules et plaqua sa bouche contre son sexe. Il suça, lécha et enfonça sa langue si profondément que les muscles internes de Gemma se contractèrent autour d'elle, l'incitant à la caresser davantage. Elle se balançait, gémissait et s'agrippait à ses épaules tandis qu'il se rassasiait. Il ramena ses doigts vers le centre de son sexe, les enfonça et suça son clitoris entre ses dents. Elle se cambra, pressant ses cuisses contre son visage, puis elle gémit son prénom dans un murmure brûlant. Il savait qu'elle était silencieuse pour les enfants, et son cœur ne fit que gonfler davantage.

— Tru…

Putain, c'était si sexy, si *réel*. Il resta avec elle, lui donnant du plaisir avec ses doigts, l'aimant avec sa bouche, jusqu'à ce qu'elle commence à redescendre de son extase. Puis il aplatit ses paumes contre l'intérieur de ses cuisses et passa la langue sur sa chair sensible dans un mouvement lent et répétitif. Les ongles de Gemma s'enfoncèrent dans sa peau, sa respiration s'affaiblit, et son corps entier frémit et trembla.

— Plus, Tru, *s'il te plaît*.

Il continua à la taquiner, à l'aimer lentement, à faire durer son plaisir, jusqu'à ce qu'elle s'agrippe aux coussins, le suppliant de lui donner plus. C'est à ce moment-là seulement qu'il referma sa bouche sur son sexe et lui donna ce qu'elle voulait, la prenant encore et encore jusqu'à ce qu'elle éclate en mille morceaux, telle une violente multitude d'explosions.

Lorsqu'elle fut parcourue d'un dernier frisson, il remonta le long de son ventre, l'embrassant, goûtant son excitation à chaque pression de ses lèvres, puis il la prit dans ses bras. Elle ouvrit les yeux, avec le sourire satisfait d'une amante rassasiée sur les lèvres.

— Encore, le supplia-t-elle.

Et *bon sang*, ce qu'il en avait envie aussi.

Il l'embrassa à nouveau, plus doucement cette fois, souhaitant être encore plus proche d'elle. Le goût de Gemma resta avec lui alors que leurs langues s'entremêlaient, et c'était tellement torride qu'elle ne lutta pas. Il ramena sa main entre ses jambes, l'amenant vers le sommet d'un autre orgasme, et avala ses cris de plaisir. Bon Dieu, il aurait pu faire ça toute la nuit. La sentir jouir était dix fois mieux que dans ses rêves, mais il mourait d'envie d'être en elle. Il enleva son jean, en prenant soin de ne pas l'écraser de son poids, et s'arrêta net.

— Préservatif, dit-il soudain. Dans la chambre.

Il l'embrassa à nouveau, longuement et lentement, n'ayant absolument pas envie de la quitter, même pour quelques secondes. Quand il chercha à se relever, elle l'agrippa.

— Pas encore, murmura-t-elle en l'attirant pour l'embrasser à nouveau.

Elle glissa la main dans ses cheveux, la deuxième descendit le long de son anatomie et se posa sur son dos, le tenant fermement. Lorsque leurs lèvres se séparèrent, elle le garda près d'elle, se blottissant contre son cou et déposant de légers baisers de son col à sa mâchoire.

— J'aime ton odeur, souffla-t-elle en murmurant contre sa peau. Et la façon dont ton corps s'adapte au mien.

Ses doigts se déplacèrent le long de son dos, déposant des caresses légères comme si elle avait toute la nuit devant elle pour rester allongée à ses côtés. En le touchant amoureusement, comme aucune autre femme ne l'avait jamais fait, elle réveilla d'autres besoins en lui. Des besoins qu'il n'avait pas réalisé avoir. Même s'il avait terriblement envie de la sentir étroitement lovée autour de lui, pour l'instant, il avait surtout envie de *ça* : son contact, ses baisers, entendre ses doux soupirs provoqués par un autre type de plaisir.

— J'aime que tu sois costaud, chuchota-t-elle. Et protecteur. Tu me fais me sentir en sécurité.

— Malgré mon passé ?

Les mots franchirent ses lèvres avant même qu'il ne puisse les arrêter.

Elle leva les yeux vers lui avec un sourire si doux que toutes ses barrières s'envolèrent.

— Peut-être justement *grâce* à ton passé.

Il embrassa le coin de ses lèvres, comme s'il venait de recevoir le plus beau cadeau de sa vie, et la serra à nouveau contre lui, les faisant tourner sur le côté. Il glissa un genou entre ses jambes et l'autre sur sa hanche, de sorte que leurs corps soient complètement entrelacés.

— Mmh. Tu vois ? On va parfaitement bien ensemble, murmura-t-elle contre son cou, ses doigts continuant de caresser son dos dans un mouvement lent et doux. Tu es notre Tru Blue[7], la plus loyale de toutes les sentinelles.

— Notre ?

Elle bâilla et posa la main sur sa joue.

— Les enfants et moi.

Il se demanda si elle entendit soudain la façon dont son cœur chavira alors qu'il tombait encore plus amoureux de cette

---

[7] Jeu de mot avec Truman et true-blue une expression anglophone utilisée pour désigner une personne loyale

femme remarquable. Il l'embrassa doucement, se délectant de la sentir blottie dans ses bras et repassant ses paroles en boucle dans sa tête comme une rediffusion à laquelle il ne voulait jamais mettre fin.

— Gemma, dit-il alors que sa gorge se nouait, étouffant ses mots.

Te tenir dans mes bras. Te sentir me toucher. C'est tout ce que je veux.

Il était dur comme de l'acier, son membre contre les boucles humides de son sexe et sa peau chaude, mais, alors qu'elle se blottissait contre lui et que sa respiration devenait légère, se laissant glisser vers le sommeil, tout en lui se mit en place, et finalement – *mon Dieu, enfin* – sa vie ne lui sembla plus si hors de contrôle.

CHAPITRE QUATORZE

GEMMA SE RÉVEILLA SEULE sur le canapé de la terrasse de Truman, son corps nu recouvert d'une couverture douce et chaude. Le soleil commençait à peine à percer l'horizon et elle perçut la voix de Truman dans le babyphone. Enroulant la couverture autour d'elle, elle ne paniqua pas et ne fut pas embarrassée par sa nudité. Elle se réchauffa immédiatement en le voyant sur le moniteur vidéo en train de faire les cent pas dans la chambre avec Lincoln sur son épaule. Il était torse nu, ne portant qu'un caleçon foncé. Sa main large caressait le dos du bébé en cercles lents. Gemma ne pouvait pas voir le visage du petit, mais vu la façon dont ses mains pendaient mollement sur les côtés, elle supposa qu'il s'était déjà rendormi.

Elle trouva ses vêtements pliés sur la terrasse, souriant devant la gentillesse de Truman alors qu'elle enfilait sa chemise et sa culotte et se dirigeait vers la balustrade pour regarder le soleil se lever. En écoutant la voix affectueuse de Truman à travers le moniteur, elle sut qu'elle avait pris la bonne décision en venant le voir la nuit dernière. Il n'était pas un homme à craindre.

Et la nuit dernière…

Elle soupira.

Rien que de penser à la façon dont il l'avait tenue dans ses bras et avait laissé s'effondrer ses barrières pour la laisser entrer, elle se sentait légère et rêveuse. Cette électricité entre eux était indéniablement magnétique et explosive, mais leur connexion intime était bien plus profonde. Lorsqu'elle avait été dans ses bras la veille, ils avaient été parfaitement synchronisés, et cette manière qu'il avait de respirer plus facilement lorsqu'ils étaient proches la comblait d'une joie inattendue. Elle n'avait pas eu l'intention de s'endormir, mais elle n'avait pas pu s'en empêcher après tous ces orgasmes intenses et en se retrouvant blottie au chaud et en sécurité dans les bras de Truman. Même si elle aurait eu très envie de se réveiller contre lui ce matin, se réveiller en le voyant cajoler Lincoln était encore mieux. Il donnait à ces bébés tout l'amour qu'elle aurait souhaité avoir en grandissant, et elle savait mieux que quiconque que rien ne pourrait jamais remplacer cela. Ces enfants avaient trouvé un foyer dans son cœur, et ils avaient de la chance de l'avoir.

L'ampleur de ses sentiments la submergeait, comme quelque chose de tangible qu'elle pouvait sentir, goûter et voir. Elle contempla au loin cette mer de voitures mutilées et oubliées et entendit Truman sortir. Lorsque ses mains s'enroulèrent autour de sa taille et que ses lèvres chaudes effleurèrent sa joue, elle sourit et se retourna vers lui, sentant l'odeur du savon et du dentifrice à la menthe qui se dégageait de lui.

— Désolé de t'avoir laissée seule, dit-il d'une voix rocailleuse et endormie.

Elle se sentait féminine et menue contre son immense sil-houette. *Mon gentil géant. Mon Tru Blue.* Elle n'avait aucun doute sur le fait que son gentil géant se transformerait en une sorte de Hulk si la situation l'exigeait. Son cœur se serra à la vue de l'encre sur sa poitrine, la voyant clairement pour la deuxième fois seulement. Elle effleura le cou du dragon en colère avec son doigt et pressa ses lèvres contre les flammes. Elle ne pouvait pas changer son passé, et, aussi terrible que soit celui-ci, il avait fait de lui l'homme qu'il était aujourd'hui, tout comme le manque d'attention et d'amour de ses parents et le suicide de son père avaient fait d'elle ce qu'elle était. Quand elle croisa son regard, elle fut surprise d'y lire de la méfiance.

— Tu as l'air inquiet. La fièvre de Lincoln est-elle revenue ?

— Non, répondit-il sérieusement. J'essaie juste de lire en toi. Des regrets à l'aube de ce nouveau jour ?

Elle secoua la tête et lui sourit.

— Seulement que tu aies mis ton âme à nu pour moi et que je n'aie pas pu te rendre la pareille.

Elle lut du soulagement sur son visage.

— Tu as partagé plus de choses que tu ne le crois.

Il se pencha pour l'embrasser, et elle garda les lèvres bien fermées. Il rit et prit son visage entre ses mains.

— Cependant, *j'aimerais* bien que tu partages ce baiser avec moi.

Elle couvrit sa bouche pour lui épargner son haleine du matin.

— Je ne me suis pas brossé les dents.

Il rigola à nouveau et baissa la main de Gemma.

— J'avais ma bouche entre tes jambes la nuit dernière. Tu crois vraiment que j'en ai quelque chose à faire que tu te sois brossé les dents ?

Il y avait quelque chose de différent. Ou peut-être que tout était différent, elle ne pouvait pas en être sûre. Il parlait avec plus de facilité, ses sourires étaient plus naturels, et ce rire rauque, qu'elle aimait vraiment, *vraiment* beaucoup, s'échappait sans hésitation. Il la laissait entrer davantage, lui faisant plus confiance, encore plus que pour ce qu'il lui avait confié. Elle le lisait dans ses yeux. Ainsi que du soulagement et quelque chose de bien plus puissant. Quelque chose qui lui disait qu'il avait eu besoin de l'entendre dire qu'elle n'avait pas de regrets pour le croire.

Quand sa bouche se posa sur la sienne, elle sentit également la différence dans son baiser. Il l'embrassait plus intimement, tenant sa mâchoire d'une main, et sa taille de l'autre, rapprochant leurs corps. C'était un baiser enivrant et possessif. Un baiser qui disait : « Tu es à moi et je suis à toi ».

Sans jamais l'avoir réalisé, c'était un baiser qu'elle avait attendu toute sa vie.

Lorsque leurs bouches se séparèrent, ses doigts glissèrent sur sa joue, effleurant sa lèvre inférieure, et il l'embrassa à nouveau, doucement et tendrement. Oh, comme elle aimait la *douceur* et la *tendresse* !

— Tu sens parfaitement bon le matin, dit-il avec un sourire coquin.

Elle fronça le nez.

Comme pour lui donner raison, il l'embrassa à nouveau et se lécha les lèvres.

Elle rit, adorant ce nouveau Truman.

— Désolée de m'être endormie sur toi hier soir.

— Moi, je ne le suis pas.

— Mais tu...

M'as fait jouir plusieurs fois.

— Et je ne t'ai pas rendu la pareille.

— Toute ma vie, j'ai vécu sans que l'on me touche comme tu l'as fait hier soir.

Ses mots étaient chargés d'émotions profondes.

— Je veux te faire l'amour, mais ce que je veux plus que tout, c'est être près de toi et sentir tout ce qui se crée progressivement entre nous. Voir ton sourire endormi quand tu me touches et entendre toutes ces choses que tu m'as dites hier soir. Je n'aurais jamais pensé… Je n'aurais jamais imaginé…

Il l'enlaça, sa joue reposant contre le côté de sa tête.

— Je n'aurais jamais pensé avoir besoin de quelqu'un, mais je commence à croire qu'en réalité je t'attendais.

TRUMAN SIFFLAIT EN SE tenant à l'arrière de son pick-up, poussant le matelas qu'il venait d'acheter jusqu'à l'extrémité du coffre, où Bear l'attendait pour l'aider à le porter à l'étage. Il était sept heures du soir et Dixie gardait les enfants. Il avait été de très bonne humeur toute la journée. Lincoln lui avait fait pipi dessus deux fois quand il avait changé sa couche, mais cela n'avait pas affecté son entrain.

— Il y en a un qui a baisé hier soir, le taquina Bear en agrippant le matelas.

— Non.

Truman sauta du coffre et déplaça le matelas pour pouvoir l'attraper.

Ils le portèrent en contournant le magasin jusqu'aux marches menant à la terrasse. Gemma avait une fête d'anniversaire tardive prévue à la boutique, et elle ne quitterait pas le travail avant vingt-et-une heures, ce qui donnait à Truman juste assez de temps pour tout préparer et mettre les enfants au lit.

— Alors pourquoi es-tu de si bonne humeur ? lui demanda Bear pendant qu'ils portaient le matelas dans les escaliers.

— Parce qu'elle est revenue, mec. Et avec elle, tout est mieux.

— Gemma ? Elle est revenue ?

Truman ne put s'empêcher de sourire.

— Ouaip.

— Et elle est OK avec ton passé, les enfants et *Quincy* ?

Une fois en haut des escaliers, Bear reposa le matelas sur la balustrade.

— Ouvre la porte. Je m'en occupe.

Truman s'exécuta et ils portèrent le matelas à l'intérieur.

— Je pense qu'elle est d'accord avec ça, peut-être pas totalement OK avec tout ça, mais je ne m'attends pas à ce qu'elle le soit.

Il fit un signe de tête vers le canapé.

— Appuyons-le contre le dossier du canapé.

— Mais assez cool pour que cela justifie un matelas, remarqua Bear en souriant. Ce qui veut dire que tu vas bientôt t'envoyer en l'air.

— Non, ce n'est pas ce que tu crois. Enfin, si. Ne te méprends pas, elle est putain de sexy, et j'ai plus que hâte de me rapprocher d'elle, mais ce n'est pas comme si ça ne tournait qu'autour de ça.

— C'est bien, mec. Je suis content pour toi. Peu de femmes seraient prêtes à accepter tout ce bordel dans ta vie. T'as eu d'autres nouvelles de Quincy ? lui demanda Bear.

— Non. Je lui ai laissé un message pour lui proposer mon aide… *une fois de plus.*

— On ne peut dire que tu n'es pas un putain de mec loyal.

Malgré le pincement au cœur qu'il éprouvait pour Quincy, il sourit face aux mots de Bear, pensant à Gemma. *Tru Blue.*

— Il fait partie de ma famille. Ce n'est pas parce que je ne veux pas de lui près des enfants quand il est défoncé que je vais l'abandonner pour de bon.

Ayant besoin de changer de sujet, Truman traversa la pièce jusqu'à l'alcôve où il gardait ses outils. Quincy était la seule personne qui était capable de lui ôter sa bonne humeur.

— Aide-moi. Je veux descendre tous ces trucs.

— Tout ça ? s'étonna Bear en haussant un sourcil. L'établi, aussi ?

— Oui. Je vais faire de ce T1 un T2. On va construire un mur ici, expliqua-t-il en désignant l'alcôve.

— On ? Je croyais que c'était mon appartement.

— OK, d'accord. Tu me le permets ?

Truman commença à retirer les outils de l'étagère et à les mettre dans une boîte.

— Ouais. Bien sûr que oui.

Bear était occupé à envoyer des SMS.

— T'as un rencard sexy ?

— Ouais, avec mes frères.

Il jeta un coup d'œil à Truman et secoua la tête, puis se retourna vers son téléphone qui vibrait.

— Bullet et Bones sont en chemin pour venir nous aider.

Il glissa ensuite son téléphone dans sa poche.

Une heure et demie plus tard, Truman, Bear, Bullet et Bones avaient déplacé tout l'attirail de la boutique en bas et apporté le sommier, les oreillers, les draps, le tapis et d'autres choses que Truman avait achetées.

Truman nettoya la poussière sur l'alcôve et ils déroulèrent le tapis à poils longs tout en installant le lit.

— Tu ne mets pas de sommier ? demanda Bones.

Truman haussa les épaules.

— Qu'est-ce que j'y connais en sommier, moi ?

Bullet passa la main sur sa barbe et prit une gorgée de sa bière. Du haut de ses deux mètres, il faisait bien cinq centimètres de plus que ses frères et Truman. Des tatouages colorés serpentaient le long de ses bras, et Truman savait qu'il en avait également sur presque chaque centimètre de son torse et de son dos.

— Cette fille te fait tourner la tête, hein ?

Truman sourit.

— On peut dire ça. C'est agréable d'être avec quelqu'un pour qui l'on compte vraiment.

— Je crois que notre petit garçon est en train de grandir, le taquina Bones.

Il était rentré du travail encore vêtu de sa chemise blanche et de son pantalon de costume. Personne ne pouvait deviner que sous cette tenue professionnelle se cachaient des épaules tatouées et un motard dur à cuire.

— Hé, dit Bear. Tu comptes pour nous aussi.

— Ouais, sauf que toi, il n'a pas envie que tu le suces, lâcha Bullet d'un ton bourru. À moins que si ? continua-t-il d'un air plus amusé, ondulant des sourcils.

Truman rigola.

— Mec, il est hors de question que tu approches cette sale barbe de mon bazar. Ça se trouve, tu as même des souris qui vivent dedans pour ce que j'en sais.

— Hé, les nanas aiment ma barbe, rétorqua Bullet en caressant celle-ci. Ça leur chatouille les cuisses.

Alors que les frères de Bullet le menaçaient de la lui raser dans son sommeil, Truman réfléchissait au reste de sa surprise pour Gemma.

— Vous savez comment construire une cabane avec des draps ?

La vendeuse lui avait dit d'acheter des *voiles* pour lit. Il n'avait aucune idée de ce qu'était un voile pour lit, mais une fois qu'elle lui avait montré, il avait compris qu'il devait les acheter en même temps que les draps. Les voiles étaient plus féminins, ce qui lui rappelait Gemma, alors il en avait acheté d'autres en plus pour s'en servir comme rideaux.

Les trois frères échangèrent un regard perplexe.

Truman sortit son téléphone portable et envoya un message à Dixie. Quelques minutes plus tard, elle franchit la porte avec Kennedy à ses côtés et Lincoln dans ses bras.

— Oh, mon Dieu ! L'appartement paraît si différent sans tous les trucs du magasin stockés ici.

Ses bottes à talons hauts tapèrent sur le parquet.

— Touman ? dit Kennedy en levant les bras vers lui pour qu'il la prenne. Gemma vient ici ?

Elle parlait de plus en plus chaque jour, et ça lui faisait chaud au cœur de savoir qu'elle s'adaptait bien. Gemma était restée pour le petit déjeuner, et Kennedy avait été très heureuse de la voir.

— Oui, princesse. Mais tu dormiras probablement quand elle arrivera. Tu voudras que je lui demande d'aller te faire un bisou ?

Il la souleva dans ses bras et elle hocha la tête avec insistance.

— Ça marche.

Il déposa un baiser sur sa joue et lui montra son lit, qui comportait désormais des draps et des couvertures aux tons ocre.

— Que penses-tu de mon nouveau lit ?

— Zoli, dit-elle.

— Avec un petit coup de peinture, des rideaux et quelques plantes, tu auras bientôt un petit nid romantique.

Dixie s'assit sur le matelas et passa la main sur la couverture.

— C'est vraiment doux.

Il n'avait pas le temps de peindre, mais un jour peut-être...

— Un petit nid romantique. Euh, je pense que c'est le signal pour décoller, dit Bullet en soulevant Kennedy qui était dans les bras de Truman et il l'embrassa sur la joue, frottant sa barbe sur son menton.

Elle gloussa, et il la rendit à Truman.

— Même Kennedy aime ma barbe. À plus, ma petite.

Il serra Truman d'un seul bras, puis se pencha pour embrasser Lincoln, qui était toujours dans les bras de Dixie.

— Moi aussi, je m'en vais. J'ai un rendez-vous. Fais-moi savoir si tu as besoin de quelque chose, dit Bones en lui donnant une tape dans le dos.

Il embrassa Kennedy sur la tête et secoua gentiment le pied de Lincoln.

— À plus tard, les gars. Merci pour votre aide.

Voir ses copains aimer les enfants lui fit chaud au cœur. Il posa Kennedy et Bear la prit dans ses bras.

— Be-ah, gloussa Kennedy.

— Nan, pas de Be-ah avec moi, dit-il en frottant son nez contre le sien, la faisant rire à nouveau. Tu seras sage ce soir ?

Elle hocha la tête.

— Bien, parce que si tu ne l'es pas, tu sais ce qui se passe, hein.

Il agita ses doigts devant son ventre.

— Monstre chatouilles ! cria-t-elle. Touman !

Kennedy se pencha vers Truman qui la souleva dans ses bras.

— Bonne chance pour ce soir, mon pote, dit Bear en lui tapant sur l'épaule.

— Merci pour ton aide.

— Pas de problème. Oh, et j'ai parlé à Crow. Il fait livrer la clôture demain, et le reste a été commandé.

— T'es génial, mec. Merci.

Il lui était difficile de réaliser à quel point sa vie avait changé ces derniers jours, mais ces changements étaient bénéfiques. Il était plus heureux qu'il ne l'avait jamais été.

Il se coucha sur le matelas à côté de Dixie, et Kennedy rampa jusqu'au milieu du lit pour s'allonger.

— Tu fais du très bon travail avec ces petits gars, dit Dixie en lui tendant Lincoln.

Il berça le bébé dans un bras, déposant un baiser sur son front.

— Merci. Je ne veux pas les bousiller, tu vois ? Ils sont si petits.

— Truman, tu ne pourrais pas les bousiller. Tu ne sais faire que du bien aux gens.

Elle passa son bras autour de lui et soupira.

— Avant d'entrer dans les détails concernant les cabanes avec des draps, que par ailleurs je sais très bien construire, est-ce que tu as envie de te confier ? De parler de Gemma ou des enfants ?

Son sourire lui vint naturellement. Le simple fait de penser à Gemma – ou aux enfants – le rendait heureux.

— Qu'est-ce que je peux bien te dire ? Il y a quelques jours, je survivais, et désormais, je vis. C'est chaotique avec les horaires et les soins incessants du matin au soir, mais…

— Tu leur offres tout ce que tu n'as jamais eu.

— Oui. Je l'espère. Et pour Gemma ? Je ne sais même pas quoi dire, Dix. Elle est… *tout*.

— C'est ce que j'ai cru comprendre quand j'ai reçu ton message.

Dixie jeta un coup d'œil à Kennedy, qui était couchée sur le côté, presque endormie.

— Tu as besoin d'aide pour coucher les enfants ? Ensuite, on pourra se mettre au travail. Je n'aurai pas d'enfants avant de longues années, donc pour l'instant c'est assez amusant pour moi.

— Hé, on ne sait jamais. Regarde-moi.

Son téléphone vibra en recevant un message, et il le sortit de sa poche, souriant quand une photo de Gemma apparut sur son écran. Il l'avait prise ce matin sur le parking avant qu'elle ne rentre chez elle. Elle avait ce regard rêveur qu'il lisait parfois dans ses yeux. Celui qui lui retournait le cœur dans la poitrine.

Il cliqua pour ouvrir et lire le message. *Suis en retard. Un des enfants a vomi partout. Je ne pourrai probablement pas arriver avant dix heures. Tu veux toujours que je passe ?*

Il tapa une réponse rapide pendant que Dixie portait Lincoln jusqu'à la chambre. *Bien sûr. J'ai hâte de te voir.*

Elle répondit immédiatement. *Ouf. J'avais peur d'être en manque de mon Tru Blue.*

Il souleva Kennedy dans ses bras, la porta jusque dans la chambre, et attrapa son livre d'histoires sur la commode, se demandant ce qu'il faisait de ses soirées avant de les avoir trouvés – tous les *trois*.

CHAPITRE QUINZE

GEMMA S'ACCROCHAIT À la balustrade en montant les marches de l'appartement de Truman. Elle pouvait à peine soulever ses jambes dans sa jupe courte et serrée en cuir et ses bottes à talons aiguilles de dix centimètres. Elle avait l'impression d'être la tour de Pise, mais la fête de ce soir avait été sur le thème des princesses rockeuses. Neuf filles de treize ans, habillées de velours noir et de robes en cuir. Et la jeune fille dont c'était l'anniversaire avait strictement ordonné de ne *pas porter de dentelle*. Elles s'étaient amusées comme des folles, teignant temporairement leurs cheveux en rose et violet, avec un maquillage criard et l'attitude qui allait avec.

La porte de la terrasse s'ouvrit et Gemma eut soudain les jambes en coton en voyant Truman, rasé de près, portant une chemise blanche boutonnée, les manches retroussées jusqu'aux coudes, un jean foncé et ses bottes noires de dur à cuire.

— La vache !

Elle avait les prunelles rivées sur lui et son sourire méchamment séduisant, elle ne parvenait pas à détacher son regard.

Il glissa la main sur sa hanche, ses yeux se promenant lentement sur sa silhouette recouverte de cuir.

— Salut, chérie.

Chérie. Elle se mordilla la lèvre inférieure alors qu'il l'attirait contre lui, la faisant trébucher sur ses talons. Elle s'accrocha à lui pour ne pas tomber. Il sentait les épices et un mélange d'odeurs délicieuses, et elle se pencha plus près, respirant son parfum. Il laissa échapper un rire rauque qui gronda sous son torse, lui dérobant de nombreux neurones.

— Ma copine s'est transformée en motarde sexy, dit-il en lui caressant le cou. S'il te plaît, dis-moi que tu n'as pas laissé d'autres gars te voir dans cette tenue, parce que si c'est le cas, leurs femmes risquent d'avoir une surprise ce soir.

Elle sentit son corps ronronner sous l'effet de ses louanges.

— J'imagine que ma tenue te plaît ?

— Il faudrait que je sois gay pour ne pas l'aimer, et même si c'était le cas, je suis sûr que tu pourrais m'exciter.

Il souleva son menton et l'embrassa longuement et profondément. Ses jambes déjà vacillantes se mirent à fondre. Il resserra son emprise sur elle, souriant en l'embrassant.

— Mon Dieu, j'adore ça.

— De quoi ? Savoir que tu as un pouvoir total sur mes membres ?

— Absolument.

Il captura à nouveau sa bouche, ses mains se déplaçant sur ses fesses, la pressant contre son corps dur.

— J'aime que tu sois excitée au point de devoir t'accrocher à moi.

Il lui embrassa le cou, et son parfum l'enveloppa à nouveau, l'entraînant vers un état euphorique.

— Tru…

Elle plaça sa main autour de son cou, attirant son visage plus près. Elle pressa sa joue contre son visage sans poils et son corps frissonna avec la nouvelle sensation excitante de sa peau chaude et lisse.

— Et j'aime quand tu dis mon nom en étant à bout de souffle. Chaque. Putain. De fois.

Il aspira le lobe de son oreille dans sa bouche, et elle enroula ses doigts autour de ses épaules.

— Et quand tu me touches comme ça.

Chaque baiser, chaque mot rauque, chaque contact faisait frémir ses sens. Depuis qu'ils s'étaient remis ensemble, son cœur n'était plus qu'une porte ouverte pour lui, et elle ne l'imaginait pas se fermer un jour. Elle frotta à nouveau sa joue sur la sienne. C'était sensuellement doux et fortement émoustillant à la fois. En regardant dans ces yeux qu'elle commençait à percevoir dans ses rêves, elle lui dit :

— J'ai adoré ta barbe. J'ai fini par l'aimer et elle est devenue une partie de *toi* comme tout le reste. Tu n'étais pas obligé de te raser pour moi.

Il haussa humblement les épaules, mais son sourire lui indiqua à quel point il appréciait ses paroles.

— J'ai pensé que tu pourrais trouver cela plus approprié si jamais je passe dans ta boutique un jour où tu as des clients.

— Oh, Tru.

Elle l'attira pour lui donner un autre baiser, profondément touchée par sa considération.

— Je t'aime bien comme tu es – débraillé, rasé de près, peu importe. Je suis épatée de te voir comme ça, mais, honnêtement, je me fiche de ce que les autres pensent.

Elle éprouva une pointe de culpabilité, car même si elle essayait de l'ignorer, elle savait que sa mère lui ferait vivre un enfer, mais elle ne comptait pas laisser tout ça affecter sa relation avec Truman.

— Je suis content que tu aies survécu à ta nuit de vomi. Est-ce que la petite fille qui est tombée malade va bien ?

— On ne va pas entrer dans les détails, mais oui. Elle va bien. Trop de bousculades et de pirouettes sur le tapis rouge n'ont pas fait du bien à la princesse Patty, qui fêtait son anniversaire.

Elle toucha à nouveau sa joue, s'émerveillant de sa mâchoire bien dessinée, et remarqua soudain une fine cicatrice blanche parallèle à celle-ci. Elle l'embrassa et il se crispa. Malgré sa réaction, elle en traça le contour du bout du doigt, voulant lui faire comprendre que, quelle qu'en soit sa cause, celle-ci ne l'effraierait pas et ne la ferait pas fuir.

— Comment… ?

— En prison, dit-il doucement.

Elle eut mal au cœur en l'imaginant derrière les barreaux, et encore plus à l'idée qu'il ait pu être blessé pendant qu'il y était, mais elle ne voulait pas lui faire revivre ce qui avait causé cette cicatrice. Il en avait d'autres qui étaient bien plus profondes. Le genre qui ne serait jamais visible. Et elle avait la conviction que lorsqu'il serait prêt, *s'il* était un jour prêt à parler de ces années-là, il le lui ferait savoir. Elle déposa un autre baiser sur la cicatrice, puis sur ses lèvres.

— Je ne pensais pas qu'il était possible qu'une personne me manque autant que tu m'as manqué aujourd'hui, admit-elle alors qu'il la tirait vers la porte.

Il s'arrêta avant d'entrer et glissa ses mains sous ses cheveux, prenant son visage.

— Moi aussi. J'avais peur de te dire à quel point tu m'as manqué. J'avais peur d'être trop…

— Tru, dit-elle, *essoufflée.*

Elle était toujours essoufflée.

— Je n'en ai jamais eu assez. S'il te plaît, sois trop juste-ment. J'ai besoin de trop. J'ai besoin de *toi.*

Ils s'embrassèrent avec l'avidité de deux personnes qui n'en avaient jamais eu *assez* et qui étaient prêtes à tout se donner.

Ils marchèrent à l'intérieur en s'embrassant. Elle fut frappée par un parfum floral en même temps que ses yeux s'adaptaient à l'obscurité. La lueur des bougies dansait sur les comptoirs et la table basse. Au milieu du salon, de longues feuilles de tissu coloré pendaient librement des poutres jusqu'au sol, comme une tente de style oriental. De minuscules lumières blanches scintillaient le long de chaque pan de tissu, entrelacées avec des rubans de lierre vert feuillu. Elle posa la main sur son cœur qui battait rapidement tandis qu'il la guidait vers l'espace où les voiles légers se séparaient. Sous toute cette beauté spectaculaire, une couverture de pique-nique à carreaux rouges et blancs recouvrait le sol. Un service à thé pour enfants et prévu pour deux personnes était installé par terre avec des bougies et une rose rouge à côté d'une carafe de vin et de deux verres à pied.

— Truman, chuchota-t-elle en tremblant.

— Je ne savais pas si tu voulais du thé ou si tu préférais le vin, alors j'ai pris les deux. Et j'espère que la cabane avec les *voiles t*e convient autant qu'une cabane avec des *draps*.

— C'est parfait. Tu es parfait.

Le désaccord qu'elle lut dans ses yeux lui transperça le cœur, mais ce n'était pas grave, parce qu'il avait raison – personne n'était vraiment parfait.

— Si nous vivions dans un monde parfait, dit-elle doucement, nous aurions tous les deux eu des parents aimants, et tu n'aurais jamais dû faire face à tout ça. Nous n'avons peut-être pas grandi dans un monde parfait, mais toi, tu es *mon* homme parfait.

Il la serra à nouveau contre lui, pressant ses lèvres contre les siennes. Son cœur battait vite, si sûrement et régulièrement qu'il était plus parlant que les mots.

Il la serra contre lui alors qu'ils contournaient la tente magique.

— OhmonDieu, Truman.

Elle était tellement abasourdie qu'elle ne fut même pas sûre que les mots avaient bien franchi ses lèvres. L'alcôve, qui avait autrefois abrité des outils, de grands coffres en métal, des échelles et autres accessoires poussiéreux, avait été transformée en la chambre la plus luxueuse qu'elle ait jamais vue. Et ce n'était pas grâce à un ameublement coûteux, car il n'y en avait pas. Elle avait du mal à croire que Truman s'était donné tout ce mal pour elle. Des voilages dorés, suspendus du sol au plafond, entouraient un matelas épais, posé sur un tapis beige à poils longs. Un édredon duveteux de couleur crème, plusieurs oreillers et des jetés en tricot doux dans des tons ocre étaient éparpillés au pied du lit. Des voilages étaient également drapés sur la fenêtre, permettant à la lumière sombre et romantique de la lune de scintiller à travers. Sur le sol à côté du lit se trouvait un enjoliveur, avec une large bougie au centre. De tout le décor, l'enjoliveur était ce qu'elle préférait, car elle aimait l'univers de Truman. Cette vie qu'il avait créée pour les enfants et pour eux. Il s'était donné tant de mal pour lui offrir quelque chose de beau et de significatif, alors qu'elle n'avait besoin que de lui.

Elle se tourna vers l'homme qui l'avait manifestement écoutée lorsqu'il était occupé à réparer sa voiture et était accablé par sa vie soudain chamboulée, et qui avait pris la peine de préparer quelque chose de grandiose et précieux alors qu'il avait si peu.

— Je crois que mon cœur vient d'exploser, dit-elle en clignant des yeux humides vers lui. Comment as-tu… ? Alors que tu dois t'occuper des enfants et avec ton travail ?

— Mes amis m'ont un peu aidé.

Elle jeta ses bras autour de lui et l'embrassa. Le fait qu'il ait demandé à ses amis de l'aider à faire tout ça pour elle rendait son geste encore plus spécial, car Truman ne sollicitait jamais l'assistance de personne.

— Je pense qu'il faut que je crée une toute nouvelle tenue de prince pour ma boutique. *Prince Truman*, parce qu'aucun prince, fictif ou réel, ne pourra jamais t'égaler.

TRUMAN REMPLIT LEURS verres de vin, alors que Gemma caressait ses orteils avec les siens. Gemma était allée embrasser les enfants pour leur souhaiter bonne nuit, comme Truman l'avait promis à Kennedy, et ils avaient déjà jeté leurs bottes depuis un moment et usé quelques verres de vin. Ils étaient allongés dans la tente et jouaient à un jeu, se confiant sur leur passé comme s'ils se connaissaient depuis toujours. C'était un jeu de faux-semblants, quelque chose dont ils avaient tous les deux manqué étant enfants – bien que Truman ait passé toute son enfance à prétendre que sa vie n'était pas ce qu'elle était –, et en jouant à ce jeu, il se sentait encore plus proche de Gemma.

— Tu te souviens de la nuit où j'ai escaladé les portes de ta maison et me suis faufilé dans ta chambre quand tu avais seize ans ?

Il promena son index le long de son bras, aimant la façon dont elle frissonnait à son contact.

Elle se pencha en avant, triturant les boutons de sa chemise, ses doigts les déboutonnant avec agilité, puis elle lui toucha le torse.

— Comment pourrais-je oublier la nuit de notre premier

baiser ?

— Il y a eu beaucoup de premières fois cette nuit-là.

Il posa leurs verres de vin sur le côté et la fit descendre doucement sur le sol, se penchant au-dessus d'elle. Elle le regarda avec des yeux lascifs. Il traça un chemin à partir de son menton, le long de la courbe gracieuse de son cou et de son décolleté, jusqu'au premier bouton de son gilet en cuir noir, le détachant lentement.

— C'était la première nuit où tu m'as laissé te toucher.

Il déposa un baiser sur le galbe de ses seins.

— Tu te souviens ?

Il aurait souhaité que ces choses qu'ils inventaient soient vraies et aimait s'imaginer avoir connu Gemma à cette époque.

— C'est la première nuit où tu as essayé, répliqua-t-elle, se cambrant sous son corps.

Il couvrit son épaule de baisers, ainsi que son cou, et le creux de sa clavicule.

— Ah bon, c'était la première fois que j'essayais ?

Elle plissa les yeux, mais sa respiration s'accéléra.

— Non, mais il fallait bien que je me fasse désirer. Toutes les autres filles te couraient après, et tout le monde sait que les hommes veulent ce qu'ils ne peuvent pas avoir.

Gemma traça le contour d'un de ses tatouages le long de son bras jusqu'à l'espace entre son doigt et son pouce, où elle dessina de petits cercles qui provoquèrent des picotements de chaleur directement dans son entrejambe.

— Tu te souviens de la fois où je suis venu chez toi et que je t'ai trouvé assis à l'arrière de la maison, sous le porche avec Quincy ?

Son ventre se noua quand elle mentionna son frère, mais cela faisait partie du jeu, et il savait que c'était sa façon de lui montrer qu'elle ne lui en voulait pas pour son passé ou sa famille.

— Oui. Tu portais ce petit short sexy qui me rendait fou.

Il glissa une main sous sa jupe et elle prit une profonde inspiration.

— Délibérément.

Elle lui prit la main et la déplaça plus haut sur sa hanche. Ses doigts effleurèrent la dentelle. Un sourire coquin se dessina sur les lèvres de Gemma, ses yeux verts brillant d'un air séducteur.

— Tu te souviens de ce que tu m'as dit ?

Il caressa le bord de sa culotte. Elle ferma les yeux et entrouvrit les lèvres en soupirant. Se penchant plus près, il promena sa langue le long de sa lèvre supérieure.

— Dis-moi, ma douce, qu'est-ce que je t'ai dit ?

Elle rouvrit les yeux.

— Tu as dit…, commença-t-elle tout bas, le souffle court.

Elle se pencha et il la revendiqua à travers un baiser si chaud qu'il aurait pu faire fondre du métal, puis il l'embrassa plus profondément, sentant son cœur battre plus vite, ses mains le serrer plus fort, et son corps – mon Dieu, quel corps magnifique – se cambrer vers lui des genoux à la poitrine.

Lorsque leurs lèvres se séparèrent, elle poussa quelques soupirs et lui dit :

— Tu m'as dit que quelque chose de grave allait arriver et que je devais t'attendre. Et j'ai promis que je le ferais.

— Gemma.

Il prononça son prénom d'un air presque suppliant.

Elle plaça le doigt sur ses lèvres, le faisant taire.

— Tu te souviens de ce que tu m'as dit ensuite ?

Réfrénant ces émotions qui menaçaient de s'arracher de sa

poitrine, il secoua la tête. Elle lui caressa la joue, et il se pencha vers sa paume, cherchant à s'imprégner de chaque parcelle d'elle – de ses mots doux à ce regard d'adoration dans ses yeux.

— Tu as dit : « Ne t'inquiète pas, ma belle. Ça prendra un peu de temps, mais ensemble nous accomplirons tout ce dont nous avons manqué ».

Il étudia son expression sérieuse, percevant cette vulnérabilité et cette nostalgie qui le regardaient en retour.

— J'aurais aimé que nous soyons ensemble quand nous étions plus jeunes. T'avoir dans ma vie aurait amélioré chaque jour qui passe. Je t'aurais offert tous les souvenirs que tu aurais aimé avoir. De grandes prairies, des ailes de fée et des bras forts pour te serrer quand tu te serais sentie seule ou que tu aurais eu peur.

— Je sais, dit-elle. Et j'aurais été là pour toi, à chaque étape.

La douleur qu'ils éprouvaient en souhaitant quelque chose qu'ils n'avaient jamais eu était stupéfiante.

— Tu es vraiment douée pour faire semblant.

— Là, je ne faisais pas semblant.

— Tu es en train de me tuer, ma chérie. Tu me démolis mot après mot.

Elle toucha à nouveau sa joue, et il se sentit fondre de l'intérieur. Elle avait le pouvoir de le détruire et de le faire se sentir tellement aimé. Il était totalement, entièrement à *elle*, et il ne pouvait pas attendre une seconde de plus pour la faire *sienne*.

Il prit sa bouche avec une intensité féroce, l'écrasant contre lui, et elle était juste là avec lui. Ils se dévoraient mutuellement la bouche, se frottant et se touchant à travers leurs vêtements, laissant échapper des gémissements suppliants. Remontant sa jupe jusqu'à sa taille, il arracha sa culotte d'un coup sec, déchirant le tissu en dentelle. Elle agrippa ses cheveux, les tirant jusqu'à ce qu'ils lui fassent mal, et des décharges électriques le traversèrent de toute part. Gemma souleva ses hanches du sol et il enfonça ses doigts en elle, les remuant, cherchant ce point de plaisir qui la rendrait folle. Elle gémit dans sa bouche, se tordant en chevauchant sa main, le guidant jusqu'à ce qu'elle crie dans leur baiser. Il s'arracha à ses lèvres, désirant voir son visage dans les affres de l'extase. En l'espace d'un souffle, il s'imprégna de sa peau rougie, de ses lèvres roses et gonflées, et de ses murmures pleins de désir qui les franchissaient. Il fallait qu'il la prenne, qu'il sente toute cette passion enroulée autour de lui. Sa bouche se posa sur la sienne avec force et insistance tandis qu'il la prenait dans ses bras. Gemma enroula ses bras autour de son cou, ne rompant jamais leur baiser tandis qu'il la transportait jusque sous les voiles, sur le lit, tendant la main pour refermer les draps dorés derrière lui. Kennedy n'avait pas encore essayé de ramper hors du lit, mais dans le doute, il préférait avoir une sorte de barrière jusqu'à ce qu'il puisse construire un vrai mur.

— Il faut qu'on soit silencieux, dit-il.

— Je sais, chuchota-t-elle, en tendant la main vers lui.

Il résista en secouant lentement la tête.

— Rien ne viendra se mettre entre nous cette fois-ci.

Il se déshabilla, et les yeux de Gemma se fixèrent sur son membre impatient.

Elle se lécha les lèvres.

— Tu n'imagines même pas ce que j'ai prévu pour ta petite bouche de coquine.

Il vit un voile d'inquiétude passer devant ses yeux et son cœur se serra en réalisant ce qui l'inquiétait.

— Je suis clean. J'ai été testé. Et comme je suis sûr que tu te poses la question, eh bien… Il n'y a pas eu de sodomie en prison. En tout cas pas pour moi, et je n'ai jamais eu de rapports sexuels sans préservatif. Putain, mon cœur, je n'ai pas fait de cunnilingus à une fille depuis mon incarcération. Pas avant toi. Je te veux tout entière, Gemma, mais tu n'as pas à faire quoi que ce soit qui te mette mal à l'aise. Pas maintenant, ni jamais, quand tu es avec moi.

Elle poussa un soupir de soulagement.

— Merci de me l'avoir dit, lâcha-t-elle timidement. J'étais un peu nerveuse à ce sujet.

— Je sais, et ce n'est pas grave. Il faut que tu puisses me dire ce qui t'inquiète, expliqua-t-il en souriant. Mais bon, ce n'est pas comme si tu te retenais très souvent.

Elle lui rendit son sourire.

— Je suis plutôt insistante.

— *Sois-le.* Ne te retiens pas avec moi. Ne réprime pas tes inquiétudes, tes désirs, ou quoi que ce soit.

Sans un mot, elle hissa ses hanches vers le haut, défit sa jupe, puis se trémoussa. C'était sa façon à elle de lui montrer qu'elle ne se retenait plus. Quand elle tendit la main vers les boutons de sa veste, il la saisit et la ramena jusqu'à ses cuisses sur le matelas. Elle rougit et se mordilla le coin de la bouche. Il s'agenouilla, prit son visage dans ses mains et l'embrassa comme s'il ne voulait jamais s'arrêter.

Et puis il l'embrassa à nouveau.

— Je veux te regarder.

Avec des mains tremblantes, elle commença à déboutonner sa propre veste, mais il était trop excité pour regarder sans jouer. Il agrippa ses hanches, glissant ses mains le long de ses courbes délicieuses tandis qu'elle déboutonnait un, deux, et finalement le dernier bouton, écartant le cuir pour révéler ses seins magnifiques. Le cuir s'accrocha à ses tétons, les dissimulant.

— Tu es si belle.

Il déplaça ses mains vers ses fesses, les serrant fermement alors qu'il déposait plusieurs baisers sur son épaule et dans son cou. Quand elle prit une grande respiration tremblante, il scella sa bouche contre son cou et se mit à sucer. Elle se cambra contre lui, gémissant avec avidité et s'agrippant à ses biceps.

— Encore, supplia-t-elle.

Ses mains descendirent le long de ses fesses et entre ses cuisses, effleurant sa chaleur humide. Elle se balança d'avant en arrière le long de ses doigts, les recouvrant de son excitation alors qu'il l'embrassait à nouveau avec férocité. Sa langue s'enfonça jusqu'aux confins de sa bouche, la revendiquant tout entière tandis qu'il la taquinait un peu plus bas, et elle continua à se balancer, haletante, se cambrant et le rendant fou.

Il se retira, plongeant son regard dans ses yeux sensuels. Il voulait tout lui offrir, pas seulement au lit, mais aussi la sécurité dont elle avait besoin et qu'elle méritait pour cette confiance qu'elle lui accordait si facilement.

— Laisse-moi t'aimer, ma chérie.

Il roula sur le dos, la guidant jusqu'à ce qu'elle soit à cheval sur sa bouche. Elle pressa ses paumes contre le mur avec un faible gémissement alors qu'il lui faisait l'amour avec sa bouche, la prenant profondément avec sa langue, jusqu'à ce qu'elle la chevauche comme si c'était son sexe. Il saisit ses hanches et effleura ses nerfs les plus sensibles de ses dents. Elle gémit et posa la main sur ses lèvres quelques secondes avant que son corps ne soit secoué par la force de son orgasme. Il survola les vagues de son plaisir avec elle, l'aimant jusqu'à la fin. Puis il la mit sur le dos et chercha un préservatif, qu'il avait rangé à côté du lit. Son cœur lui martelait les côtes alors qu'il le déchirait avec ses dents et qu'il y glissait son sexe dur. Il attendait ce moment depuis si longtemps, il l'avait imaginé dans son esprit jusqu'à ce qu'il atteigne des proportions épiques, mais ce n'était rien comparé au fait de voir Gemma allongée, les yeux si pleins de désir que celui-ci semblait déverser sur elle.

Elle se releva légèrement et prit ses bourses dans sa main, les taquinant avec une lueur malicieuse dans les yeux.

Il attrapa ses mains et les coinça à côté de sa tête, ouvrant ses jambes avec son genou. C'était un réflexe. Il avait toujours fait l'amour ainsi. Il regarda Gemma, si disposée à être ce dont il avait besoin, si confiante. Il lut toutes ces choses dans ses yeux. Il sentit son cœur s'ouvrir encore plus, faisant sauter les derniers verrous derrière lesquels il avait vécu pendant si longtemps. Elle le regardait comme s'il était tout ce qu'elle avait toujours désiré, et quand un sourire étira ses lèvres, c'en fut trop.

Elle était trop. *Trop douce, trop sexy, trop réelle.*

Il relâcha ses mains et elle tendit les bras vers lui. En une fraction de seconde, la vérité éclata.

— Je veux t'envelopper autour de moi jusqu'à ce que tu sentes à quel point je te veux. Je veux que tu te sentes aussi *désirée* que tu me le fais ressentir, parce que je te veux, Gemma – tout entière. Je n'ai jamais ressenti ça avant. J'ai l'impression que c'est ma première fois.

Il l'embrassa, s'enfonçant lentement en elle, souhaitant se souvenir de chaque merveilleuse seconde, de ce goût de désir et de quelque chose de plus profond encore qu'avait sa bouche.

La sensation de ses seins écrasés contre son torse, de ses doigts enfoncés dans le bas de son dos et l'odeur de son excitation mélangée au doux parfum unique qu'avait *Gemma*. Quand il la pénétra si profondément qu'ils avaient l'impression de ne faire plus qu'un, il la regarda dans les yeux, frappé par les émotions qui le submergeaient.

Leurs bouches se rapprochèrent et ils trouvèrent leur

rythme. En quelques secondes, ils ne furent plus qu'un chaos effréné de chuchotements, de baisers, et de rires, et *Oh mon Dieu ! Juste là.* Elle enroula ses jambes autour de sa taille, lui permettant de s'enfoncer davantage en elle. Lorsqu'ils atteignirent ce pic phénoménal où ils eurent l'impression que les étoiles s'entrechoquaient et que la terre tournait autour d'eux, ils ravalèrent les cris explosifs de l'autre.

Couvert de sueur, Truman était désorienté. Il était perdu — en elle, pour elle, *avec* elle. La passion débordait de ses yeux alors qu'elle se penchait vers lui et qu'il l'embrassait à mi-chemin dans un baiser chaud et merveilleux, avec toute la profondeur et l'émotion qu'il éprouvait en sachant que tout ça n'était que le début.

CHAPITRE SEIZE

GEMMA S'APPUYA CONTRE le cadre de la porte de la chambre, vêtue d'une des chemises de Truman, qui lui tombait presque jusqu'aux genoux. Elle l'écoutait fredonner pendant qu'il donnait le biberon à Lincoln. Il était quatre heures et demie du matin, et il portait un boxer sombre et un tee-shirt. Elle avait tellement hâte de se blottir à nouveau dans ses bras. Ils avaient fait l'amour deux fois et s'étaient endormis enlacés, se réveillant lorsque Lincoln s'était mis à pleurer. Truman n'avait même pas quitté le lit avec un gémissement réticent ni ronchonné sur son manque de sommeil. Il avait même dit à Gemma d'aller se recoucher quand elle lui avait proposé de nourrir Lincoln.

Il posa le biberon sur la commode, et Gemma plaça un chiffon sur son épaule pour le rot de Lincoln, lui faisant signe de lui donner le bébé. Elle adorait ces moments avec les enfants, ainsi que le sourire de Truman lorsqu'il prit Lincoln dans ses bras en lui faisant un bisou esquimau, frottant son nez contre le sien.

— Quand j'étais petite, murmura-t-elle en tapotant doucement Lincoln dans le dos, un jour, je suis rentrée de la maternelle et j'ai demandé à ce qu'on me fasse des bisous esquimaux. Je venais juste d'apprendre ce que c'était, et j'avais l'impression d'avoir raté quelque chose de très amusant. Mes parents auraient pu m'en faire un, n'est-ce pas ? Juste frotter leur nez avec le mien pendant une seconde. Au lieu de ça, j'ai eu droit à un sermon sur le fait que c'était impoli de les appeler des bisous *esquimaux* et que les petites filles ne devaient pas demander de bisous.

Truman s'approcha et déposa un baiser à l'arrière de la tête de Lincoln. Puis il se pencha et frotta à nouveau son nez contre celui de Gemma.

— À partir de maintenant, pas un jour ne passera sans que tu n'aies de bisous esquimaux. Je te le promets.

Comment quelque chose d'aussi insignifiant pouvait-il être si important à ses yeux ?

Elle l'embrassa doucement et Lincoln lâcha un rot. Ils sourirent tous les deux. Elle reposa le bébé dans son berceau et caressa sa petite tête. Puis ils retournèrent dans leur chambre improvisée.

— Tu feras une mère formidable un jour, dit-il alors qu'ils grimpaient dans le lit.

Il enroula son bras autour d'elle, le visage de Gemma reposant sur son torse, et déposa un baiser sur le haut de sa tête.

— Peut-être, dit-elle avec un peu de tristesse.

Il resserra son étreinte.

— C'est certain. Tu n'as pas envie d'avoir tes propres enfants ? Je pensais que…

— Mon amour pour les enfants sonne parfois comme une blague cruelle de la part de Dieu.

Elle essayait de le tourner comme une plaisanterie, mais le manque familier se tordait en elle. Par le passé, elle avait eu peur de dire aux hommes qu'elle ne pouvait pas avoir d'enfants, mais elle n'avait pas cette crainte avec Truman. Il avait été si ouvert avec elle, elle voulait finalement tout partager d'elle-même avec lui. Même les sujets les plus difficiles.

— Pourquoi ?

Elle passa un bras autour de sa taille, puisant la force de Truman comme une sangsue.

— Pour vraiment comprendre le côté blague cruelle, il faut comprendre le reste de ma vie, et je n'ai pas envie de t'ennuyer avec ça.

Il lui releva le menton et embrassa ses lèvres.

— S'il te plaît, ennuie-moi. Je veux tout savoir sur toi.

Elle déglutit avec difficulté, rassemblant le courage dont elle avait besoin pour commencer par le début.

— Je t'ai expliqué que tout ce que j'ai toujours voulu, c'était que mes parents m'accordent du temps, pas qu'ils m'offrent des choses matérielles. Mais ce n'est pas seulement leur temps et leur attention qui m'ont manqué. Je ne suis pas sûre qu'ils étaient *vraiment* capables d'aimer quelqu'un.

Truman effleura ses cheveux et son dos de manière apaisante, du bout des doigts. Elle ferma les yeux, se délectant de cette capacité qu'il avait à comprendre exactement ce dont elle avait besoin.

— Je t'ai parlé de mes nounous qui étaient là en permanence et de mon emploi du temps ridiculement strict, mais quand tu aimes quelqu'un, que tu l'aimes vraiment, comme tu aimes Kennedy et Lincoln, et comme je peux voir que tu aimes Quincy malgré sa situation actuelle, tu ne lui tournes pas le dos.

Sa gorge se noua à cause de cette tristesse et cette colère qu'elle pensait avoir réglées il y a des années.

Il la souleva plus haut, la serrant contre lui, et glissa une mèche de ses cheveux derrière son oreille. Elle se concentra sur l'encre sur son torse, se rappelant que ce qu'elle avait perdu n'était rien comparé à lui.

Plaçant un doigt doux sous son menton, il lui fit lever les yeux. Son pouce effleura sa joue, tel un soutien silencieux. C'est ce soutien qui lui donna le courage de continuer à parler.

— Quand j'avais huit ans, la société d'investissement de mon père a fait faillite. Je n'étais qu'une enfant, alors les choses que je remarquais n'étaient pas toujours révélatrices, mais je savais que quelque chose n'allait pas. Il était tout le temps en colère. Nerveux. Mon père n'était jamais nerveux. Il n'avait pas de faiblesse. Il avait l'habitude de me dire que la faiblesse engendrait l'incompétence. C'était un mot si complexe, et je suis certaine que je ne comprenais pas vraiment ce que cela signifiait, mais j'ai fait semblant de comprendre, tu sais, comme les enfants le font. Puis il a commencé à se passer des choses. Il avait tout une collection de voitures, et celle-ci s'est mise à diminuer. Ma mère a toujours été froide, mais elle l'est devenue encore plus, plus en colère, jusqu'à ce qu'ils se parlent à peine. Et un jour, une de mes nounous est venue me chercher à l'école et je ne l'oublierai jamais. J'avais tellement de nounous, et elles changeaient parfois d'un jour à l'autre, mais cette fois-là, ils avaient envoyé Ben. Ben était plus gentil que les autres. Pas chaleureux non plus, mais s'il remarquait que j'étais triste, il touchait parfois mon menton et me disait : « Courage, ma petite dame. Le soleil brille toujours. »

Truman l'écoutait attentivement, ses yeux bleus pleins d'empathie.

— Ben était grand, comme toi. Il portait un costume noir. Ils portaient toujours du noir, les hommes et les femmes qui travaillaient pour mon père, à cause de son besoin fou de professionnalisme. « Aie l'air fort, sois fort ». J'ai commencé à détester le mot « fort », et j'ai lutté contre le port de tout ce qui était noir, même les chaussures. J'étais un peu une sale gosse à ce sujet.

Une ancienne colère se réveilla dans le creux de son ventre.

— Mon père se souciait de ce que ses employés portaient, mais il ne pouvait pas me faire un putain de bisou esquimau ?

Des larmes glissèrent sur ses joues. Elle n'aurait pas pu les arrêter même si elle l'avait voulu. Elle était trop plongée dans ses souvenirs, les revivant comme si c'était hier.

— Je n'oublierai jamais Ben qui avait plié son grand corps en s'agenouillant à côté de moi. Il avait pris mes deux mains dans les siennes, et à ce moment-là je savais que quelque chose n'allait pas, car aucun membre du personnel ne me touchait jamais comme ça.

Elle étala ses doigts sur les côtes de Truman, se rappelant la sensation des mains de Ben autour des siennes.

— Il a tenu…

Elle ravala ses larmes, forçant les mots à venir.

— Il a tenu mes mains et m'a regardée droit dans les yeux d'un air à la fois désolé et sévère, et il m'a dit : « Ton père est mort. Il est temps de rentrer à la maison, ma petite dame. » Comme si je devais faire avec. Comme si c'était quelque chose qu'une petite fille était censée entendre.

Truman la serra contre lui.

— Ma chérie. Je suis tellement désolé.

Sa poitrine se contracta, et elle enfonça ses doigts dans sa peau.

— Mon père, l'homme qui prônait toujours la force, était trop faible pour affronter la faillite. Alors il a *choisi* de nous quitter. Il a choisi d'ignorer le fait que je me fichais de sa richesse ou de ce que nous avions. Tout ce que je voulais, c'était lui. Je voulais juste un père.

Ses derniers mots furent avalés par des sanglots. Elle pleura comme elle ne l'avait jamais fait depuis la mort de son père, vidant son corps de toute une rivière de colère, d'un océan de douleur et de déception, jusqu'à ce qu'elle n'ait plus de larmes à verser. Et Truman la tenait, en sécurité et serrée contre lui, lui murmurant son soutien empreint d'amour. Il n'avait pas besoin de dire qu'il l'aimait. Elle le savait, elle pouvait le sentir dans chacun de ses souffles.

Ce n'est qu'alors qu'elle ravala sa douleur et lui avoua le reste.

— Au moment où ma mère et moi aurions dû nous soutenir mutuellement et essayer de trouver un moyen d'aller de l'avant ensemble, elle s'est mise à chercher son prochain *sugar daddy*[8]. Au lieu d'aider sa fille en deuil, ma mère a disparu. Je la voyais encore moins qu'avant. Mes nounous n'étaient plus que deux, et j'étais sous leur responsabilité chaque minute de la journée. Je mangeais avec l'une d'elles debout à côté de la table comme si j'étais une prisonnière – sans vouloir t'offenser – et je me réveillais avec mes vêtements tout prêts pour moi et ma mère, Dieu seul savait où elle était. Elle s'est mariée cinq mois après la mort de mon père. Mon nouveau beau-père voyageait beaucoup et elle l'accompagnait souvent.

Elle se mit en position assise pour voir le visage de Truman. Elle savait que ses yeux étaient probablement rouges et gonflés, et que son nez était semblable à celui de Rudolph le renne, mais Truman avait été assez courageux pour lui avouer tellement plus qu'elle. Elle lui devait, ainsi qu'à elle-même, la même honnêteté.

— J'ai grandi en jurant que je couvrirais mes enfants

---

[8] Anglicisme utilisé pour désigner une relation dans laquelle un homme offre de l'argent à une personne.

d'amour, pas de *choses matérielles*. Que je ne les ignorerais jamais, même lorsqu'ils seraient grincheux ou quand ils voudraient me raconter une histoire idiote. Jamais.

— Et c'est le cas, tu couvres mes enfants d'amour, et c'est comme un cadeau pour moi et pour eux. Avais-tu peur de devenir comme ta mère ?

Elle secoua la tête. Gemma aurait aimé que ce soit aussi simple.

— Non. Je ressens trop de choses pour être un jour aussi froide qu'elle. Les gens comme toi et moi ne peuvent pas éteindre leurs émotions comme ça. La blague cruelle dont je te parlais, c'est que lorsque j'étais adolescente et que toutes mes amies ont eu leurs règles, les miennes ne sont jamais arrivées. Il s'avère que certains rêves ne sont pas faits pour se réaliser. Je suis née sans utérus et avec un raccourcissement de…

Ce détail était beaucoup plus difficile à avouer, même si elle y avait fait face il y a longtemps. Ce n'était pas vraiment quelque chose qu'une femme avait envie de raconter à son petit ami.

Truman la regardait avec tellement d'empathie qu'il lui fut plus facile d'admettre le reste.

— Un vagin raccourci. Ça s'appelle le syndrome de MRKH. Ce n'est pas héréditaire ou génétique. C'est un défaut congénital rare. Je n'ai pas envie de te dégoûter – c'est beaucoup trop d'informations – mais je ne voulais pas te raconter qu'une partie de l'histoire. Je n'en ai jamais parlé à personne, sauf à ma meilleure amie.

Elle détourna le regard, gênée. D'un geste tendre, il attira son visage vers le sien.

— De me dégoûter ? C'est ton corps, et il n'y a rien de dégoûtant là-dedans. Honnêtement, je n'ai rien remarqué d'anormal… en bas. Faire l'amour avec toi a été la meilleure expérience de ma vie. Littéralement.

Il l'embrassa si intensément qu'elle eut envie de faire durer ce baiser au lieu de lui révéler le reste de l'histoire, mais elle avait pris sa décision, et elle voulait vraiment qu'il le sache.

— C'est grâce aux merveilles de la médecine. J'ai subi une opération quand j'étais plus jeune pour arranger *cette partie* de mon anatomie, mais je ne pourrai jamais porter mes propres enfants.

Elle posa la main sur son ventre stérile.

— Je ne saurai jamais ce que ça fait d'avoir mon bébé à l'intérieur de moi.

— Oh, ma chérie. Je suis tellement désolé, dit Truman dont la voix était pleine de chagrin.

— Merci, mais en réalité j'ai de la chance. Je suis née avec des ovaires, donc je pourrai avoir recours à une mère porteuse un jour si je décide de suivre cette voie. *Quelqu'un* pourra toujours faire naître mes bébés.

— Je ne peux pas prétendre savoir ce que c'est que d'être une femme et de ne pas pouvoir porter mes propres enfants, mais ce que je sais, c'est que, que tu accouches de tes enfants ou non, tout enfant qui grandira avec toi dans sa vie sera sacrément chanceux.

— Est-ce que ça te dérange que je ne puisse pas tomber enceinte ? demanda-t-elle prudemment.

Un doux sourire apparut sur le beau visage de Truman et il secoua la tête, la prenant à nouveau dans ses bras, plus doucement cette fois-ci, conscient qu'elle n'avait plus besoin de puiser dans son propre courage – il lui en avait déjà assez donné.

— Non, ma chérie. Ça ne me dérange pas.

Il pressa ses lèvres contre les siennes et y déposa plusieurs baisers lents et enivrants, apaisant toutes ses craintes.

— S'il y a bien une chose que j'ai comprise avec Kennedy et Lincoln, dit-il doucement, c'est que, qu'ils soient les tiens, dans le sens traditionnel du terme ou non, cela n'a pas d'importance. Le cœur ne se soucie pas de la lignée ou des parents biologiques. Il sait comment aimer, de la même manière que nos poumons savent comment respirer.

CHAPITRE DIX-SEPT

LA SEMAINE SUIVANTE, Truman et Bear installèrent la clôture autour d'une aire de jeu dans la cour latérale et commencèrent à travailler sur les rénovations du bureau. Le soir, Bones et Bullet passaient pour aider, et Gemma et Dixie, qui étaient devenues des amies proches, emmenaient les enfants en promenade ou traînaient dans la cour pendant que Truman et les autres travaillaient. Le plus souvent, ils se retrouvaient tous ensemble pour dîner, faire des grillades à l'arrière de la cour et jouer avec les enfants. Ils n'avaient pas encore commencé à construire le mur de l'appartement de Truman, mais ils allaient y arriver. Avec les biberons matinaux de Lincoln et le travail tardif le soir sur les rénovations, les journées de Truman étaient longues et épuisantes, mais cela ne le dérangeait pas, et il aimait travailler avec ses amis.

Il regarda Gemma, qui se dirigeait vers lui, traversant la pelouse avec son petit garçon dans les bras. Elle était sexy comme jamais, vêtue d'un short, d'un tee-shirt blanc et d'un sweat à capuche violet alors qu'elle se frayait un chemin dans l'herbe qui lui remontait jusqu'aux genoux, avec Kennedy, qui était adorable dans un legging rose et un sweat à capuche qu'il lui avait acheté la première nuit où ils s'étaient rencontrés. Cela faisait maintenant huit jours qu'ils avaient fait l'amour pour la première fois, et chaque jour qui passait, leur vie sexuelle était de plus en plus torride et leur amour de plus en plus profond. Peu importe à quel point il était fatigué à la fin de la journée, il suffisait d'un des doux sourires de Gemma pour le revigorer. Tous les soirs après que les enfants se furent couchés, ils tombaient dans les bras l'un de l'autre dans un tourbillon de désir et d'avidité. Et plus tard, après s'être dévorés mutuellement, assouvissant leur soif érotique, ils faisaient l'amour. Deux expériences totalement différentes, toutes deux intimes et significatives, et toutes deux extrêmement satisfaisantes. Il avait du mal à se souvenir d'un moment où elle n'avait pas fait partie de sa vie.

Gemma lui fit signe de la main, juste devant lui, comme s'il était en train de divaguer, ce qui était le cas, et murmura :

— Si tu continues à me regarder comme ça, tu risques de brûler mes vêtements, dit-elle en se mettant sur la pointe des pieds pour l'embrasser.

— Et en quoi serait-ce une mauvaise chose… ?

Elle déplaça Lincoln sur son épaule et tapota les fesses de Truman.

— Garde ça pour quand ils seront au lit, beau gosse. Si tu brûles mes vêtements maintenant, on n'ira jamais à la plage.

Cela faisait désormais six mois qu'il vivait ici et il n'était jamais descendu au port. Passer la soirée dehors était une idée de Gemma. *Les enfants ont besoin d'apprendre à connaître leur environnement. Quoi de mieux qu'une promenade au bord de l'eau et un cône de chez* Luscious Licks *?* Elle savait comment *créer* l'esprit de famille. Encore une chose, parmi de nombreuses autres, qu'il adorait chez elle. Même si elle passait la plupart des nuits chez lui, lorsqu'elle restait dans son propre appartement, il venait déposer des dessins pour elle à la boutique le matin, comme il l'avait fait auparavant. Il avait toujours craint de partager les fantômes de son passé avec qui que ce soit, mais Gemma n'avait pas peur des démons qui l'avaient poussé à créer une telle noirceur, et c'était libérateur de se débarrasser d'une partie de ce poison qui le rongeait. Leurs vies se rejoignaient sans difficulté, et Truman commençait à sentir qu'il avait une vraie famille. Si seulement il pouvait s'occuper de Quincy, mais ce dernier avait encore disparu de la circulation.

— Gace, ajouta Kennedy.

Kennedy lui tendit une poignée de fleurs sauvages, lui rappelant ce que Gemma lui avait confié sur son envie de pouvoir courir dans une prairie et mener la vie normale d'un enfant quand elle était plus jeune. Il était étonné de voir qu'elle n'avait aucune rancune en elle, malgré son éducation. L'amour qu'elle lui portait ainsi qu'aux enfants était si sincère qu'il se sentait parfois égoïste de l'accepter si facilement.

— On y va, chérie, lui répondit Gemma en passant une main sur les cheveux de Kennedy, démêlant une mèche rebelle de la barrette rose qu'elle y avait mise.

C'était le genre de petits gestes que Gemma prenait le temps de faire pour les enfants et qui lui faisait penser à son enfance à elle. Qui lui mettait des barrettes dans les cheveux quand elle était petite ? Ses nounous ? Ou était-ce encore une autre chose dont elle avait manqué ?

Ils roulèrent jusqu'à *Luscious Licks*. Une autre *première* pour Truman. Deux sculptures géantes de cônes de glace se trouvaient devant le bâtiment couleur pistache. Truman souleva Kennedy, et la petite fit semblant d'en tenir un pendant que Gemma prenait une photo. Emmener les enfants manger une glace était quelque chose de tout à fait normal pour la plupart des gens. Mais Truman avait été tellement occupé à essayer de garder le contrôle sur sa vie et celle de Quincy quand ils étaient enfants que les glaciers n'attiraient même pas son attention. Désormais, son esprit s'emballait, réfléchissant aux futures possibilités. Sa vie pourrait-elle être ainsi ? *Normale ?* Il en avait tellement envie qu'il pouvait presque la goûter sur sa langue.

Transportant Lincoln, il passa son bras libre autour de l'épaule de Gemma et se pencha pour l'embrasser.

— Merci, dit-il doucement.

Elle leva les yeux vers lui d'un air étonné.

— Pour ?

— C'est encore une première pour moi, et si je ne t'avais pas rencontrée, j'aurais peut-être tout raté.

Non seulement elle avait élargi son horizon et celui de ses enfants, mais elle avait aussi changé Truman sans même essayer. Il ne se sentait plus autant sur ses gardes, comme il l'avait toujours été.

Il maintint la porte ouverte pour que Gemma puisse passer, et une jolie femme surgit de derrière le comptoir.

— Gemma !

Elle avait l'air d'avoir une vingtaine d'années. Ses cheveux étaient attachés en un chignon désordonné et maintenus en place avec une… *paille* ? S'essuyant les mains sur une serviette, elle fit le tour du comptoir avec un sourire éclatant.

— Qui m'as-tu amené aujourd'hui ?

Elle s'accroupit en face de Kennedy.

La petite se cacha derrière la jambe de Gemma et jeta un coup d'œil vers cette femme sympathique. Gemma posa une main sur le dos de Kennedy, l'apaisant si gentiment et naturellement que Truman eut un petit pincement au cœur.

— Salut, Pen. Voici Kennedy, expliqua Gemma en s'agenouillant à côté de celle-ci. Kennedy, voici mon amie

Penny. Elle adore offrir des cônes de glace aux petites filles.

Kennedy cligna des yeux d'un air méfiant vers Penny. À la maison, elle avait fini par être moins timide, mais elle était encore craintive avec les inconnus.

— C'est quoi ton parfum préféré ? lui demanda Penny.

Gemma leva les yeux vers Truman.

— C'est ce que nous sommes venus découvrir.

Elle souleva la petite dans ses bras et se dirigea vers le congélateur, permettant à Kennedy de voir toutes les cuves de crème glacée colorée.

— Je pense que, pour ça, nous devons en goûter quelques-unes.

— Ça, c'est une fille comme je les aime, dit Penny en se levant et en souriant à Truman. Mais d'abord, qui est cet homme tatoué avec le bébé, qui te suit partout ? Un harceleur ?

— Je n'arrive pas à croire que je ne vous ai pas présentés, s'excusa Gemma en touchant la main de Truman, le regardant de cette façon qui lui donnait des papillons dans le ventre. C'est mon petit ami, Truman. Et ce petit gars – elle chatouilla la joue de Lincoln – c'est son petit garçon. Le frère de Kennedy.

Ces cinq mots l'empêchèrent soudain de se concentrer.

Mon petit ami et son petit garçon. Truman n'avait jamais été le petit ami de personne auparavant. Entendre Gemma le revendiquer comme tel, si facilement et avec une pointe de fierté dans le regard, renforçait l'importance de ce rôle. Pour tous les deux. L'entendre dire que Lincoln était son petit garçon lui donna envie de la corriger, car ils étaient devenus si proches qu'ils avaient l'impression que les enfants étaient désormais les *leurs*, pas seulement les siens, mais il se retint.

— Le petit ami de Gemma ? Et ces deux adorables enfants sont offerts avec le package ? Mais où est-ce que tu te cachais depuis tout ce temps ?

Penny s'avança vers lui pour lui faire un câlin. Puis elle serra ses biceps et tapota son ventre.

Truman regarda Gemma, par-dessus sa tête et celle-ci se moqua de son air gêné.

— Ravi de te rencontrer aussi, mais je ne porte aucune arme sur moi si c'est une fouille au corps.

— Une fouille au corps ? Ha ! Non, c'est du pelotage, dit Penny qui rigolait en faisant le tour du comptoir. Il faut bien que j'aie des contacts physiques de temps en temps.

— C'est la première et dernière fois, dit Gemma.

Truman aima beaucoup la lueur possessive qui brillait dans les yeux de Gemma.

Kennedy goûta tout un tas de saveurs, se décidant finalement pour le parfum gâteau d'anniversaire, et, alors qu'ils commandaient, la tristesse envahit Truman. Il était certain que Kennedy n'avait jamais eu de gâteau d'anniversaire. Il jeta un coup d'œil à Gemma, qui avait l'air de penser la même chose. Ils étaient tellement en symbiose, sous la couette et en dehors, et cela ne manquait jamais de le surprendre.

Au moment où ils dirent au revoir à Penny, Kennedy sortit de sa coquille. Elle la salua avec un sourire doux et la bouche pleine de crème glacée alors qu'ils se dirigeaient vers l'extérieur.

— Prenons plutôt la poussette pour aller à la plage. La soirée est trop belle pour conduire.

Gemma ouvrit le coffre de la voiture, et Truman lui tendit Lincoln pour qu'il puisse installer la poussette.

Elle apportait tellement de joie dans sa vie et celle des enfants, il avait hâte de lui montrer à quel point être avec elle l'avait changé. Il avait profité des soirées où Gemma organisait des événements pour terminer la peinture qu'il avait commencée depuis ce qui lui semblait être une éternité. Les démons qui guidaient auparavant chacun de ses mouvements s'étaient transformés en quelque chose de totalement différent, et cela se reflétait dans sa dernière peinture. Pour la première fois depuis son adolescence, quand il avait commencé à peindre dans la casse, il *voulait* le partager avec la femme qui apportait de la lumière à ses ténèbres.

— Penny est géniale, non ?

La voix de Gemma le tira de ses pensées.

— Ouais. Elle est toujours comme ça ?

— Oui. C'est un sacré boute-en-train, n'est-ce pas ?

Il souleva Kennedy pour la mettre dans la poussette, puis abaissa le lit pour bébé à l'arrière et installa Lincoln avec sa couverture. Il prit Gemma dans ses bras, la chaleur brûlant entre eux alors que leurs corps se rejoignaient.

— Je n'aime pas que d'autres femmes me touchent.

Gemma se mit sur la pointe des pieds et pressa ses lèvres contre les siennes pour y déposer un délicieux baiser à la crème glacée.

— Je crois que ça fait de toi le parfait petit ami.

— TU NE CROIS PAS qu'on a assez de photos, là ? demanda Truman en soulevant Kennedy dans ses bras et en effleurant ses petits pieds nus du bout des lèvres.

Gemma sourit tout en sachant qu'elle en prendrait un million de plus. Truman avait construit un château de sable avec Kennedy. Ils avaient ramassé des coquillages pour les mettre dans un bol à l'appartement et avaient regardé le soleil se coucher pendant que Kennedy essayait de distancer les vagues qui remontaient le long du rivage. Gemma avait pris des tonnes de photos. Elle avait pris une de ses préférées quand Lincoln avait commencé à être agité. C'était un cliché magnifique avec la lune qui se levait en arrière-plan et Lincoln qui était blotti contre le torse large de Truman. Truman regardait Lincoln comme s'il était la chose la plus spectaculaire qu'il ait jamais vue, et la petite main de Lincoln se tendait vers sa joue.

C'était la soirée la plus parfaite que Gemma ait jamais passée.

— Tu seras content d'avoir toutes ces photos.

Elle glissa son téléphone dans sa poche et aida Truman à installer Kennedy dans la poussette.

— Il faut qu'on crée des albums photo pour que tu puisses mettre Lincoln dans l'embarras avec sa première petite amie et Kennedy avec son cavalier au bal de fin d'année ou avant qu'elle ne se marie. Ce sont des rites de passage importants pour une petite fille.

— Tu as vécu ces rites de passage, toi ?

Il poussa la poussette sur la promenade et attira Gemma contre lui.

Elle leva les yeux vers son beau visage. Il avait travaillé si dur ces derniers temps, mais elle ne l'avait jamais vu si détendu, et elle réalisa qu'elle aussi avait été plus détendue dernièrement. Truman était si attentionné envers elle et, chaque fois qu'il la voyait, il s'illuminait, comme s'il avait pensé à elle toute la journée et qu'il était surpris et heureux de la voir, même s'ils avaient déjà prévu tout un programme. C'était un sentiment incroyable que d'être adorée et chérie. Ils venaient peut-être de deux mondes différents, mais à un moment donné, ces mondes s'étaient rejoints, parce qu'il la comprenait comme personne d'autre ne l'avait jamais fait.

— Non. Nous devions poser sur toutes nos photos, admit-elle, se souvenant de ces moments horribles où on lui disait quoi porter, comment se tenir, et même comment sourire.

Au fond, elle s'était demandé si elle n'avait pas fini par perdre espoir, considérant impossible le fait de trouver quelqu'un, un homme qui serait heureux avec elle et dans sa vie au lieu de lui faire sentir qu'elle n'était jamais assez bien, comme l'avaient fait ses parents. Truman avait effacé cette peur profondément ancrée. La seule chose qu'il voulait plus que tout, c'était *elle*.

— Eh bien, dans ce cas, je vais devoir prendre beaucoup de photos de toi quand tu ne t'y attends pas.

Il glissa la main autour de son cou et la regarda droit dans les yeux.

— Je suis vraiment en train de tomber amoureux de toi, Gemma. Je veux réparer tous les torts que tu as subis.

Il était si prévenant, attentionné et tellement plus *authentique* que n'importe quel homme qu'elle avait connu. Tomber amoureux ? Elle, elle avait carrément *sauté* par-dessus bord. Elle eut soudain la chair de poule.

— Moi aussi, je suis en train de tomber amoureuse de toi.

Un groupe de gars passa à côté d'eux et Truman raffermit son emprise sur elle. Elle adorait sa possessivité. Elle l'avait surpris en train de regarder les gars sur la plage qui la remarquaient, leur jetant des regards *noirs*, comme des confettis. Elle avait aussi remarqué qu'il agissait de façon tout aussi protectrice avec les enfants. Quand Kennedy fuyait les vagues, il faisait de même, ressemblant à un géant à côté de l'enfant. Et lorsque les gens jetaient un coup d'œil dans la poussette pour regarder le joli bébé – et Lincoln était un très joli bébé, avec ses cheveux roux doux et duveteux et sa peau crémeuse – Truman se tenait debout avec une main sur son petit garçon, observant les inconnus sympathiques comme un faucon. Mais là, actuellement, toute cette intensité était concentrée sur elle, et elle n'avait jamais rien ressenti d'aussi sensuel ou d'aussi chaud.

— Je suis un sacré chanceux.

Il l'attira dans un autre baiser délicieux.

Les enfants s'endormirent sur le chemin du retour à la voiture et, alors qu'ils les mettaient au lit, Gemma était sur un petit nuage. Truman alluma la radio près du moniteur, comme il le faisait chaque fois qu'ils allaient sur la terrasse après avoir couché les enfants, et lui prit la main en quittant la chambre. Dès qu'il ferma la porte, il coinça ses mains au-dessus de sa tête et pressa son corps contre le sien jusqu'à ce que son dos heurte le mur, et il l'embrassa. La force du baiser lui noua l'estomac dans un tourbillon de chaleur et de désir. Les hanches de Truman s'écrasèrent sur les siennes tandis qu'il approfondissait leur baiser, gémissant intensément, ses vibrations détruisant quelques-uns de ses neurones.

Quand leurs lèvres se séparèrent, il mordit sa lèvre inférieure et la tira.

— Toute la soirée, je mourais d'envie de faire ça.

Elle glissa ses mains à l'arrière de sa tête et l'attira vers elle pour un autre baiser. Il sentait la mer et le sable, porté par les ailes du désir, et elle avait envie de se noyer en lui.

— Viens avec moi, dit-il contre ses lèvres.

Elle était prête à aller n'importe où avec lui. Elle ferait n'importe quoi avec lui.

Si seulement ses jambes acceptaient de se mettre en mouvement.

Les lèvres de Truman s'étirèrent en un sourire satisfait.

— Mon Dieu, j'adore quand ça t'arrive.

Il enroula un bras autour de sa taille, lui prêtant ses jambes.

— Viens, ma chérie. Je veux te montrer quelque chose.

Il attrapa le babyphone, verrouilla les portes et l'emmena dehors, l'embrassant à nouveau avant de descendre les marches à l'arrière de la maison.

— Est-ce que le python dans ton boxer veut jouer dans l'herbe ce soir ?

Se donner du plaisir dehors avait été très torride la première fois, et la température entre eux n'avait fait que grimper depuis.

La serrant contre lui, il pressa à nouveau sa bouche contre la sienne, la couvrant de baisers exquis.

— Mon python a toujours envie de jouer dans ton herbe.

Il frotta son nez contre le sien et son cœur explosa.

— Mais je veux d'abord te montrer quelque chose avant de t'arracher ces vêtements et de te faire de vilaines choses.

— Mmh. J'aime bien cette idée.

Elle le suivit par la porte et jusque dans la casse, le serrant un peu plus fermement. Elle n'avait jamais été là-bas, et il faisait nuit noire.

Truman sortit son téléphone de sa poche et ouvrit son application de lampe torche, éclairant la masse de voitures rouillées et endommagées qu'elle avait vue depuis sa terrasse.

— Reste près de moi, dit-il, la tenant contre lui.

— Pourquoi ? Est-ce que quelque chose risque de sortir et de me mordre ? Parce que j'ai l'impression qu'il pourrait y avoir des monstres ici.

Elle s'accrocha à son bras, et il gloussa.

— Non. C'est parce que je te veux près de moi.

Il lui sourit en pointant la lampe de poche vers le sol. Même dans l'obscurité, elle vit la chaleur dans ses yeux. Il l'embrassa à nouveau, longuement et lentement, parvenant à chasser ses inquiétudes.

Il la guida en contournant une camionnette et, quand il leva la lampe torche, une mer de fantômes s'anima soudain. Elle se pressa contre lui en regardant ces images effrayantes. Des yeux sombres, ternes et torturés, des griffes, des crocs et des squelettes sortaient des portières. Il y avait des visages d'hommes, décharnés et aux yeux vitreux, avec des tourbillons de fumée s'élevant de leurs bouches tordues et maléfiques. Chaque voiture visible comportait une peinture différente. Et elle savait que ces fantômes faisaient partie du passé de Truman. Elle se déplaçait sur des jambes tremblantes, non pas parce qu'elle avait peur, mais parce qu'elle était frappée par la dure réalité de ces poisons de son passé qui les entouraient. Des images horribles, incroyablement détaillées et artistiques prenaient vie sur les portières des voitures, sur les capots et les panneaux latéraux. Des méchants peints à l'intérieur des fenêtres s'agrippaient pour sortir. Elle n'avait jamais rien vu d'aussi marqué par la peur, la haine et la vulnérabilité. Comme ses croquis, ils étaient tous peints dans des nuances de noirs et de gris, des nuances si légères et pourtant si réelles qu'elle pouvait presque sentir leur souffle.

— Tru.

Elle dut le lâcher sans s'en rendre compte. Il enroula ses bras autour de sa taille, puis la plaça en sécurité contre lui, et ensemble ils continuèrent à marcher à travers ce labyrinthe qui représentait la vie de Truman.

Des visages aux sourcils broussailleux et à la barbe hirsute, regardant dans le vide. Elle s'arrêta derrière une camionnette, contemplant l'image d'un petit garçon recroquevillé en position fœtale dans ce qui semblait être un nid d'oiseau géant. Un oiseau aux longues serres déchiquetées s'envolait d'un nuage sombre, de façon si vivante et réelle que Gemma eut le souffle coupé et trébucha en arrière sur Truman. En la serrant contre lui, il contourna la camionnette pour atteindre une longue voiture sombre dont le capot avait disparu. Sur le panneau latéral se trouvait un autoportrait de Truman, debout, vêtu d'un jean – et non un pantalon noir. Un rayon de soleil jaune brillait vers le bas tel un bras partant du bord supérieur du coffre, formant une main dans son dos, comme s'il le poussait à avancer. Ses jambes étaient peintes en mouvement. La respiration de Gemma devint erratique face la beauté torturée qui s'offrait à elle. C'était la seule peinture en couleur parmi un univers d'images furieuses et hantées. Sur la carrosserie de la porte se trouvait une peinture représentant un bébé, ses bras et ses jambes s'étirant vers le haut, un sourire sur les lèvres. En voyant sa touffe de cheveux couleur fraise, elle eut soudain une boule dans la gorge. *Lincoln.* Accroupie à côté de lui se tenait une petite fille – *Kennedy* – portant une robe rose, tendant sa petite main vers Lincoln et l'autre à travers le joint de la portière vers… *moi.*

Elle eut du mal à respirer en observant ce dessin d'elle, peint à travers les yeux de Truman. Elle portait un body vert et jaune vif. Deux ailes transparentes, et magnifiquement représentées pointaient dans son dos. Les couleurs or et blanc brillants scintillaient sur la toile de fond sombre. Elle tendait une main vers les enfants, l'autre était levée plus haut, tout comme ses prunelles, vers Truman. Alors que Gemma essayait de faire entrer de l'air dans ses poumons, elle observa de plus près, suivant du regard un rayon de soleil qui s'enroulait autour de Truman, sous les enfants, et s'ouvrait sur deux mains ouvertes qui les berçaient. Le rayon virevoltait ensuite autour de Gemma comme un fouet, ne faisant plus qu'un avec la lumière et les réunissant tous ensemble.

Truman leva son téléphone plus haut, éclairant les vitres de la voiture. Des ombres survolèrent l'image de l'homme qu'elle avait vu au garage la nuit où elle avait récupéré sa voiture. *Quincy.* Un autre rayon de soleil s'arrêtait juste devant lui. Comme si Truman ne cesserait jamais d'aller vers son frère, mais qu'il savait que seul Quincy pouvait faire ce dernier pas vers lui. Et à travers ces nuages sombres, il y avait le visage d'une femme. Une femme qu'elle reconnaissait désormais dans le visage de ses enfants. *Ta mère.*

Gemma se tourna vers Truman et agrippa sa chemise, tremblant à cause du choc après ce qu'il venait de lui dévoiler. Son visage n'était qu'un masque de tristesse, mais aussi d'espoir, de force et de détermination. Cet homme. Cet homme *incroyable* aurait dû être trop endommagé pour savoir comment aimer. Trop brisé pour vouloir croquer la vie. Et pourtant, il était là, son pilier, sa force, révélant toutes ses faiblesses et ses peurs, mettant à nu son âme tourmentée. Il était l'homme le plus fort qu'elle ait jamais connu, et elle le voulait tout entier.

Elle enroula ses bras autour de son cou, se déployant sur ses muscles tendus tandis qu'elle attirait son visage vers le sien. Des émotions contradictoires se lisaient dans ses yeux, mais elle tira plus fort, souhaitant vivre cette bataille avec lui. Il avait connu la tragédie, le désespoir et la misère. Il était un survivant, un sauveur pour ses frères et sœurs et sa mère. Il aurait dû s'effondrer, mais son passé douloureux avait gravé la dignité et le calme sur son beau visage. Il posa le moniteur sur le sol et saisit ses bras avec des mains fortes. Elle savait qu'il percevait que ce qu'il venait de lui dévoiler avait déclenché tant d'émotions en elle qu'elle avait désormais l'impression de s'enflammer. Il devait forcément voir ce brasier qui lui brûlait la peau et faisait palpiter son sexe. Il devait sentir son besoin d'être plus proche de lui. Des émotions aussi puissantes ne pouvaient rester cachées.

— Je voulais que tu voies à quel point tu m'as touché, dit-il d'une voix pleine de retenue et indéniablement chargée de désir. J'ai l'impression qu'avec toi une vie normale et heureuse semble possible, et c'est ce que je veux.

Il se retourna et regarda les tableaux incroyablement beaux de Lincoln et Kennedy qu'il avait peints.

— Pour eux.

Il se tourna à nouveau vers elle.

— Pour nous. Je n'ai pas peur de partager mon passé avec toi parce que tu l'acceptes. Tu m'acceptes, tu m'aides à le gérer et à le faire sortir de moi.

Il pressa son corps contre le sien et la chaleur la consuma, brûlant entre eux comme un éclair. Il s'accrocha à ses hanches, et leurs corps prirent le dessus, se frottant l'un contre l'autre. Le besoin d'être plus proche de lui grandissait en elle comme un volcan prêt à entrer en éruption. *Sa peau.* Elle avait besoin de sentir sa peau. Elle tira sur sa chemise, la soulevant, et se pencha pour embrasser son torse. Elle passa la langue sur son téton et il gémit, ses doigts s'enfonçant dans sa chair. Elle recommença, stimulée par le bruit enivrant, et il saisit son visage – avec force –, le levant vers lui de sorte qu'elle n'ait pas d'autre choix que de regarder dans ses yeux sombres et sérieux.

— Je suis venu ici après t'avoir dit pourquoi j'étais en prison, dit-il avec fermeté, presque avec colère, même si c'était la passion brute et primitive qui se frayait un chemin entre eux.

— Je pensais que seule la rage guiderait mes mains, mais...

Il serra la mâchoire, la tenant incroyablement proche, et sa respiration s'accéléra.

— Il n'y avait que *toi*, Gemma. Ton visage, tes larmes. Ton contact sur ma peau. Je pouvais *goûter* ta bouche sur la mienne, putain, et tu ne laissais pas cette obscurité entrer en moi. Tu es ma lumière, Gemma. Tu es tout ce que j'ai toujours cru que la vie devait être, et je sais que tu peux avoir tous les hommes que tu veux, mais je suis tellement heureux que tu me veuilles moi…

Elle plaqua ses lèvres contre les siennes dans un acte de désespoir. Ses émotions tourbillonnaient en elle alors qu'il prenait le contrôle, et elle succomba à sa domination brutale. Un baiser rude et pressant, brouillon et humide, et si torride que le reste du monde semblait avoir disparu autour d'eux. Il arracha son pantalon, et elle fit de même avec le sien, chacun cherchant à être rapide, sans vouloir interrompre leur baiser alors qu'ils luttaient pour se libérer de leurs vêtements.

— Préservatif.

Il tâta son jean, cherchant son portefeuille, et elle saisit son poignet.

— Tu es vraiment clean ? Tu t'es fait tester ?

— Je ne mentirais jamais sur ça.

— Prends-moi, Truman. Juste toi, sans rien entre nous. Je veux te sentir tout entier.

Il la souleva, guidant ses jambes autour de sa taille, et elle s'enfonça sur sa verge, sentant le bout large qui caressait ses nerfs sensibles et chaque centimètre de son membre épais et dur alors qu'il la remplissait.

— Oh mon Dieu. Truman.

Elle s'accrocha à lui, inclinant la bouche de Truman vers elle pour pouvoir l'embrasser plus intensément alors que ses mains fortes guidaient ses hanches dans un rythme rapide, la baisant avec avidité. Et elle adorait ça, putain ! Il savait comment s'y prendre, la prenant brutalement et durement, puis ralentissant, suivant un rythme lent, la torturant presque jusqu'à ce qu'elle en redemande. L'orgasme était à portée de main, la narguant jusqu'à ce qu'elle ne soit plus que chaos, pleine de désir et suppliante.

Elle enfonça ses ongles dans ses épaules, arrachant sa bouche de la sienne.

— Plus vite. S'il te plaît, Truman. Jouis avec moi. Je veux te sentir perdre le contrôle.

Son dos heurta le flan d'une camionnette, ce qui lui permit de la marteler avec un abandon insouciant, faisant habilement disparaître toute pensée cognitive. Ses membres frissonnaient, ses entrailles palpitaient, et, quand il enfouit son visage dans ses cheveux et grogna son nom, elle explosa, telle une tempête de sensations. Consciente de chaque pulsation de Truman alors qu'il relâchait tout, de chaque battement de son cœur, de chaque inspiration frénétique qu'il prenait, elle savait, sans l'ombre d'un doute, qu'elle n'était pas en train de tomber amoureuse de lui. Elle avait déjà sauté.

CHAPITRE DIX-HUIT

L'AUTOMNE balaya Peaceful Harbor comme le pinceau d'un artiste qui colore tout sur son passage. Des éclats de rouge, d'orange, de jaune et de toutes les teintes intermédiaires émanaient des arbres et des buissons le long des rues, embrassant l'herbe et les trottoirs, promettant des branches dénudées et des nuits encore plus fraîches. Les matins froids laissaient place à quelques câlins supplémentaires et débouchaient sur des soirées d'amour torrides sans fin, et Gemma ne pouvait pas être plus heureuse. C'était le week-end avant Halloween, et cela faisait désormais cinq semaines que sa vie avait changé depuis qu'elle avait rencontré Truman. Elle passait la plupart des nuits chez lui, et avait probablement autant de vêtements dans son appartement que dans le sien.

Crystal lui montra une robe bleu roi avec de faux diamants qui ornaient le décolleté en cœur.

— Que penses-tu de celle-là ?

Elle ondula des sourcils et désigna le décolleté de la main.

— Parfaitement dénudée, ce sera idéal pour ton collier de perles.

Elles faisaient du shopping afin de trouver une robe pour la collecte de fonds pendant que Truman et les gars finissaient d'installer la porte sur le nouveau mur de la chambre. Elle avait proposé d'emmener les enfants avec elle, mais Truman avait insisté pour qu'elle passe du temps seule avec Crystal. Il était si prévenant, il s'assurait toujours qu'elle n'oublie pas de prendre du temps pour elle à cause de lui ou des enfants. Elle se demandait quand il comprendrait que passer du temps avec lui et les enfants était justement ce qu'elle aimait le plus.

Gemma rigola et secoua la tête.

— Je n'ai *vraiment* pas envie d'y aller cette année.

— Ça alors, je n'avais pas remarqué. Ce n'est pas comme si nous avions passé les trois dernières semaines à visiter les magasins de robes de Peaceful Harbor. Je sais qu'on a encore le temps avant l'événement, mais à ce rythme…

Crystal accrocha la robe sur le portemanteau et jeta un coup d'œil dans le miroir, coiffant ses cheveux en un chignon.

— Peut-être parce que tu as dit à ton homme de ne pas venir avec toi ?

— Tu plaisantes ? Jamais je ne lui infligerais la présence de ma mère et de ses acolytes prétentieux. Et puis, nous en avons déjà parlé lui et moi et se retrouver au milieu de toutes ces personnes risque d'être trop compliqué pour Kennedy.

Lincoln et Kennedy avaient tous les deux beaucoup progressé ces dernières semaines. Lincoln avait essayé les petits pots pour la première fois et les avait tout de suite adoptés, préférant manger avec les doigts, et il faisait désormais des nuits complètes, ce qui était un grand pas. Et même si Kennedy était devenue moins méfiante face aux inconnus, les personnes qui participaient aux collectes de fonds n'étaient pas toujours très chaleureuses et accueillantes. Elle n'avait pas l'intention d'imposer à ces adorables enfants une situation à laquelle elle-même n'avait pas envie d'assister. Et en plus des enfants, elle devait tenir compte de Truman. Il avait déjà ses propres soucis à régler et n'avait pas en plus besoin d'affronter son horrible mère.

Crystal relâcha ses cheveux qui tombèrent souplement sur ses épaules alors qu'elle se retournait en plissant les yeux vers Gemma.

— Tu n'as toujours pas parlé de lui à ta mère, n'est-ce pas ?

Gemma se détourna, faisant semblant d'inspecter une autre robe.

— Gemma Wright, mais à quoi tu penses ? Si tu ne lui dis pas, elle va encore essayer de te caser avec l'un de ces connards coincés, comme elle l'a fait la dernière fois, et je ne suis pas sûre que Tru Blue sera très cool avec ça.

Soupirant, Gemma baissa les bras en signe de défaite.

— Ça fait partie de ma liste de choses à faire, mais tu sais comment se passent les discussions avec ma mère.

Elle n'avait même pas envie de penser à sa mère. Elle était heureuse – vraiment très heureuse – et sa mère avait le don de gâcher le bonheur de tous ceux qui l'entouraient. Et puis, elle avait déjà assez de choses à penser comme ça. Truman n'avait toujours pas eu de nouvelles de Quincy et, même s'il n'en parlait pas, elle savait qu'il se faisait du souci pour lui.

— Je sais, et quand elle te dira que tu sors avec lui parce que tu es dans ta période rebelle – comme ta boutique, le fait d'avoir emménagé ailleurs, *blablabla* –, dis-lui qu'elle peut aller se faire foutre avec ses réflexions. Parce que moi je t'ai vue avec Truman, et tu n'as jamais regardé un homme comme ça.

Elle était contente que Crystal voie à quel point Truman comptait pour elle et elle n'avait pas tort pour sa mère. Elle l'accuserait probablement de sortir avec Truman juste pour la contrarier. Mais, en vérité, même si Gemma avait pensé à la réaction de sa mère, l'opinion de celle-ci n'avait pas pesé dans sa décision quand elle avait choisi d'être avec Truman. Ce que

Gemma voyait en lui, c'était toutes les qualités que sa mère n'aurait jamais pu percevoir, même s'il avait été un milliardaire en costume. Comment sa mère aurait-elle pu reconnaître une loyauté sans faille ni limites, un amour pur et sincère et une volonté d'agir pour les bonnes raisons, quand elle ne possédait pas elle-même ces qualités ?

Crystal enroula son bras autour de celui de Gemma et la tira hors du magasin.

— Viens. On va à Pleasant Hill.

Pleasant Hill était à environ une heure d'ici.

— Quoi ? Pourquoi ?

Elle marcha rapidement, suivant le rythme de Crystal alors qu'elles traversaient le parking.

— Parce que tu *vas* devoir lui dire à un moment donné, donc tu vas forcément devoir l'écouter te raconter les nouvelles mondaines sur ces gens que tu ne connais pas ou dont tu ne te soucies pas et te taper tout un discours sur le fait de sortir avec un homme qui n'est pas issu des beaux quartiers. Elle te donnera envie de t'arracher les cheveux en un rien de temps, expliqua Crystal en montant dans la voiture et en lui souriant d'un air faussement effarouché. Si elle est capable de te torturer comme ça, ça me paraît juste de la faire payer en retour. On va aller chez Jillian's.

Jillian's était un magasin de robes haut de gamme et excentriques.

— Une *robe vengeance*. Oh, Crystal. Tu es géniale !

Deux heures plus tard, Gemma se tenait devant un triple miroir portant une robe en cuir qui tombait jusqu'au sol avec un décolleté plongeant qui lui descendait presque jusqu'au nombril.

Jillian Bradel, la propriétaire du magasin et créatrice de

nombreuses robes, se déplaçait sur ses talons de dix centimètres, comme si elle était née avec. Elle plaça ses cheveux – un mélange spectaculaire, entre le bordeaux et l'auburn foncé – derrière son oreille et marcha lentement autour de Gemma.

— Tu as une belle silhouette. Ton visage est si raffiné avec ce profil classique, ça te donne un côté femme fatale élégante et douce que peu de femmes dégagent. Tu *déchires*.

Elle ajusta les bretelles puis lissa la robe au niveau de la taille.

— Elle a raison, Gem, acquiesça Crystal. Mais ne laisse pas Truman te voir dans cette tenue, parce qu'il risque de la déchirer avant même que tu n'aies mis un pied dehors.

Elle sentit le bas de son ventre se contracter rien qu'en imaginant les mains de Truman sur elle. Elle se tourna sur le côté, admirant la façon dont le cuir épousait ses courbes, la faisant se sentir sensuelle et attirante – et son ventre se noua. Elle avait surtout envie de se sentir sensuelle et attirante pour Truman, mais l'idée de la porter en public sans lui à ses côtés la mettait mal à l'aise. De plus, sa mère risquait de faire une crise cardiaque si elle la voyait dans cette robe. Même si elle n'aimait pas sa mère, elle n'avait pas envie de gâcher son événement.

— Ma mère risque de piquer une crise si je débarque en portant du cuir.

— N'est-ce pas justement le but ? dit Crystal avec un rictus.

— Je ne sais pas. C'est une idée amusante, mais plus j'y pense, plus j'ai peur que ça finisse par se retourner contre moi et que la soirée soit encore plus douloureuse. Je pense qu'il me faut une robe qui fasse moins femme fatale et plus rebelle raffinée.

Jillian guida Gemma en la tirant par le bras vers la cabine.

— S'il y a bien une chose dont je suis certaine, c'est qu'une femme ne devrait jamais porter une robe dans laquelle elle n'est pas totalement à l'aise. Quelle qu'en soit la raison, dit-elle en poussant légèrement Gemma à travers le rideau. Enlève ça. J'ai *la* robe qu'il te faut.

Gemma se déshabilla et entendit quelques minutes plus tard la voix de Jillian de derrière les rideaux.

— Essaie celle-là. Je pense que c'est l'équilibre parfait – *de la pure désobéissance* – et c'est l'une de mes préférées. Mon frère et moi l'avons conçue ensemble.

Elle écarta les rideaux de la main, et tout ce que Gemma vit fut une masse de tissu noir chatoyant et de dentelle.

— Ton frère crée aussi des vêtements ?

Elle enfila la robe par-dessus sa tête. La matière luxueuse glissa sur sa peau comme de la soie, l'enveloppant des épaules à la cuisse, où une fente révélait sa jambe droite.

— Oui. Mon jumeau, en fait. Jax. On a conçu des tenues ensemble pendant des années, mais sa spécialité, ce sont les robes de mariée.

Jillian remonta la fermeture éclair à l'arrière de la robe et ajusta le tissu au niveau de ses épaules et de sa taille, puis recula en évaluant Gemma du regard.

— Magnifique. Va devant le triple miroir pendant que je vais chercher des talons.

Dès que Crystal la vit suivre Jillian hors de la cabine d'essayage, elle bondit d'un fauteuil pelucheux en se récriant :

— Oh mon Dieu, Gemma ! Tu es éblouissante.

— Ah bon ?

Elle pivota pour se regarder dans le miroir et resta bouche bée. Le décolleté descendait juste en dessous de sa clavicule. Un motif de dentelle noire et de soie ornait les manches courtes. Un liseré étroit de dentelle descendait sur le côté, s'enfonçant vers sa taille, jusqu'à la courbe de ses hanches. Elle jeta un coup d'œil par-dessus son épaule pour observer le bas de son dos.

Jillian s'agenouilla à ses pieds.

— Ceux-ci sont confortables *et* sexy. Tu n'as pas besoin de porter des talons très hauts avec cette robe.

Elle recula, et sourit d'un air approbateur.

— La queue de poisson accentue ta taille, et comme le décolleté est très léger, la touche de dentelle est plus élégante qu'osée. Qu'est-ce que tu en penses ?

— Je pense que je veux épouser cette robe.

Se sentant aussi d'humeur rebelle, elle ajouta :

— Et le décolleté est parfait. Pas de place pour les perles.

TRUMAN FERMA la nouvelle porte de la chambre inachevée et admira cette femme superbe allongée sur le lit qui feuilletait un magazine de costumes d'Halloween pour enfants. Elle portait un caleçon qui couvrait à peine ses fesses et un haut à bretelles fines. Elle avait replié les genoux, agitant ses pieds audessus d'elle alors qu'elle suggérait des costumes pour Lincoln. Kennedy avait déjà choisi le sien. Elle serait la Fée Clochette la plus mignonne qui ait jamais existé.

— Une citrouille ? Il y avait une citrouille dans Cendrillon, dit Gemma en montrant une photo d'un enfant portant un costume de citrouille.

Truman s'allongea à côté d'elle et promena sa main le long de sa cuisse, puis serra ses fesses.

— J'aime bien ta citrouille.

Elle lui adressa un sourire arrogant.

— Je suis toujours persuadée qu'il devrait se déguiser en

Winnie l'ourson. C'est le rôle que lui attribue Kennedy dans son livre de contes et elle devrait pouvoir choisir le costume de son frère. En tant que grande sœur, c'est son droit.

Il glissa sa jambe par-dessus l'arrière de ses cuisses et embrassa son épaule.

— Il a à peine quelques mois et les femmes dirigent déjà sa vie.

Il enfouit son nez dans son cou.

— Je pense qu'il devrait porter un costume de garçon. Il pourrait se déguiser en prince, comme moi.

Elle se pencha vers lui d'un air taquin.

— Embrasse-moi encore et peut-être que je l'envisagerai.

Il se pencha vers ses lèvres, elle se détourna en lui montrant son épaule. Il gloussa et embrassa à nouveau celle-ci.

— Il n'y a rien de mieux que les bisous sur l'épaule, dit-elle de cette voix essoufflée qui lui faisait prendre feu.

Il continua à l'embrasser, descendant lentement le long de son sternum. Toujours en regardant le magazine, elle tendit la main vers lui et releva son menton pour qu'il embrasse à nouveau son épaule. Mon Dieu, il aimait vraiment tout ce qu'elle faisait.

— Je pense que Kennedy veut que tu sois son seul prince, et elle a été assez claire sur le fait que Linc devrait se déguiser en Winnie l'ourson. Mais si tu es si catégorique et que tu ne veux pas qu'il porte de costume d'ours en peluche, ce que je pense qu'il devrait faire, que dirais-tu de le déguiser comme l'un des Garçons Perdus de son livre de contes ?

Il lui donna une légère claque sur les fesses, et elle laissa échapper un rire sexy.

— Dans son livre de contes, les Garçons Perdus sont des motards. Tu sais ce que j'en pense.

— Tu adores tes amis motards.

Elle se tourna sur le côté et pressa son corps contre le sien.

— Ce n'est pas parce que tu lui mets un costume de motard qu'il va se rebeller contre toi quand il sera plus grand. En plus, c'est *toi* qui as décrété que les Garçons Perdus étaient des motards. N'est-ce pas un peu hypocrite de ta part ?

Elle le poussa sur le dos et pressa ses lèvres contre le bord de sa mâchoire, son cou, et continua de l'embrasser jusqu'à son bas-ventre, l'empêchant alors de penser à autre chose qu'à sa bouche incroyable.

— Je leur raconte tout le *bien* que font les Enfants Perdus. Un jour, ils apprendront la différence entre les clubs de motards et les gangs. *Là*, il pourra s'habiller comme il veut.

— J'ai passé toute mon enfance à m'inventer des histoires, passant de princesse fée à motarde, et je n'ai pas si mal tourné que ça.

Elle continua à l'embrasser, et il reconsidéra sérieusement l'idée du costume Winnie l'ourson. La limite était fine entre un club de motards et un gang, et imaginer que Lincoln puisse prendre ce chemin en grandissant effrayait Truman. Cependant, Gemma avait raison. Lincoln était trop jeune pour que Truman s'inquiète de ce genre de choses – mais Truman appréciait la façon dont elle essayait de le convaincre de céder. Il aimait quand sa bouche se promenait partout sur lui, mais quand elle lui faisait une fellation, il se sentait encore plus proche d'elle. Non pas à cause de cette sensation de plaisir érotique que cela lui procurait, mais parce qu'elle semblait *apprécier* lui donner du plaisir et avoir le contrôle. Voir Gemma apprécier quoi que ce soit rendait sa vie un million de fois plus agréable. La voir l'apprécier *lui* était un pur bonheur.

Elle effleura son téton des dents, accentuant ce désir qu'il ressentait plus bas dans son entrejambe.

— Il serait super mignon avec un bandana sur sa petite tête, une chemise Harley et un jean.

Elle fit tournoyer sa langue sur ses abdominaux, ses mains jouant sur ses côtes, descendant de plus en plus bas.

— Gem...

Il enroula ses doigts autour des draps pour se retenir de la pousser plus bas.

— J'ai une idée. Faisons un marché.

Elle passa sa langue autour de son nombril, et son membre tressauta d'anticipation.

— Si tu me laisses écrire un article sur toi et ton travail artistique – *Un Génie Créatif Découvert en Ville* –, tu peux choisir le costume de Linc.

Cela faisait des semaines qu'elle le suppliait de la laisser écrire un article sur ses créations artistiques. Elle était convaincue que tout le monde à Peaceful Harbor trouverait qu'il était bien plus talentueux qu'il ne le pensait. Elle lui avait même proposé d'illustrer des livres pour enfants qu'ils écriraient à deux. Elle aussi aimait inventer des histoires, et disait qu'ensemble leurs récits auraient des rebondissements plus intéressants. Qu'est-ce qu'il en savait lui ? Il écrivait des contes pour ses gamins, mais peut-être que les autres les détesteraient.

— Je n'ai pas envie d'attirer l'attention, dit-il avec honnêteté. Personne n'est au courant de ma condamnation. Je préfère que ça reste ainsi.

Elle baissa lentement son caleçon, dévoilant juste son gland, et glissa sa langue sur l'extrémité.

— Hum. Qu'est-ce que je peux faire pour te faire changer d'avis sur *l'un* de ces points ? demanda-t-elle en ronronnant presque chaque mot.

Elle posa les mains sur ses hanches, baissant son boxer jusqu'au milieu de sa verge, et passa la langue sur son gland sensible et gonflé, le rendant complètement fou. Avec ses dents, elle fit glisser le sous-vêtement vers le bas, puis le retira et le jeta au sol. Il se releva, et elle le repoussa.

— Et ben alors, on est anxieux ? le taquina-t-elle.

— Tu me rends fou.

Un sourire espiègle fendit ses lèvres alors qu'elle enroulait ses doigts chauds et fins autour de son membre, lui arrachant un gémissement. Il la regarda passer sa langue coquine sur le bout avec avidité et le faire glisser sur ses lèvres.

— Putain de merde, Gemma.

Il s'approcha d'elle et elle se pencha en arrière pour lui échapper.

— Tu es à moi, chuchota-t-elle, souriant en le prenant jusqu'au fond de sa gorge et en commençant à bouger sa main et sa bouche avec rapidité.

Il laissa retomber sa tête sur le matelas, fermant les yeux. Il se balança contre son poing, s'enfonçant plus profondément dans sa bouche. Elle le garda bien lisse et humide, le caressant rapidement en le tenant fermement.

— C'est ça, bébé. *Mon Dieu,* ta bouche est *mortelle.*

Elle leva la tête, libérant son membre qui tressaillit à l'air frais, et fit rouler sa main sur l'extrémité, le caressant à nouveau. Elle le serra fermement, puis ralentit le rythme en faisant rouler sa paume chaude et humide sur son gland, et recommença cette torture excitante, l'amenant au bord de l'extase avant de ralentir à nouveau. Il ouvrit les yeux, et la lueur intrépide dans les siens lui indiqua qu'elle savait exactement ce qu'elle faisait.

— Enlève tes vêtements, ordonna-t-il.

Elle secoua la tête, plissant les yeux, ses cheveux encadrant son beau visage.

— Pas encore.

Elle fit glisser sa langue de haut en bas. Puis elle se baissa pour se positionner entre ses jambes et lui lécha les bourses, tout en tenant sa verge, le faisant devenir fou. Elle savait à quel point il aimait ça, et si elle ne le baisait pas bientôt, il allait finir par jouir sur elle.

Il saisit ses cheveux sans détacher sa bouche de ses bourses et la regarda l'aimer. Sa peau avait pris une teinte rosée, ses lèvres étaient légèrement gonflées, et cette lueur de défi dans ses yeux la rendait encore plus sexy. Mon Dieu, comme il l'aimait. Il l'aimait tellement qu'il le sentait jusque dans ses os. Il attrapa l'ourlet de sa chemise et la fit remonter au-dessus de sa tête. Elle se redressa sur ses genoux, soutenant son regard tandis qu'elle se tortillait pour enlever sa culotte. Quand elle poussa à nouveau sur son torse, il se baissa de son plein gré et tendit la main vers son entrejambe.

Elle secoua la tête et porta la main de Truman à sa bouche, déposant plusieurs baisers sur sa paume, la laissant humide. Puis elle enroula sa main autour de son membre et se mit à cheval sur ses cuisses. Avant qu'il ne puisse protester, elle suça deux de ses propres doigts dans sa bouche et les fit glisser entre ses cuisses. *Putain de merde.*

Truman ne se masturbait pas devant les femmes. *Jamais.* Il ne les laissait jamais le toucher comme il le faisait avec elle. Il les *baisait.* Mais une fois de plus, tout ce qu'il faisait avec Gemma était différent – et il n'y avait rien qu'il ne ferait pas pour elle.

— Ma gentille fille est devenue vilaine.

— Ta gentille fille a juste envie d'être vilaine pour *toi*.

Elle n'était qu'un régal pour les yeux alors qu'elle se doigtait et ramenait son autre main sur sa poitrine, la caressant tout en osant le regarder dans les yeux. Elle s'humecta les lèvres et baissa les yeux sur son poing, l'observant se caresser. Lorsqu'elle approcha ses doigts humides de son clitoris, sa tête bascula en arrière et il faillit exploser. Il se leva du matelas, sa verge toujours à la main, et passa les doigts dans ses cheveux, écrasant leurs bouches l'une contre l'autre dans un baiser brutal et impitoyable alors que son orgasme la saisissait. Sa langue s'immobilisa. Un long gémissement de plaisir gronda depuis ses poumons vers les siens. *C'est le paradis. Un vrai paradis.* Il serra son corps tremblant, l'embrassant plus tendrement alors qu'elle redescendait, et il la prit dans ses bras. Elle lui sourit, avec ce regard doux et coquin qui le frappait toujours en plein cœur.

— Tu es à moi, ma douce. *Seulement à moi.*

— Toujours.

Ses mains s'enroulèrent autour de son cou tandis que leurs corps s'unissaient, scellant leurs promesses de fin de soirée par des baisers et s'aimant comme s'il n'y aurait pas de lendemain.

Ils restèrent allongés ensemble un long moment, leur peau encore humide après leurs ébats, leurs doigts entrelacés. Quand Gemma se leva pour aller aux toilettes, Truman refusa de les lâcher.

— J'ai besoin de faire pipi, dit-elle avec un rire doux.

— Je t'ai attendue toute ma vie. Je ne veux jamais te laisser partir.

Il la serra plus fort.

— Mon Dieu, je t'aime.

Elle pressa ses lèvres contre les siennes.

Il s'écarta, cherchant dans son regard si elle réalisait ce qu'elle venait de dire, mais elle l'observait comme s'il lui avait pris sa sucette préférée.

— Redis-moi ça, dit-il rapidement.

Elle fronça les sourcils.

— Tu as dit que tu m'aimais, lui rappela-t-il, espérant qu'elle ne reviendrait pas sur ses propos.

Elle rit et pressa ses deux mains sur ses joues.

— Je ne te l'ai pas déjà dit ? Mon Dieu, Tru. J'ai l'impression de te l'avoir dit depuis des semaines. Je t'aime. Je t'aime plus que le soleil, la lune et les étoiles. Je t'aime plus que la glace au chocolat et les ailes de fées. Je t'aime et j'aime tellement les enfants que je…

Il plaqua ses lèvres contre les siennes, submergé par la profondeur et l'ampleur de son amour. Quand il intensifia son baiser, elle fondit en lui.

— C'est ce que je préfère, dit-il en l'embrassant à nouveau. J'aime quand tu deviens toute molle, comme si mes baisers t'anéantissaient.

— Mmh.

Elle l'embrassa à nouveau.

— Tes baisers me comblent, mais ils ne m'anéantissent jamais.

Il aimait encore plus ça. Après quelques baisers supplémentaires, elle enfila le tee-shirt de Truman, encore une chose qu'il adorait, et alla dans la salle de bains. Le gémissement de Lincoln retentit dans le moniteur et Truman se leva.

Gemma jeta un coup d'œil dans la chambre et dit :

— Je m'en occupe.

Truman s'assit sur le bord du lit et écouta sa voix à travers le moniteur.

— Hé, mon beau. OhmonDieu !

Sa voix s'intensifia, et il se leva d'un bond, enfilant son boxer en se précipitant vers la porte de la chambre.

— Trum…

Il se tenait déjà à côté d'elle, tous deux émerveillés par Lincoln, qui était assis dans son berceau. *Assis.*

— Il est assis ! murmura-t-elle, excitée, et elle attrapa la main de Truman.

Voir Lincoln s'asseoir pour la première fois était bouleversant. Comment quelque chose d'aussi petit pouvait-il sembler si important et compter autant ? Il passa un bras autour de Gemma et l'embrassa sur la tête.

Lincoln s'essuya les yeux avec son petit poing, en vacillant un peu. Gemma et Truman tendirent tous les deux la main vers le berceau, mais Lincoln chancela, puis retomba sur son dos en bâillant.

— Oh, mon Dieu, chuchota Gemma, pour ne pas réveiller Kennedy, qui était confortablement vêtue de son nouveau pyjama Fée Clochette et qui serrait dans ses bras la peluche Winnie l'ourson que Dixie lui avait donnée.

— Tru, ton garçon grandit.

Notre garçon grandit. Il déposa un baiser chaste sur ses lèvres pour empêcher les mots de s'échapper et souleva Lincoln de son berceau.

— On aurait dû prendre une photo, chuchota Gemma.

Truman n'avait pas besoin de photo. Il savait qu'il n'oublierait jamais ce regard empreint d'amour dans les yeux de Gemma, ni Lincoln assis pour la première fois – ou la sensation de son cœur qui se gonflait dans sa poitrine en réalisant la chance qu'il avait d'avoir tout cet amour qui vivait sous le même toit.

CHAPITRE DIX-NEUF

L'UNE DES CHOSES que Gemma aimait le plus à Peaceful Harbor, c'était la façon dont les habitants se réunissaient pour les fêtes et les événements. La parade d'Halloween était l'une de ses préférées. Les enfants et les parents étaient autorisés à participer au défilé dans la rue principale et autour du port. Truman et Gemma avaient décrété que l'événement serait trop éprouvant pour Kennedy, mais elle était si excitée à l'idée d'y aller qu'ils décidèrent de le tenter. Ce soir-là, Crystal et les Whiskey rejoignirent Gemma et Truman pour le premier Halloween des enfants. Ils se déguisèrent tous en personnages du livre de contes que Truman avait écrit pour Kennedy, et celle-ci fut ravie du résultat. Les filles s'étaient habillées à la boutique. La robe de la reine Dixie était rouge vif, tandis que celle de Gemma était verte, et Crystal s'était déguisée en Blanche-Neige, ce qui était hilarant puisqu'au fond elle était clairement une princesse sombre dans l'âme. Après avoir pris beaucoup trop de photos de leur groupe, ils se dirigèrent vers la ville. Il faisait encore jour lorsqu'ils atteignirent Main Street, où la foule avait déjà commencé à se former.

Kennedy serra la main de Gemma plus fort.

Le prince Truman tenait Lincoln, qui était déguisé en Winnie l'ourson, tout ça grâce à l'amour que Truman portait à sa petite fille. Il dut sentir le malaise de Kennedy, car il se rapprocha, passant un bras protecteur autour de Gemma. Avant même qu'elle n'ait le temps de réaliser ce qu'il se passait, Bullet, Bones et Bear, tous habillés en motards, se mirent en formation comme des gardes du corps. Bullet marchait derrière eux, scrutant la foule avec ses yeux creusés. Bones se positionna à côté de Dixie, la prenant en sandwich entre lui et Truman. Dixie mesurait au moins un mètre quatre-vingts, mais elle paraissait petite à côté de ces deux hommes imposants. Bear s'installa à côté de Crystal, en complément de Bones, situé de l'autre côté du groupe. C'était un sentiment étrangement rassurant et merveilleux de savoir que les enfants étaient si bien protégés. Gemma n'avait pas oublié qu'elle avait grandi en se sentant oppressée par les gens qui la surveillaient. Mais, ici, la différence – et elle était énorme – était que ses amis aimaient sincèrement Kennedy et Lincoln autant qu'ils s'aimaient les uns les autres. Durant les quelques secondes qu'il leur fallut pour entourer efficacement leurs protégés, Gemma réalisa à quel point Kennedy et Lincoln avaient désormais une famille solide. Et en levant les yeux vers Truman, qui se penchait pour les embrasser, elle se rendit compte qu'elle aussi avait cette grande et chaleureuse famille. Et elle prit conscience que, dans cette situation, sa propre famille aurait simplement fait la sourde oreille.

— Quand j'aurai des enfants, je veux que ce soit toi qui écrives leurs contes de fées, dit Dixie à Truman.

Ses cheveux roux étaient relevés en un chignon sur sa tête et quelques mèches s'étaient détachées.

Truman rigola.

— Je pense que tu peux trouver de meilleurs contes de fées que les miens.

— Seulement si tu parles des *nôtres*, dit Gemma.

Elle releva ensuite la tête pour l'embrasser, admirant à quel point il était beau dans son costume. Puis elle dit à Dixie :

— J'essaie de le convaincre que nous devrions écrire des histoires ensemble et qu'il devrait les illustrer.

Kennedy avait insisté pour qu'il lui lise son livre de contes tous les soirs. Truman n'avait pas seulement illustré tout le livre, mais Gemma et lui avaient aussi écrit le récit, pour qu'elle puisse le lire à Kennedy à son tour. C'était une belle histoire sur la famille et l'amitié, et Gemma se demandait si c'était ce dont Truman avait toujours rêvé, comme elle, ou s'il l'avait inventé uniquement pour sa petite fille chérie. Dans tous les cas, elle aimait cette façon qu'il avait de penser à tout pour les enfants. Il s'inquiétait de chaque petit détail, comme pour les Garçons Perdus dans *Peter Pan* qui volaient les enfants et le père qui mourait dans *Le Roi Lion*. Il décortiquait les films et les livres, de peur que quelque chose ne déclenche une peur sous-jacente chez les enfants qu'il n'avait pas encore découverte. Kennedy n'avait jamais demandé après sa mère. Cela déchirait le cœur, quand on réalisait ce que cela signifiait. Même si créer son propre conte de fées pouvait sembler un peu surprotecteur aux yeux des autres, Gemma savait que tout ce que Truman faisait était guidé par l'amour, et non par le besoin de contrôle.

Bear passa un bras autour de l'épaule de Crystal.

— Euh. Allô ? Il y a peut-être des célibataires ici, se plaignit Crystal en essayant de se dégager de son emprise.

Bear lui lança un regard lui indiquant clairement de ne pas essayer de s'écarter – ainsi que quelque chose de beaucoup plus sexy qui incita Gemma à lancer un regard curieux à sa meilleure amie. Crystal leva les yeux au ciel, mais il y avait dans son regard un message secret qui ne s'adressait qu'à Gemma. Les gens disaient que les liens du sang étaient les plus forts, mais Gemma était persuadée que la véritable amitié était plus forte que tout.

Kennedy ralentit, et lorsque Gemma se baissa pour la prendre dans ses bras, elle vit de la peur dans les yeux de la petite fille. À quoi pensait-elle ? Tout ça était beaucoup trop éprouvant pour Kennedy. Elle la prit contre elle et arrêta de marcher, et les autres firent de même, les yeux des hommes scrutant activement la foule. Seuls les yeux de Truman restèrent fixés sur sa fille chérie et Gemma.

— Elle est effrayée. C'est trop pour elle, dit Gemma.

Truman hocha la tête avec un air sérieux.

— Faites demi-tour.

Comme une armée, le groupe se retourna. Crystal ne fut pas aussi rapide à comprendre et Bear la tourna par les épaules et passa à nouveau son bras autour d'elle.

— Ça t'ennuie d'enlever ton bas ? dit Crystal.

Mais ses mots étaient pleins de sous-entendus sulfureux.

— Ouais, ça me dérange, dit Bear avec un sourire en coin. On rentre. Kennedy a peur.

— Oh.

Crystal se pencha en avant et regarda Gemma.

— Est-ce qu'elle va bien ?

— Oui. Je n'ai pas réfléchi. Elle n'est pas prête pour des foules de ce genre.

Gemma embrassa le front de Kennedy, la tenant fermement alors qu'ils retournaient vers leurs voitures.

— Un vonvon ou un sort ? demanda Kennedy.

— Tu veux toujours aller à la chasse aux bonbons, princesse ? demanda Truman.

Kennedy hocha la tête.

Gemma regarda Truman d'un air interrogateur alors que ce dernier contractait la mâchoire.

— Elle ne l'a jamais fait avant, lui rappela Gemma. Le prochain pâté de maisons est une rue résidentielle. On peut essayer quelques maisons et voir comment elle s'en sort. Elle est quand même excitée à l'idée d'avoir des bonbons, même si elle est nerveuse.

Gemma baissa la voix et chuchota :

— Parfois, il faut la laisser tenter sa chance. J'ai saisi la mienne, et regarde comment les choses ont tourné.

Un sourire étira les lèvres de Truman et il murmura :

— Et si ça l'effraie ?

— Regarde autour de toi, Tru. Elle a une armée familiale pour l'aider à se sentir en sécurité à nouveau.

Truman fit glisser son regard vers les hommes, un par un. Ils semblèrent communiquer par télépathie et, sans un mot, ils se dirigèrent vers la rue résidentielle.

Il s'avéra que ce que Kennedy voulait vraiment, c'était que Truman aille chercher des bonbons pendant qu'elle attendait sur le trottoir, encerclée en toute sécurité par le reste de leur groupe. Truman n'était jamais allé chercher des bonbons auparavant, mais cela ne l'empêcha pas de se tenir sur le perron d'une maison avec Lincoln dans les bras, surplombant tout un petit groupe d'enfants.

La femme plus âgée qui répondit à la porte jeta un coup d'œil à Lincoln et sourit à Truman.

— Je ne pense pas que ce petit gars ait encore assez de dents pour manger des bonbons. Vous êtes un peu vieux pour demander des bonbons ou un sort, non ?

— Est-on jamais trop vieux pour rendre ses enfants heureux ? dit-il en désignant Kennedy qui était confortablement blottie dans les bras de Gemma avec ses amis qui les encerclaient telles des sentinelles.

La dame lui tendit quelques barres chocolatées.

— Vous avez une belle famille. Joyeux Halloween.

Touché par sa remarque, Truman la remercia et rejoignit le reste de sa *famille*.

— Voilà, princesse.

Il ouvrit la main, dévoilant les barres chocolatées.

Kennedy écarquilla les yeux et prit les friandises.

— Encore ? demanda-t-elle en prononçant légèrement le *r*. Ils ont bonbons aussi ?

À l'unisson, ils nièrent tous avoir envie de sucreries et le sourire de Kennedy s'élargit un peu plus.

— À moi ?

— Oui, princesse. C'est pour toi, répondit-il, heureux et à la fois un peu inquiet qu'à son âge elle pense si vite aux autres.

Il repensa à cette nuit où il l'avait trouvée, quand Lincoln pleurait et qu'elle lui avait tapoté le dos, comme si elle savait que personne d'autre ne le ferait. Il se demanda si elle avait toujours d'abord pensé aux autres en premier parce qu'elle avait appris très jeune qu'elle devait s'occuper de Lincoln, de la même façon qu'il avait appris à s'occuper de Quincy. Même s'il adorait le fait qu'elle partage si facilement avec les autres, quand il imagina ce que sa vie avait dû être avant qu'il ne la trouve, il fut frappé par la tristesse.

Il l'aida à ouvrir la friandise et elle croqua un morceau.

— Encore ? demanda-t-elle à nouveau, la bouche pleine de chocolat et tout le monde rigola.

Après être allés frapper à d'autres portes, les autres se rendirent au bar pour une fête déguisée et Gemma et Truman ramenèrent les enfants à la maison.

Ils avaient oublié de laisser les lumières extérieures de l'appartement allumées. Truman ouvrit l'application lampe torche, illuminant l'allée autour du bâtiment. Il portait Kennedy d'un bras et avait posé sa main sur le dos de Gemma de manière protectrice.

Lincoln s'était rapidement endormi dans les bras de celle-ci.

— En tout cas, il était très mignon en Winnie l'ourson, dit-il en souriant à Gemma. Et tu étais la plus belle de toutes les princesses, enfin, sauf notre petite princesse à nous.

— Merci.

Elle s'arrêta de marcher et l'attira plus près pour l'embrasser.

— C'était tellement amusant. Je suis contente d'avoir pu partager le premier vrai Halloween des enfants avec toi.

— Moi aussi, chérie.

Il jeta soudain un coup d'œil par-dessus son épaule en apercevant du mouvement dans l'herbe. Se positionnant devant Gemma, il leva son téléphone, pointant la lampe torche vers l'obscurité, et son monde bascula.

Quincy était allongé face contre terre dans l'herbe.

— Reste là.

Les quelques mètres qui le séparaient de Quincy lui parurent être des kilomètres. Il s'agenouilla près de son frère, tenant toujours Kennedy. *S'il vous plaît, faites qu'il ne soit pas mort. Je t'interdis de mourir, putain.* Il fit rouler Quincy, attrapant rapidement son poignet pour sentir son pouls, sentant la pulsation lente sous ses doigts. *Dieu merci.* Il inspecta rapidement son frère inconscient, cherchant des coups de couteau ou des impacts de balles. *Merde.* Il ne savait même pas ce qu'il cherchait. Le nez et la bouche de Quincy étaient ensanglantés et son visage était meurtri sur le côté droit avec une entaille sur la pommette. Truman se leva.

— Mets les enfants dans la voiture, Gemma, ordonna-t-il d'un ton sec alors qu'il marchait, la main posée contre le dos de celle-ci, la faisant avancer, balayant la propriété du regard au cas où celui qui avait agressé Quincy soit tapi dans l'ombre.

— Qu'est-ce qu'il s'est passé ? Il faut qu'on appelle la police ?

La peur dans sa voix était palpable.

Elle regarda par-dessus son épaule et Truman se positionna derrière elle, lui bloquant la vue. Il ne voulait pas que toute cette horreur s'approche d'elle et des enfants. Son putain de frère avait ramené son cauchemar sur le pas de sa porte et il n'avait aucune idée de ce qui pourrait suivre.

— Pas de police. Si j'ai la moindre interaction avec la police, je dois le signaler et je n'ai pas eu une seule remarque sur mon dossier depuis ma sortie de prison. Je l'emmène à l'hôpital.

Il plaça Kennedy dans le siège auto, puis prit Lincoln des bras de Gemma, qui semblait trop abasourdie pour se concentrer, et l'attacha.

Il composa le numéro de Bear et colla le téléphone à son oreille tout en ouvrant la porte côté conducteur pour Gemma.

— Oui frérot ? répondit Bear.

— J'ai besoin de toi.

— J'arrive.

— Truman ! l'appela Gemma. Parle-moi. Pourquoi est-ce qu'on s'en va ? Est-ce que Quincy va bien ? Qu'est-ce qu'il s'est passé ?

Il la regarda droit dans les yeux et essaya de ralentir, alors que son cerveau tournait à plein régime, pour répondre à ses questions, car elle méritait de savoir.

— Je ne sais pas ce qui s'est passé ni pourquoi Quincy est là. Tout ce que je sais, c'est qu'il respire, mais qu'il a été gravement battu et est inconscient. Il faut que je l'emmène à l'hôpital. Mais si c'est une affaire de drogue qui a mal tourné, celui qui a fait ça peut toujours revenir. Je veux que toi et les enfants soyez en sécurité – et vous ne pourrez pas l'être, tant que je ne saurai pas ce qu'il s'est passé. Je ne sais même pas si quelqu'un est entré dans l'appartement ou pas.

— OK. Oh mon Dieu, Truman. Et toi ? Et si quelqu'un est là ?

Elle regarda autour du jardin.

— J'espère que Quincy va bien.

— Moi aussi. Mais il faut que tu y ailles.

Elle le serra rapidement dans ses bras.

— Je vais partir, mais il me faut les affaires des enfants.

Deux phares de voitures illuminèrent soudain l'allée. Les SUV de Bear et Bullet s'arrêtèrent en dérapant et ils ouvrirent grand les portières. Bear, Bullet, Bones, Dixie et Crystal traversèrent le parking et cette dernière s'avança droit vers Gemma.

Truman expliqua la situation aux autres aussi vite qu'il put. Bones alla aider Quincy. Gemma expliqua à Bear ce dont elle avait besoin et il partit chercher le tout dans l'appartement.

— Gemma, je sais que tout ça est effrayant, mais il faut que je retourne auprès de Quincy pour l'amener à l'hôpital et je ne peux pas le faire tant que je ne suis pas certain que toi et les enfants allez bien. S'il te plaît, va-t'en.

Elle regarda autour d'elle d'un air apeuré et acquiesça.

— S'il te plaît, fais attention.

— Ne t'inquiète pas, bébé. Je t'aime et je suis terriblement désolé.

Il jeta un coup d'œil vers les enfants dans la voiture, ayant le sentiment de retrouver cet enfer dans lequel il avait grandi. Il était *hors de question* qu'il les laisse tomber. Pas ce soir. Jamais. Toute cette merde allait se terminer ici et maintenant.

CHAPITRE VINGT

GEMMA ET LES FILLES mirent les enfants au lit dans son appartement, avec Kennedy sur le lit et Lincoln dans le parc que Bear avait apporté peu après leur arrivée. Gemma était très nerveuse. Elle s'inquiétait pour Truman et Quincy et ne se sentait pas du tout dans son élément. Elle fit les cent pas dans le salon alors qu'un million de questions se bousculaient dans son esprit.

— Je n'ai jamais vécu quelque chose comme ça avant, expliqua-t-elle sans s'adresser à quelqu'un en particulier.

Levant les yeux vers Bear, qui était assis sur le canapé à côté de Dixie, les coudes sur les genoux, elle lui demanda :

— Est-ce que c'était comme ça quand il était enfant ? Est-ce que les enfants seront en sécurité là-bas ? Est-ce que Truman est en sécurité ?

Crystal essaya de lui faire un câlin, mais Gemma la repoussa.

— Désolée, dit-elle à Crystal. Je suis trop nerveuse pour rester immobile.

Bear la regarda d'un air sérieux.

— Truman sait ce qu'il fait. Il a déjà vécu ça avec sa mère.

— Sa mère, répéta-t-elle, ressentant un mélange de tristesse et de colère. Je devrais être là avec lui. Il doit avoir si peur pour Quincy.

— Bones est avec lui, la rassura Bear. La meilleure chose que tu puisses faire c'est de rester ici avec les enfants. Il serait mort d'inquiétude si vous n'étiez pas en sécurité. Il m'a déjà envoyé un message pour s'assurer que je ne te laisse pas retourner à l'appartement. Comme si j'allais le faire, se moqua-t-il. Nous ne saurons pas vraiment ce qui se passe tant que nous n'aurons pas de ses nouvelles. Bullet est là-bas pour surveiller. Rien n'a été touché à l'intérieur, et il n'y avait aucun signe d'effraction, ce qui est bien.

Elle vérifia son téléphone, mais il n'y avait aucun message de Truman.

— Il t'a envoyé un message ? demanda-t-elle sans pouvoir cacher cette douleur dans sa voix.

— Des textos de chien de garde, dit Dixie. C'est comme ça que mes frères les appellent. C'est ce qu'ils font quand ils n'ont pas le temps de parler, mais qu'ils veulent s'assurer que tout le monde va bien.

Bear se leva du canapé et lui montra le message de Truman. *Je les aime, mec. Surveille-les comme si c'était les tiens. Garde-les loin de l'appartement jusqu'à ce qu'on sache ce qui se passe.*

Elle leva les yeux vers Bear, avec l'impression de flotter en mer sans avoir de radeau.

— Je ne sais pas comment gérer la situation. Ni comment vivre de cette façon.

Elle pensa aux enfants, et la peur la saisit.

— Tu n'es pas obligée, lui assura-t-il. Mais nous, oui. Et aucun d'entre nous ne te mettra jamais en danger, toi ou les enfants.

Elle regarda Crystal, qui lui dit :

— Je le crois. Il est tactile, et il est possessif avec ce qui ne lui appartient pas, mais je le crois.

Bear rigola.

— Ma belle, tu ne sais *pas encore* à quel point je peux être tactile.

— Et dire que tu as peur que Crow m'approche, se moqua Dixie. *Pitié.*

Elle passa un bras autour de Gemma et l'emmena vers le canapé, s'asseyant à côté d'elle.

— Gemma, Truman est l'un des hommes les plus loyaux et bons que je connaisse. Je sais que c'est difficile de faire la distinction entre *lui* et tout ce qui s'est passé ce soir, surtout en étant aussi bouleversée. Mais souviens-toi que Truman n'a jamais pris de drogue. Il a passé sa vie à protéger Quincy, et a payé un lourd tribut pour le faire. Il ne sait pas comment mettre fin à tout ça, peu importe à quel point il t'aime. Et il t'aime vraiment. Cet homme est tellement amoureux de toi qu'il t'a construit une chambre et une cabane avec des draps. Mais, en vérité, il faut que tu creuses un peu tout ça et que tu te demandes si tu l'aimes assez pour faire face aux problèmes de drogue de Quincy. Parce que ce qu'il vient de se passer ce soir pourrait se reproduire. Peut-être pas, mais ça pourrait, et tu es la seule à pouvoir décider si c'est trop dur à gérer pour toi ou non.

TRUMAN FRAPPA À la porte de l'appartement de Gemma, le regard fatigué et l'air épuisé. Il était sept heures et demie du matin et il n'avait pas dormi de la nuit. La porte s'ouvrit en grand et Gemma se jeta dans ses bras. Il lui avait envoyé un message quelques heures plus tôt pour l'informer que Quincy était sorti d'affaires et sa réponse simple – *Tant mieux. Je*

t'aime – l'avait réconforté. Mais ce n'était rien comparé au fait de serrer la femme qu'il aimait dans ses bras.

— J'étais si inquiète.

Elle embrassa ses joues, ses lèvres, puis à nouveau ses joues.

Il profita de chaque seconde d'attention qu'elle lui accordait, sentant que son monde qui avait basculé se redressait progressivement.

— Salut, ma belle.

Il frotta son nez contre le sien, ayant autant besoin de leurs marques d'affection secrètes et silencieuses que de celles plus verbales.

— Tu m'as manqué.

— Toi aussi. Est-ce que ça va ? Est-ce que Quincy va bien ?

Elle examina son visage et il savait qu'il avait une mine terrible. Il s'était également senti terriblement mal jusqu'à ce qu'elle soit dans ses bras. Désormais, il était épuisé, mais se sentait mieux.

— Ouais. Allons à l'intérieur, je vais mettre tout le monde au courant.

Il tomba sur Dixie qui était assise à table avec Lincoln sur ses genoux et Bear sur le canapé, la tête appuyée contre le coussin, les yeux fermés. Il se pencha en avant et embrassa Lincoln alors que Bear se levait.

— Tout va bien ? demanda Bear, le serrant brièvement dans ses bras.

— Ouais.

Truman regarda autour de lui.

— Où est Kennedy ?

— Touman !

Kennedy courut dans le couloir avec Crystal sur ses talons. Elles avaient toutes les deux une queue de cheval qu'elles avaient attachée avec un gros nœud rose.

Il prit Kennedy dans ses bras et la serra fort.

— Elle a la même passion que Gemma pour les froufrous, dit Crystal en secouant la tête, balançant sa longue queue de cheval noire de gauche à droite.

Kennedy se tortilla pour se dégager de son étreinte et alla vers Bear, libérant Truman qui put à nouveau enlacer Gemma.

— Merci pour tout, les gars.

Crystal posa la main sur sa hanche et lui lança un regard appuyé.

— De rien, mais on ne partira pas d'ici tant qu'on n'aura pas eu les détails croustillants.

— C'est ce que je me suis dit, mais il faut d'abord que je m'assoie. Je suis crevé.

Il s'enfonça dans le canapé, attirant Gemma à ses côtés, et se pinça l'arête du nez comme s'il ne savait pas par où commencer.

— Quincy est en cure de désintoxication, dit-il finalement.

— Ah oui ? demandèrent Gemma et Bear en même temps.

— Il a touché le fond.

Jetant un coup d'œil vers Kennedy, il choisit ses mots avec soin.

— Il devait de l'argent à un type. Il a de la chance qu'ils ne l'aient pas...

Il n'avait pas envie d'employer le terme *tuer* devant Kennedy. Il avait enfin espoir que Quincy se reprenne en main et devienne ce frère qu'il était destiné à être, selon Truman.

— Ils savent où tu habites ? demanda Bear.

Truman secoua la tête.

— Ils l'ont jeté par-dessus un pont. Il a marché onze kilomètres pour arriver jusqu'à chez moi et s'est effondré.

— Donc, on ne risque rien si l'on retourne chez toi ? demanda Gemma avec hésitation.

— Non, mais je vous en parlerai une fois que je me serai reposé.

— OK, répondit-elle, lui caressant la main avec un sourire.

Cette simple marque d'affection le réchauffa de la tête au pied.

— Est-ce qu'on l'a forcé à faire cette cure de désintoxication ? demanda Bear.

— Non, il y est allé de son plein gré. À vrai dire, c'était son idée. Il a dit qu'il y pensait depuis que je l'ai chassé quand il est venu au garage, expliqua-t-il en serrant la main de Gemma. Il peut partir quand il veut, mais c'est un programme de trente jours avec la possibilité de l'étendre à quatre-vingt-dix s'il en a besoin.

— Mec, comment fais-tu pour financer ça ? demanda Bear.

— À quoi ça sert d'avoir de l'argent si tu ne t'en sers pas pour aider ta famille ?

Il s'était servi de ses économies et, même s'il allait devoir travailler deux fois plus, il trouverait un moyen d'aider son frère.

— Je comprends, répondit Bear en touchant le bras de Crystal. Viens, ma beauté. Laissons-leur un peu d'intimité.

— Je ne suis pas ta beauté, s'agaça Crystal.

Bear gloussa. Et Crystal serra Gemma dans ses bras.

— Est-ce que vous voulez que je prenne les enfants avec moi pendant quelques heures pour que vous puissiez vous reposer ?

— Non, dit Gemma. Je pense que Truman a besoin de les avoir à ses côtés.

Elle le connaissait trop bien.

— Merci quand même, Crystal. C'est gentil.

Il la serra contre lui, puis prit Lincoln des bras de Dixie.

— Merci à tous d'être restés et de nous avoir aidés.

Dixie lui fit un câlin.

— Pas de problème. Et idem pour le babysitting. Si vous avez besoin de moi, je ne suis pas loin.

— Merci, Dix.

Une fois tout le monde parti, Truman s'affala sur le sol, Lincoln assis entre ses jambes et Gemma à côté de lui.

— Comment est-ce que tu te sens vraiment ? lui demanda-t-elle gentiment.

Il regarda Kennedy jouer avec ses jouets et observa le petit poing de Lincoln enroulé autour de son index.

— Je suis soulagé et plein d'espoir, mais je sais aussi comment ça se passe avec les drogués. Ils peuvent avoir *envie* d'être clean pour qu'ensuite, en un clin d'œil, ils chassent à nouveau le dragon.

— Je n'ai jamais rien vécu de tel. J'étais assez terrorisée hier soir. Est-ce que c'est ce genre de choses que tu as dû vivre étant enfant ?

Elle s'agenouilla et passa un bras autour de ses épaules.

Il avait tellement envie et besoin de son contact, c'en était presque gênant.

— Je suis désolé, chérie. Je ne supporte pas que toi et les enfants vous ayez eu à subir ça. Quand nous étions plus jeunes, je me focalisais tellement sur Quincy que tout le reste était flou. Aller à l'école était un soulagement et, quand je rentrais chez moi, c'était un cauchemar. La nuit dernière, quand j'ai vu Quincy étendu sur le sol, j'ai eu l'impression de revenir en arrière, quand je trouvais ma mère évanouie après l'école ou que je rentrais et que la maison était vide, car elle ne revenait parfois que des *jours* plus tard.

Il prit son visage entre ses mains et lui dit :

— Je ne veux plus jamais que les enfants ou toi soyez à nouveau témoins de ce genre de chose. Si Quincy ne devient pas clean, je lui montrerai qui fait la loi ici et il ne reviendra pas.

Elle secoua la tête, l'air sérieux.

— Tu ne peux pas faire ça, parce que même s'il n'est pas prêt tout de suite, il le sera peut-être un jour. Et si tu n'es pas là pour l'aider, il n'aura aucun endroit où aller.

— Bon sang, Gemma. Qu'ai-je fait pour te mériter ?

— Je me pose la même question à ton sujet, Tru. Dixie m'a dit des choses qui m'ont vraiment fait réfléchir sur nous deux hier soir. Je ne veux rien changer chez toi. J'étais honnête quand j'ai dit que j'étais terrorisée et j'ai tout remis en question durant une partie de la nuit, car je n'ai jamais côtoyé quoi que ce soit qui ressemble de près ou de loin à de la drogue ou l'alcoolisme ou même des motards.

Elle fit une pause et se mordilla la lèvre inférieure, lui nouant immédiatement l'estomac.

— Mais je n'ai jamais été aussi heureuse ni ne me suis sentie aussi aimée de toute ma vie que quand je suis avec toi. Et j'aime tes enfants et je sais que quand nous sommes ensemble nous sommes en sécurité. Tu t'es occupé de nous avant de prendre soin de ton propre frère. Je ne sais pas comment réagir face à ce que traverse Quincy, mais toi tu ne savais pas comment élever des enfants. Je pense que si nous nous sommes trouvés, c'est qu'il y a une raison et je sais que tu m'aideras à comprendre comment réagir avec Quincy si nous en arrivons là.

Lincoln tapota la jambe de Truman et ils regardèrent tous les deux son visage doux et souriant.

— Tu vois ? dit-elle. Lincoln aussi croit en nous.

— Viens là, ma chérie.

Il la tint plus près.

— Je suis tellement heureux d'être enfin à la maison.

— Mais nous sommes dans mon appartement, rétorqua-t-elle. Nous ne passons jamais du temps ici.

— Ce sont toi et les enfants qui me faites me sentir à la maison, Gem. Quel que soit l'endroit où vous êtes, c'est là que j'ai envie d'être.

Elle pressa ses lèvres contre les siennes dans un tendre baiser.

— J'ai pensé à mon appartement toute la nuit. Je ne crois pas que ce soit risqué qu'on y vive, mais je veux que tu te sentes en sécurité, peu importe où tu es. Donc si tu préfères ne pas rester là-bas, je comprendrais.

— Je sais que tu ne nous mettrais jamais en danger, les enfants et moi, alors ça ne me dérange pas d'y rester si tu penses que nous y sommes en sécurité. Et puis – elle baissa la voix pour chuchoter – les murs de cet appartement renferment les souvenirs de nos nuits secrètes et torrides et de tout ce qui nous amenés là où nous en sommes dans notre relation. Et les peintures sur les voitures dans la casse racontent l'histoire de ta vie, ce qui, je le sais, compte beaucoup pour toi, même si tu les as peintes avec l'intention de ne jamais regarder en arrière. Je ne peux pas imaginer ne pas être là-bas.

CHAPITRE VINGT ET UN

GEMMA ET CRYSTAL étaient assises à une table à l'arrière de la boutique et passaient en revue le programme des événements de la semaine suivante, mais Gemma avait du mal à se concentrer. Cela faisait un peu plus de deux semaines que Quincy était entré en cure de désintoxication, et Truman s'était arrangé pour que Dixie garde les enfants afin qu'il puisse lui rendre visite cet après-midi. Il n'avait pas beaucoup parlé de Quincy depuis le soir d'Halloween, et il avait été tellement occupé à finir de peindre la chambre que Gemma se demandait s'il ne faisait pas exprès de se laisser du temps pour ralentir et réfléchir. Les soirs où elle travaillait tard, elle l'avait trouvé dans la casse en train de peindre des images sombres et orageuses à nouveau. Elle savait qu'il luttait, mais quand elle essayait de lui en parler, il semblait avoir le souffle coupé. Il ne la repoussait pas. Il n'avait simplement pas grand-chose à lui dire à part : *Reste plus qu'à attendre. Seul le temps nous le dira. C'est à lui de décider, maintenant.* Elle avait le sentiment que cela le tuait de ne pas pouvoir intervenir et de terminer *lui-même* la rééducation de son frère pour garantir une issue positive, et ça lui brisait le cœur.

— Je me disais qu'on pourrait commander des gâteaux en forme de pénis, dit Crystal.

— Mmh mmh.

Elle espérait que la visite de Truman au centre se passerait bien et aurait aimé qu'il l'autorise à l'accompagner, mais il voulait la protéger *des poisons de l'addiction*.

— J'ai couché avec Truman.

— Mmh mmh, dit Gemma distraitement.

Crystal l'attrapa par les épaules et la secoua.

— Meuf ! Réveille-toi !

Gemma secoua la tête pour s'éclaircir les idées.

— Quoi ? Désolée. Je pensais à la visite de Truman au centre de Quincy.

— Eh bien, tu viens d'approuver des cupcakes en forme de pénis pour la fête de Cunningham, et ça ne semblait pas te déranger que j'aie couché avec ton petit ami.

— Quoi ?

Ses yeux faillirent lui sortir de la tête.

— Tu n'as pas fait ça !

— Bien sûr que non, mais j'aimerais bien avoir *quelque chose* à confesser, parce que tu étais complètement ailleurs là.

Elle poussa le calendrier jusqu'au centre de la table.

— Tu veux en parler ?

Gemma soupira.

— Il n'y a rien à dire. Je suis juste inquiète pour lui. Ça compte tellement pour lui, et j'espère juste que Quincy ne le laissera pas tomber.

— C'est un grand garçon. Si Quincy déconne, il ira de l'avant, comme il l'a fait par le passé depuis que Quincy se drogue, non ?

— J'imagine, mais je ne supporte pas qu'il puisse souffrir.

— C'est parce que tu l'AI-MES, dit Crystal en regardant rêveusement le plafond. Tu es tombée amoureuse, et mainte-nant tu souffres quand il souffre. C'est comme ça que ça se passe, tu sais.

— Je le sais, Crys. Je l'aime vraiment, sincèrement. Et j'aime ses enfants comme si c'était les miens. Et tu veux savoir la meilleure ?

Gemma n'attendit pas sa réponse.

— Il m'aime tout autant. C'est fou ! Il incarne toute cette gentillesse et cet amour que j'ai espérés toute ma vie, le tout enveloppé dans une délicieuse créature. Et il est tout *à moi*.

Son téléphone portable sonna, interrompant ses pensées. Truman était censé être au centre de désintoxication dans dix minutes. Il s'était tellement inquiété que Quincy parte plus tôt ou refuse de le voir qu'elle espérait qu'il n'appelait pas avec de mauvaises nouvelles. Elle sortit son téléphone de sa poche et gémit quand « Maman » apparut sur l'écran.

— Tu ne lui as toujours pas dit ?

Gemma posa le téléphone sur la table.

— Non, et je ne peux pas le faire maintenant. Je suis trop stressée.

Crystal prit le téléphone et le lui tendit.

— Alors c'est le moment idéal, parce que, de toute façon, tu ne passes pas une bonne journée, alors autant qu'elle la gâche jusqu'au bout.

— Mon Dieu, je déteste quand tu es logique.

Elle prit le téléphone et s'avança vers la réserve en répondant à contrecœur.

— Salut.

— Gemaline, ma chérie. As-tu trouvé une robe pour la collecte de fonds ?

Gemma aurait dû avoir l'habitude que sa mère ne lui demande pas comment elle allait et lui pose directement des questions sur la collecte de fonds, mais, même après vingt-six ans, son manque d'intérêt lui faisait toujours aussi mal.

— Je vais bien. Je suis pas mal occupée avec le travail. Merci de poser la question, dit-elle malgré le désintérêt de sa mère. J'ai trouvé une très belle robe. Comment vas-tu ?

Elle poussa les portes de l'entrepôt et fit les cent pas, se préparant à la longue liste d'événements auxquels sa mère avait assisté dernièrement. Elle pouvait toujours rêver pour que sa mère lui dise ce qu'elle ressentait ou qu'elle lui manquait.

— Je vais bien. Papa et moi sommes allés à San Diego pour une retraite avec les Merbanks et le spa était magnifique…

Gemma l'écouta pendant bien cinq minutes avant de couper la parole à sa mère.

— Maman, je suis désolée de t'interrompre, mais je suis au travail donc…

— Oh, ma chérie. Je suis désolée. J'ai oublié que tu tenais cette boutique pour petite fille.

— Une boutique de princesse.

Cela aurait été bien pour une fois d'entendre que sa mère était fière de ce qu'elle avait accompli au lieu de s'en moquer. Elle avait un compte en banque sur lequel sa mère lui versait de l'argent, de la même façon que les parents normaux faisaient des câlins, mais pour Gemma, c'était de l'argent sale. *L'argent de son sugar daddy.* Gemma avait travaillé durant ses études et avait économisé presque chaque centime pour pouvoir ouvrir la boutique.

— Oui, eh bien tu n'aurais pas été obligée de faire ce travail si tu étais sortie avec l'un des célibataires avec qui j'ai essayé de te caser au fil des ans.

Le fameux rendez-vous annuel avec des gars coincés. Gemma prit une grande inspiration et lui dit :

— Justement à propos de ces types, Maman, ne fais pas ça

cette année, s'il te plaît. Je vois quelqu'un en ce moment et je préférerais ne pas avoir à repousser un autre de tes amis.

— Tu vois quelqu'un ? Est-ce que c'est sérieux ? Qu'est-ce qu'il fait dans la vie ? Est-ce que je le connais ?

— Oui, c'est sérieux. C'est un mécanicien et non, tu ne le connais pas.

Dieu merci, sinon tu risques de le faire fuir.

— Excuse-moi, chérie, tu veux dire un ingénieur en mécanique ? demanda-t-elle, pleine d'espoir.

Gemma leva les yeux au ciel.

— Non, Maman. Un *mécanicien*, il répare des voitures, quoi.

Sa mère se tut et Gemma imagina les rouages manipulateurs dans sa tête en train de grincer, cherchant un moyen de tirer sa fille des griffes d'un mécanicien.

Gemma fit les cent pas jusqu'à ce que le silence devienne insupportable. Réprimant cette douleur qu'elle détestait ressentir quand sa mère désapprouvait quelque chose, elle dit :

— Est-ce que tu as besoin d'autre chose ?

— Oh, Gemaline, tu sais très bien à quoi tu joues.

Son accusation était claire et nette.

— De quoi tu parles, Maman ?

Elle ne parvenait pas à contenir son agacement.

— Tu te rebelles. Comme avec ta petite entreprise. Tu essaies de… de… *me faire du mal.*

— *Te faire du mal* ? s'exclama Gemma en levant les yeux au ciel.

— Tu as toujours essayé de prouver ton indépendance en rejetant ce qu'il y avait de mieux pour toi.

— Maman, j'ai un scoop pour toi. J'ai vingt-six ans. Je n'ai rien à prouver à personne à part à moi-même. Et j'ai déjà prouvé que j'étais intelligente, compétente et… – *mais pourquoi est-ce que je t'explique tout ça bon sang ?* – Il faut que je retourne travailler, termina-t-elle.

— Est-ce que ce « mécanicien » a un prénom ?

Elle avait prononcé le mot « mécanicien » comme s'il s'agissait d'une maladie.

Ravalant l'envie de réprimander sa mère pour avoir pris cet air dégoûté, elle lui rétorqua :

— Mon petit ami s'appelle Truman Gritt et, s'il te plaît, Mère, la prochaine fois que tu dis ce qu'il fait dans la vie, évite de le dire comme si c'était un gros mot. Tu aurais peut-être dû prendre ces leçons d'étiquette *essentielles* avec moi.

— Gemaline, est-ce une façon de parler à ta mère ?

Elle ferma les yeux, s'efforçant d'être plus gentille que ce que méritait sa mère. *J'ai appris de la plus méchante – pardon, de la meilleure.*

— Je suis désolée, mais Truman est important pour moi et j'aimerais que tu lui montres le même respect que tu attends de moi envers Warren.

— *Papa,* la corrigea-t-elle.

Cet homme n'avait jamais été un père pour Gemma, même s'il n'était pas aussi affreux avec elle que l'était sa mère. Il était rarement présent mais, quand c'était le cas, il n'était pas désagréable. Il avait l'air d'un riche, le genre qui garde ses dollars près de lui, bien au chaud, ne prononçant que quelques mots de temps en temps.

— Warren, Mère. Mon père s'est suicidé. Tu te souviens de mon vrai père quand même ?

Elle savait qu'elle agissait comme une garce, mais sa mère l'agaçait profondément.

Il y eut un silence et, quand sa mère prit enfin la parole, sa voix était presque triste.

— Oui, évidemment. Il a décidé de nous quitter, Gemaline.

Serrant le poing, elle refusa d'emprunter le chemin des souvenirs en pleurant avec la femme qui n'avait pas été là quand elle avait dû prendre cette voie douloureuse pour la première fois.

— Oui. Mais c'était quand même mon père. Comme je l'ai dit, essayons de rester civilisées quand nous parlons de nos conjoints.

— Oui, chérie. Est-ce que ce… *Truman* vient à la collecte de fonds ?

Même pas en rêve.

— Non. Il n'y aura que moi.

— Quel genre d'homme laisse sa petite amie assister à un événement de cette envergure seule ?

— Le genre qui doit s'occuper de ses enfants. Il faut que j'y aille, Maman. On se voit la semaine prochaine.

Elle mit fin à l'appel, tout en sachant que sa mère allait pester contre son dernier commentaire, mais elle s'en fichait. Elle vérifia sa montre, soulagée de voir que c'était l'heure de la fermeture et sortit en trombe de la réserve.

— *Luscious Licks. Tout de suite*, dit-elle en prenant son sac à main.

Crystal prit le sien et leva le poing en l'air.

— T'as les nerfs et il faut que tu te goinfres. J'adore !

Gemma lui jeta un regard impassible, s'efforçant de camoufler un sourire face au soutien de son amie.

— Eh ben, t'es heureuse de me voir souffrir…

— Ben…

Après un moment de silence, elles éclatèrent toutes les deux de rire et scandèrent :

— À table !

Avant de prendre la porte et d'enterrer cette terrible conversation téléphonique sous des kilomètres de crème glacée.

TRUMAN RESTA TOTALEMENT IMMOBILE pendant qu'on le fouillait au centre de désintoxication. Son cœur battait si fort dans sa poitrine qu'il était persuadé que le gars qui le fouillait le suspectait de cacher quelque chose. L'envie de fuir était si forte qu'il serra les poings, essayant d'évacuer la frustration et il se rappela qu'il faisait ça pour Quincy.

— C'est bon. Vous pouvez y aller.

Truman suivit une femme dans un couloir stérile. Il se focalisa sur ses pieds, comptant ses pas, parce que, s'il ne le faisait pas, il avait peur de se retourner et de partir. Le processus lui rappelait trop ses années de prison. Il se répéta qu'il était là de son plein gré. Bon sang, tout le monde l'était. Personne ici n'était prisonnier.

Sauf de leurs addictions.

Mon addiction à moi, c'est Quincy.

Il entra dans une petite pièce confortable qui ressemblait à un salon. Il survola du regard le canapé contre le mur du fond et vit une table et des chaises à sa droite. Tout se mélangeait, comme les pensées qui traversaient son esprit alors qu'il faisait les cent pas. Quand la porte s'ouvrit, il s'arrêta, levant les yeux vers son frère. Une vague d'appréhension le traversa, rapidement suivie par le soulagement qu'il aurait dû ressentir lorsqu'il avait annoncé à qui il rendait visite. Mais il avait été trop stressé pour ralentir et apprécier le fait que Quincy était toujours là. Sa plus grande peur était que son frère abandonne et sorte de la cure de désintoxication avant même d'avoir terminé le programme.

Quincy n'était plus couvert de saleté et de crasse. Sa peau était marquée de bleus qui avaient jauni, et l'entaille sur sa joue était presque cicatrisée. Ses cheveux étaient éclatants après avoir été fraîchement lavés, tombant juste au-dessus de ses épaules et couvrant son œil. Truman ne s'était pas préparé à l'émotion débordante qui l'envahit soudain à la vue de son frère qui ressemblait à, eh bien, à son frère. Il fit un pas en avant, ouvrant les bras à l'homme dont les yeux bleus, ternes et torturés lui intimaient de garder ses distances, tout comme son langage corporel, chose que Truman choisit d'ignorer.

— Quincy.

Son frère fit un pas en arrière, soutenant le regard de Truman et lui envoyant un message clair. Truman laissa tomber les bras sur les côtés, tandis que la déception, la tristesse et la colère s'abattaient sur lui.

Quincy tira une chaise et se laissa tomber dessus. Truman fit de même, prenant le temps de regarder son frère de plus près. Le temps jouait des tours à l'esprit. Durant toutes ces années en prison, il avait gardé en tête l'image de Quincy à l'âge de treize ans. Il s'y était accroché comme à une couverture de survie. Comme si, en croyant qu'il resterait gentil, bon et *clean*, ses vœux se réaliseraient. Mais les murs, les barreaux et les kilomètres avaient créé une vaste mer infranchissable, et une partie de chacun d'eux s'était noyée entre. Quincy n'était plus ce petit garçon-là – ou peut-être même plus la même personne. C'était un homme, avec de la barbe le long de sa mâchoire forte, l'ombre de bien trop de drogues marquant son beau visage, et des traces de piqûres sur les bras. Il avait presque vingt ans, pas beaucoup plus jeune que Truman quand il avait été traîné jusqu'en prison.

— Surpris ? dit Quincy.

Il n'avait jamais été doué pour cacher ses émotions. Truman se racla la gorge, cherchant quelque chose à dire. Il avait parlé à la conseillère de Quincy et on lui avait recommandé de ne pas parler de drame familial, d'argent, d'avenir ou de tout autre chose qui pourrait être stressante pour lui. Elle lui avait expliqué que Quincy avait besoin de vivre « dans le moment présent » et qu'une anxiété supplémentaire nuirait à son rétablissement.

— Non. Je ne suis pas surpris, mentit-il, et Quincy leva un sourcil. OK, ouais. Je suis surpris. Je ne sais pas vraiment comment c'est censé se passer.

— Et tu crois que moi oui ? dit Quincy en passant une main dans ses cheveux, regardant ailleurs, les muscles de sa mâchoire se contractant. Mec, cet endroit craint.

Il se leva et fit les cent pas.

Truman se leva avec lui, le regardant aller et venir dans la pièce comme un tigre en cage, ses cheveux recouvrant son visage.

— Je suis fier que tu aies fait ça. Fier de toi.

Quincy ricana.

— Fier de moi ? Je n'ai pas besoin de ton approbation.

— Ce n'est pas ce que je voulais dire.

Il ne voulait pas tout foutre en l'air, mais il ne savait pas comment réagir à la remarque de son frère.

— Je voulais dire que je sais que ce n'est pas facile.

— Ma vie n'a jamais été facile que je sache, rétorqua-t-il en levant des yeux furieux vers Truman.

— Je ne voulais pas dire…

— À t'entendre, tu ne *penses* jamais ce que tu dis, n'est-ce pas ? dit Quincy en traversant la pièce en trombe, s'arrêtant à quelques centimètres de lui. « Ne dis pas un mot, Quincy ».

Un frisson parcourut l'échine de Truman en entendant ses propres mots lors de cette nuit fatidique qui lui avaient été jetés au visage. Les mots qu'il avait employés pour réconforter Quincy. Les mots qui l'avaient envoyé en prison.

— « Tu ne porteras pas le chapeau, Quincy. Je m'en occupe », continua ce dernier en serrant les dents. Tu t'en es bien tiré. Six ans à être nourri et logé. Six ans à ne *pas* être obligé de voir ta mère se faire baiser par tous les crétins de la terre.

— Quincy, tu ne peux quand même pas croire que c'était mieux d'être en prison que de…

— Ah bon ?

Quincy traversa rapidement la pièce, les épaules en avant.

— Tu crois que c'était mieux de se retrouver avec une pipe à crack à treize ans ?

— Tu aurais pu…

Quincy se retourna, se dirigeant rapidement vers Truman qui fit un pas en arrière. C'était exactement ce que la conseillère avait dit d'éviter. Il avait encore réussi à lui faire péter un plomb en le contrariant.

— Quoi ? Qu'est-ce que je pouvais faire à treize ans ? Appeler les services sociaux et aller en famille d'accueil alors que tu as passé des années à me dire que ce n'était pas la bonne solution ? Tu étais ma *forteresse*. Mon guide. Tu as *fait en sorte* que je me repose sur toi, mec, et tu as fait du si bon travail que, quand tu es parti, j'étais perdu, putain. J'aurais suivi Satan jusqu'en enfer.

L'air quitta ses poumons. La pièce vibrait à cause des démons de leur passé, bien vivants et les griffant, les dressant l'un contre l'autre.

— J'essayais de t'aider, dit-il d'un ton sec. Je n'étais pas censé être condamné. Tu étais là. Tu as entendu ce qu'a dit l'avocat commis d'office. J'étais censé m'en sortir et prendre soin de toi, comme je l'ai toujours fait. Tu *sais* qu'elle a menti à la barre.

Cela le tuait de savoir qu'il ne connaîtrait jamais la raison qui l'avait poussée à mentir et l'envoyer en prison, mais ce n'était pas à Quincy de porter cette croix.

Le regard silencieux de ce dernier était tranchant comme un couteau.

Truman baissa la voix.

— Tu connais la vérité, mec. Tu es le seul sur cette putain de terre à connaître la vérité.

— J'étais obligé de le tuer, lâcha-t-il en détournant le regard. Il l'aurait tuée, sinon.

Ç'aurait peut-être été mieux. Truman sentit son cœur se briser, et un sentiment de culpabilité se déversa en lui pour avoir eu cette pensée haineuse. Puis il réalisa immédiatement que si sa mère était morte à ce moment-là, Kennedy et Lincoln ne seraient jamais nés. Il poussa un juron, car il aurait aimé ne pas avoir eu cette idée. Il aimait ces gamins.

Refoulant ces réflexions, il se concentra sur son frère qui se tenait devant lui.

— La seule chose à laquelle je pensais, c'était que si tu avais été là, tu l'aurais tué.

Ses paroles étaient empreintes de venin.

— J'ai fait ce que je sais que tu aurais fait pour protéger Maman, malgré tout ce qu'elle représentait. J'ai fait ce que tu n'as cessé de me répéter en bourrant mon putain de crâne. *Protège ta famille.*

— Tu as fait ce que tu avais à faire.

J'aurais aimé le faire à ta place. Peut-être qu'alors tu n'aurais pas été si mal en point, putain.

— Je pensais qu'ils allaient te juger en tant qu'adulte. Je ne pouvais pas supporter de t'imaginer en détention juvénile. Tu n'étais qu'un enfant, et tu étais un gentil gamin, plus intelligent que tous ceux que je connaissais, mais quand j'ai réalisé qu'ils ne t'auraient pas jugé comme un adulte, il était trop tard. Mais on ne sait pas si Maman ne t'aurait pas baisé comme elle l'a fait avec moi, et je n'aurais pas pu le supporter. Sache que je ne ferais jamais rien pour te faire du mal. *Jamais.* J'emporterai notre secret dans ma tombe pour te protéger.

— Je ne peux pas échapper à cette culpabilité, mec. Elle est toujours là. Quand je me regarde dans le miroir, je déteste la personne que je vois. Ta vie est foutue à cause de moi, fulmina Quincy.

Truman l'attrapa par les bras, le suppliant d'entendre la vérité.

— Non, Quincy. Ma vie était foutue à cause *d'elle.* Mais ce n'est plus le cas désormais.

Pensant à son dossier, et aux enfants, il dit :

— J'ai des restrictions et des responsabilités, mais je ne suis pas foutu. À vrai dire, ma vie est vraiment bien en ce moment. J'ai les enfants, et j'ai Gemma, que j'aime tellement, c'est presque fou. Et, Quincy, elle m'aime en retour, mec. Malgré la condamnation, malgré notre passé de merde, elle nous *aime,* moi et les enfants. Je ne peux pas imaginer ma vie sans elle. Et ta vie peut être tout aussi bien que la mienne. Tout aussi *normale.* Tu n'as jamais connu la normalité. C'est *putaind'incroyable.* Je te le dis, mon frère, il y a tout un monde qui t'attend dehors et qui n'a rien à voir avec Maman ou sa vie de merde. Tout ce que tu dois faire, c'est aller jusqu'au bout de ta désintox, et je serai là pour t'aider à rester clean. Je sais que tu peux le faire.

Quincy se tortilla pour se dégager de son emprise, passant

les deux mains dans ses cheveux et les tordant avec un gémissement torturé.

— Sors d'ici, mec. *S'il te plaît.* Fous le camp.

— Quincy…

Que pouvait-il dire ? Le supplier d'en parler ? C'était exactement ce que la conseillère lui avait dit de ne *pas* faire. Il avait déjà fait assez de dégâts comme ça. Merde, il avait même commis encore plus de dégâts qu'il ne l'aurait jamais imaginé.

CHAPITRE VINGT-DEUX

Quand TRUMAN arriva à son appartement, il fut surpris de voir la voiture de Gemma sur le parking. Elle lui avait envoyé un message un peu plus tôt, lui expliquant qu'elle avait eu une mauvaise journée et qu'elle sortait avec Crystal. Il respira avec plus de facilité quand il sut qu'elle serait bientôt dans ses bras. Il avait l'impression d'avoir été traîné dans des sables mouvants et, alors qu'il sortait de son pick-up, il eut l'impression d'y être encore enfoncé jusqu'aux genoux. Il avait parlé avec la conseillère avant de quitter le centre de désintoxication pour relater la confrontation stressante qu'il avait eue avec son frère, afin que ces derniers se préparent à une potentielle réaction négative. Et plus important encore, au cas où son frère essaierait de s'en aller, ils sauraient pourquoi et essaieraient de le raisonner. Il aurait aimé pouvoir parler à quelqu'un de cette culpabilité qu'éprouvait Quincy. Il avait essayé, d'une manière détournée, d'en discuter avec la conseillère, et elle lui avait expliqué qu'une partie de la guérison consistait à accepter et à faire amende honorable auprès de toutes les personnes que leur consommation de drogue avait affectées et que cela faisait partie du processus thérapeutique. Mais Truman savait que Quincy ne pourrait jamais faire amende honorable pour ce qu'il avait fait. Ils étaient tous les deux enfermés dans leurs mensonges pour toujours. *Enfermés dans mon mensonge.* C'était lui qui avait eu la super idée d'endosser le crime de son frère. Désormais, son frère était embourbé dans la culpabilité et Truman était coincé et obligé de mentir à Gemma pour le restant de ses jours. Et pour couronner le tout, il était mort d'inquiétude à l'idée que Quincy ne soit pas capable de gérer la culpabilité et qu'il abandonne l'idée de devenir clean. Si cela arrivait, Truman ne se le pardonnerait jamais.

La conseillère, bien que préoccupée, n'était pas surprise que leur rencontre ait mal tourné. *Ça va empirer avant de s'améliorer. Encore ses vieux démons.* Truman se frotta distraitement le torse, souhaitant pouvoir tuer ce putain de démon une bonne fois pour toutes.

Ayant besoin d'un instant pour se remettre les idées en place avant de voir Gemma et les enfants, il se rendit à la boutique. Il travaillait actuellement sur une Mustang 69, l'une de ses voitures préférées. Il passa la main le long du capot lisse, se rappelant la première fois où il avait amené les enfants au garage avec lui. Il n'avait alors aucune idée de ce qu'il faisait, tout comme lorsqu'il s'était tenu responsable de l'agression au couteau. Il avait cru qu'il faisait ce qu'il fallait et avait pensé qu'il saurait comment gérer la situation au fur et à mesure.

Il traversa la pièce jusqu'à la salle de jeux qu'ils avaient rénovée pour les enfants et appuya sur l'interrupteur. Les murs jaune vif le firent sourire. Comment aurait-il pu en être autrement ? Ils lui rappelaient cette raison qui l'avait aidé à comprendre comment s'occuper des enfants. Gemma. Son rayon de soleil sexy et audacieux.

Les mots de Quincy le frappèrent soudain. *Tu étais ma forteresse. Mon guide. Tu as fait en sorte que je me repose sur toi, mec, et tu as fait du si bon travail que, quand tu es parti, j'étais perdu, putain. J'aurais suivi Satan jusqu'en enfer.*

Il s'appuya contre le cadre de la porte, baissant le menton vers la poitrine. Quincy lui reprochait tout – *le meurtre, les drogues, ma propre peine de prison.* Truman pensa alors aux enfants. Allait-il aussi les foutre en l'air en voulant ce qu'il y avait de mieux pour eux ? Est-ce qu'il *agissait* au lieu d'*enseigner* ? Était-ce mal de protéger Kennedy en ne lui racontant pas les passages sombres des contes de fées ? Seraient-ils aussi perdus sans lui que l'avait été Quincy ? Avait-il eu tort de faire tout ce qu'il fallait pour garder Quincy en sécurité ?

Des bruits de pas à l'étage le tirèrent de ses pensées. Il leva les yeux vers le plafond et les réponses à ses questions lui parurent claires. Il n'avait pas mal agi. Il n'avait juste pas réalisé qu'il irait en prison. Peut-être aurait-il dû livrer sa mère aux autorités ou disparaître avec Quincy, mais il avait vécu en mode survie pendant tellement longtemps que, lorsque Quincy était né, se cacher des autorités était déjà bien ancré en lui. Sa mère l'avait convaincu que les mettre en famille d'accueil serait bien pire que tout ce qu'elle aurait pu lui faire subir.

Alors qu'il montait les escaliers jusqu'à son appartement, il reconnut qu'il ne savait se comporter que d'une seule façon. Il ouvrit la porte et Gemma, qui était assise par terre en train de mettre quelque chose dans un sac, leva les yeux vers lui. À côté d'elle, Lincoln balançait les bras de haut en bas avec excitation et son sourire cicatrisa immédiatement ces entailles que les événements de la journée avaient provoquées.

— Touman !

Kennedy courut vers lui en levant les bras en l'air.

— On sort !

Il la souleva dans ses bras et frotta son nez contre celui de sa fille chérie et joviale, culpabilisant que la joie qu'il ressentait chasse sa peine.

— Où allons-nous ?

Il s'agenouilla à côté de Lincoln, laissant Kennedy s'éloigner pour jouer avec ses poupées. Il prit le bébé dans ses bras et l'embrassa avant de se pencher et de faire de même avec Gemma.

— Je savais que tu serais stressé après ta visite et j'ai moi aussi passé une journée assez frustrante. J'ai pensé qu'un pique-nique dans les champs nous ferait du bien.

Elle fit un signe de tête vers une glacière sur le comptoir.

— Est-ce que ça te va ou bien ta journée a-t-elle été trop difficile ?

Elle avait elle aussi passé une mauvaise journée et pourtant voilà qu'elle cherchait à leur remonter le moral avec altruisme.

Posant la main sur sa nuque, il l'attira vers lui.

— C'est parfait. Tu es incroyable. Tu le sais, n'est-ce pas ?

— Il va peut-être falloir me convaincre un peu plus.

Il l'embrassa intensément.

Il ne savait pas si c'était bien, mal, bon ou mauvais, mais c'était le seul homme qu'il savait être. Un homme qui *soutenait, aimait* et *protégeait*.

APRÈS LE DÎNER, Truman s'allongea sur le dos sur la nappe à côté de Lincoln pendant que le bébé lui tapait sur le ventre à plusieurs reprises, rigolant comme un fou à chaque fois que Truman émettait un « Oh ! ». Kennedy, occupée à jouer avec ses poupées et utilisant les jambes de Truman comme accessoires, éclatait elle aussi de rire face aux bêtises de ses frères. Gemma s'assit et les observa, se délectant de leur bonheur. C'était une soirée fraîche et venteuse, mais les enfants étaient emmitouflés dans leurs pulls et leurs bonnets et s'amusaient trop pour rentrer. Gemma aimait beaucoup cette période de l'année, quand les feuilles tombaient des arbres, lui rappelant que Thanksgiving était proche. D'habitude, Crystal et elle préparaient un petit dîner de Thanksgiving ensemble. Elle sourit intérieurement en réalisant que cette année elles auraient besoin d'une plus grosse dinde. Truman lui prit la main. Il lui avait raconté sa visite difficile au centre de désintoxication de Quincy. Gemma était constamment impressionnée par sa capacité à contenir et séparer ses émotions. Il ne déchargeait jamais sa colère sur les autres, ce qui était complètement différent de son père qui avait l'habitude de déambuler dans la maison avec de la fumée qui lui sortait des oreilles.

— Est-ce que tu es prête à parler de ta journée ? lui demanda-t-il.

Elle n'avait pas voulu parler de sa conversation avec sa mère un peu plus tôt, d'une part parce qu'elle avait honte de l'ignorance de sa mère et d'autre part parce qu'elle avait peur de ce que ressentirait Truman en l'apprenant. Mais il avait toujours été honnête avec elle et il méritait la même chose en retour. Il fallait juste qu'elle trouve une façon de lui dire qui ne soit pas blessante.

— Ma mère m'a appelée cet après-midi.

— À propos de la collecte de fonds ?

Il s'assit, glissant une main protectrice autour de Lincoln.

Elle hocha la tête.

— Je lui ai parlé de nous et elle n'a pas vraiment été très enthousiaste.

— Je suis désolé, Gem. Tu lui as parlé de ma condamnation ?

Elle secoua la tête, la vérité lui donnant la nausée.

— Tu plaisantes ? La seule chose qu'elle a voulu savoir c'était ce que tu faisais dans la vie. Elle est superficielle et mesquine. Ce n'est pas une critique sur toi personnellement, Tru. C'est ce qu'elle est.

— Tu veux dire qu'elle n'a pas aimé que tu sortes avec un mécanicien ?

Elle acquiesça, baissant les yeux d'un air honteux.

Truman souleva son menton et sourit.

— Ma douce, n'as-tu toujours pas compris que les personnes que sont nos parents ne peuvent pas nous juger ? Bon sang, imagine si c'était le cas. Regarde ma mère.

Il se pencha et embrassa la tête de Lincoln.

— Leur mère.

— Je sais, mais c'est gênant qu'elle soit comme ça. Toutes les choses qui comptent pour elle n'ont aucune importance à mes yeux. Tu sais qu'elle m'appelle toujours Gemaline ? Je lui demande de m'appeler Gemma depuis aussi longtemps que je m'en souvienne. Elle dit que Gemma c'est trop commun.

Elle fit une pause, réalisant à quel point elle détestait le côté prétentieux de Gemaline.

— Moi j'adore Gemma, termina-t-elle.

— Gemma est un très beau prénom. Au moins, tu ne portes pas le nom d'un président. Ma mère voulait qu'on ait des noms mémorables parce qu'elle savait que nos vies seraient merdiques.

Il embrassa à nouveau Lincoln.

— Mais leurs vies ne seront jamais merdiques.

— Bien sûr que non. Ils t'ont toi. Tu m'as donné plus que ma mère n'aurait jamais pu m'offrir. Elle et moi sommes si différentes. Elle se soucie du matériel. Moi, je me soucie des gens. Je ne veux pas qu'on me juge sur sa façon d'être. Elle est affreuse.

— S'il y a bien quelqu'un qui comprend d'où tu viens, c'est moi. Ce que je ne comprends pas, c'est que si elle est comme ça, pourquoi tu t'infliges cette collecte de fonds chaque année ?

— Je me suis déjà posé la question un million de fois.

Elle hissa Lincoln sur ses genoux et se rapprocha de Truman.

— Je ne sais pas comment l'expliquer. C'est ma mère et, même si elle est horrible à bien des égards, elle reste ma mère. J'ai l'impression d'avoir des obligations envers elle. Et elle est mon seul lien avec mon père. Même si ce n'est pas la bonne personne à qui je peux en parler, et même si je pense qu'elle le méprise de s'être suicidé, elle reste la seule personne qui était là dans la même maison que moi quand il était encore vivant. Ça n'a pas de sens, et en m'entendant le dire je me rends compte à quel point je suis bête de faire quoi que ce soit pour elle, dit Gemma en secouant la tête. Ce n'est *pas* quelqu'un de bien.

— Mais toi, oui.

Il la prit dans ses bras et la serra.

— Tu fais ce qu'il faut. Quand on commence à tourner le dos à sa famille, on devient exactement comme ceux que l'on n'aime pas.

— Tu ne m'en veux pas d'aller seule à la collecte de fonds ?

Même s'ils en avaient déjà parlé, elle voulait s'assurer qu'il était vraiment d'accord qu'elle y aille.

— Pas du tout. Je ne suis pas ravi à l'idée que d'autres gars te regardent dans cette robe sexy. Et j'adore le fait que tu ne veuilles pas que les enfants se retrouvent dans une situation pénible, mais tu dois savoir que si tu veux que j'y aille, Dixie et Bear peuvent les surveiller. Ça ne me dérange pas de rencontrer ta mère, peu importe ce qu'elle pense de moi.

— Oh, Truman, dit-elle en pressant ses lèvres contre les siennes. Je tiens trop à toi pour te faire subir les foudres de cette femme, mais je t'aime encore plus pour l'avoir proposé.

Kennedy rampa sur les genoux de Truman et se blottit contre lui.

— Nous ferions mieux de les mettre au lit.

Gemma commença à rassembler leurs affaires.

— Tu penses que je vais foutre les enfants en l'air ? Est-ce que je suis trop protecteur avec eux ?

Sa question sortit de nulle part, et Gemma mit une minute à comprendre ce qu'il venait de dire. Elle hissa le sac sur son épaule et cala Lincoln contre sa hanche, réalisant que la question n'était finalement pas si anodine. Elle était le reflet de ses inquiétudes par rapport à Quincy.

— Tu comptes te droguer ?

— Non, répondit-il avec dégoût.

— Tu comptes les ignorer, les battre, les affamer, ou… ?

Elle s'arrêta lorsqu'elle lut dans ses yeux qu'il comprenait.

— Je ne pense pas que tu risques de bousiller qui que ce soit. Tu ne les protèges pas de façon *oppressante*, Tru Blue. Tu les protèges avec *amour*. Il y a une énorme différence.

CHAPITRE VINGT-TROIS

—JE TROUVE QUE CETTE commode est parfaite, dit Gemma en désignant une grande armoire pour la nouvelle chambre de Truman. Elle possède plein de tiroirs et le bois sombre est très masculin, comme toi.

Truman enroula ses bras autour d'elle par-derrière, content d'avoir quelques heures seul avec Gemma, même s'ils ne faisaient que faire du shopping. Il n'aimait pas laisser les enfants, mais il savait qu'ils étaient entre de bonnes mains avec Dixie et Crystal. Demain aurait lieu la collecte de fonds et ils seraient séparés une bonne partie de la soirée.

—Et la commode de ma copine ? Il nous faudrait aussi quelque chose de féminin, non ?

Il déplaça les cheveux de Gemma par-dessus son épaule et embrassa sa nuque, sentant la chair de poule sur sa peau qui chassait ses lèvres.

—Ça ne me dérange pas de garder mes affaires sur les étagères dans le placard, comme d'habitude. D'ailleurs, je ferais bien de déménager mes affaires d'été chez moi pour libérer un peu d'espace pour vous trois.

Il la fit tournoyer dans ses bras et croisa le regard de la femme qu'il avait rencontrée au milieu des couches et de la nourriture pour bébé et dont il tombait un peu plus amoureux à chaque seconde qui passait. Des mèches blondes et brunes encadraient son beau visage et son sourire – *mon Dieu, ton sourire* – faisait naître des émotions ardentes et tourbillonnantes au creux de son estomac. Les pièces du puzzle de sa vie se mettaient enfin en place. Cela faisait une semaine qu'il avait rendu visite à Quincy et trois semaines que Quincy était entré en cure de désintoxication. Il avait parlé avec la conseillère un peu plus tôt ce matin et elle lui avait assuré que Quincy faisait d'énormes progrès, même s'il faisait face à quelques problèmes personnels. Truman savait très bien ce qu'étaient ces problèmes alors que lui-même luttait quotidiennement contre cette culpabilité à cause de leur secret. Dernièrement, cela lui pesait encore plus que d'habitude. À chaque fois qu'il regardait Gemma dans les yeux, il avait envie de lui dire la vérité sur ce qu'il s'était passé plusieurs années en arrière. Il ne supportait pas l'idée qu'ils puissent avoir des secrets, mais ce qui était fait était fait. Il ne trahirait jamais Quincy juste pour soulager sa propre conscience.

Et maintenant, alors qu'il tenait dans ses bras la femme qui l'aimait malgré sa condamnation, malgré son enfance terrible, il préférait se focaliser sur l'avenir plutôt que sur le passé.

— J'adore avoir tes habits d'été dans mon placard, dit-il en embrassant ses lèvres. Et j'aime tes affaires dans mon appartement.

Il la plaqua contre la commode, déplaçant sa main jusqu'à ses fesses et pressant leur taille l'une contre l'autre. Ils étaient seuls à l'arrière du magasin. Il l'embrassa à nouveau, plus longtemps et plus intensément qu'un peu plus tôt, jusqu'à ce qu'il la sente ramollir dans ses bras et que le gémissement de plaisir qu'il attendait lui échappe.

— Et j'adore t'avoir dans mon lit, dit-il en embrassant sa

mâchoire.

Elle pencha la tête en arrière, lui donnant accès à ce cou qu'il souhaitait dévorer.

— Je te veux dans mon lit toutes les nuits.

Il traîna sa langue le long de sa peau sensible, juste en dessous de son oreille, ce qui lui valut un petit frisson sexy.

— Et je veux me réveiller avec toi dans mes bras chaque matin.

Il continua de tracer un chemin le long de son cou alors que Gemma enserrait sa taille avec ses doigts. Scellant sa bouche à la base de son cou, il se délecta de la sensation de son pouls erratique contre sa langue.

Elle saisit ses fesses et se balança contre lui, murmurant d'une voix torride :

— Tru, tu me fais mouiller.

— Mmh.

Il glissa sa main le long de sa longue jupe en coton, par-dessus la culotte en dentelle qui couvrait son postérieur parfait et entre ses cuisses, caressant son entrejambe lisse et humide.

— *Merde.* Maintenant, j'ai envie de me mettre à genoux et de te faire jouir.

Elle frissonna contre lui et émit un bruit empreint de désir qui vibra dans ses veines. Il écrasa sa bouche contre la sienne, enfonçant les doigts dans son fourreau moite. Profitant de leur solitude, il chercha furtivement ce point sensible qui la rendait folle et ses hanches se mirent à bouger avec lui. Bon sang, comme il aimait sa façon de bouger. Son goût. Cette façon qu'elle avait d'être mouillée, chaude et prête rien qu'avec une caresse.

— J'adore te baiser, dit-il. Avec ma bouche, ma main, ma queue.

— *OhmonDieu*, dit-elle à bout de souffle. Oui, s'il te plaît. Je veux tout ça.

Il émit un grognement et il l'embrassa à nouveau alors que sa verge palpitait. Elle remonta le genou sur sa cuisse, oscillant des hanches, et un gémissement doux et avide s'échappa de ses poumons pour entrer dans les siens.

Elle enfonça ses ongles dans son dos, arquant tout son corps contre lui.

— Là. *Oh mon Dieu.* Juste là, haleta-t-elle entre deux baisers.

Puis, dans un souffle, elle se brisa contre lui. Il avala ses cris, l'embrassant brutalement et adorant chaque putain de seconde. D'elle. De leur vie ensemble.

Sa tête retomba à nouveau en arrière et elle prit une grande inspiration.

— Truman, dit-elle, essoufflée. Bordel, lâcha-t-elle en parcourant la pièce vide du regard. Tu es *si* doué quand il est question d'être vilain.

Il rigola et l'embrassa à nouveau. Quand il retira ses doigts, elle tressaillit et quand il les suça pour les laver, elle s'alanguit dans ses bras. Il l'embrassa encore, son goût se mélangeant au leur.

— Toilettes, dit-il avec insistance, incapable d'attendre une seconde de plus avant de s'enfoncer profondément en elle. Il prit sa main, se dirigeant rapidement vers les W.C. à l'arrière du magasin.

Ils s'embrassèrent et elle gloussa alors qu'ils poussaient la porte des toilettes pour hommes.

— Je n'ai encore jamais fait ça, dit-elle, se tortillant pour enlever sa jupe alors que Truman fermait la porte.

Sa jupe tomba à ses pieds, ainsi que sa culotte en dentelle

noire, et elle coinça à nouveau cette douce lèvre, ses yeux verts le regardant d'un air sombrement séduisant. Avec ses cheveux ébouriffés, son pull qui pendait sur son épaule et son doux sexe nu et scintillant, prêt à être pris, elle était un mélange intrigant d'innocence et de tentation sauvage.

— Bon sang, ma douce. Tu es un vrai péché.

Il déboutonna son pantalon et le descendit jusqu'aux genoux, caressant longuement et fermement son membre avant de l'embrasser avec avidité et insistance.

Le dos de Gemma heurta violemment le mur alors que leur baiser devenait pressant et sauvage et les mains de Truman se déplacèrent jusqu'à ses fesses nues, la soulevant et guidant ses jambes autour de sa taille. Quand elle s'enfonça sur sa verge, tout s'intensifia. Ils baisèrent brutalement, grognant et gémissant avec un abandon insouciant, oubliant le lieu de leurs ébats alors que la passion coulait dans les veines de Truman, son désir s'enroulant à la base de sa colonne vertébrale.

Gemma était déchaînée, criant :

— Oui ! Oui ! Oui !

Alors qu'il s'agrippait à ses hanches, s'enfonçant en elle, la marquant de l'intérieur. Elle laissa retomber sa tête en arrière et elle cria plus fort alors qu'elle jouissait, ses supplications érotiques l'entraînant vers l'extase dans une explosion féroce empreinte de possessivité. Ses sens vacillèrent, Gemma prenant tellement de place dans son cœur qu'il n'arrivait pas à penser à autre chose que ses battements qui pulsaient comme le tonnerre.

— Je t'aime, ma douce, haleta-t-il.

Respirant trop fort pour pouvoir vraiment l'embrasser, il posa ses lèvres sur les siennes. Elle était si belle, le regardant à travers des yeux brumeux, lascifs et rassasiés.

— Emménage avec nous. Je veux que tu sois avec moi, avec

nous, pour toujours.

Elle coinça sa lèvre inférieure entre ses dents et il déposa une série de baisers légers sur cette lèvre parfaitement pulpeuse jusqu'à ce qu'elle le relâche et pousse le soupir le plus sexy qu'il ait jamais entendu.

— Vraiment ?

Des étincelles d'excitation brillaient dans ses yeux.

Il hocha la tête et l'embrassa à nouveau.

— Toi et les enfants, vous êtes toute ma vie. Officialisons-le.

Elle enroula les bras autour de son cou et l'embrassa profondément et lentement, réveillant son sexe jusqu'à présent en berne.

— Moi aussi je le veux, vraiment beaucoup. Je t'aime, et j'aime tes enfants.

— Nos enfants, la corrigea-t-il. Ils n'ont jamais été seulement les miens. Nous sommes ensemble depuis la nuit où je les ai trouvés.

— Oh, Truman, chuchota-t-elle en fronçant les sourcils.

Elle secoua la tête et détourna le regard.

Puis elle pinça les lèvres. Le cœur et la verge de Truman se dégonflèrent alors qu'il la reposait par terre.

— J'ai dit quelque chose de mal ?

— Non. Tu as dit quelque chose de si juste que je crois que je vais pleurer. Oui, je vais emménager avec toi. Mais je viendrai avec beaucoup de livres.

Dieu merci, putain.

— Bébé, je construirai des bibliothèques du sol au plafond si c'est ce qu'il faut.

Il l'embrassa à nouveau, ses larmes salées glissant entre leurs lèvres comme des secrets, scellant leurs projets.

GEMMA FUT SUR un petit nuage tout le reste de la journée. Après que les petits se furent endormis, elle déplaça leurs vêtements de la chambre des enfants à la nouvelle commode de leur chambre. *Notre chambre.* Gemma sourit à cette pensée. C'était vraiment en train d'arriver. Même si elle vivait déjà pratiquement chez lui, rien ne pouvait être comparé à l'amour qu'elle avait lu dans ses yeux, ou aux émotions sur son visage, lorsqu'il lui avait demandé d'officialiser leur relation.

— Je ne pourrai plus jamais aller dans ce magasin de meubles, dit-elle, rougissant de gêne alors qu'elle se souvenait être tombée sur un vendeur qui les avait regardés d'un air mauvais quand ils étaient sortis des toilettes.

Truman, qui remplissait un tiroir, leva les yeux vers elle.

— Parce qu'il a probablement entendu chaque – sa voix s'éleva de plusieurs octaves –*Juste là ! Oui ! Oui !*

Elle jeta un oreiller dans sa direction, et il la plaqua sur le lit, l'embrassant jusqu'à ce qu'elle rigole, puis il l'embrassa encore, jusqu'à ce que ses rires se transforment en gémissements avides.

— Tu m'as transformée en obsédée sexuelle, dit-elle en se dégageant de son emprise.

— Un jour, je ferai de toi mon épouse obsédée sexuelle.

Elle faillit s'étouffer.

— Truman… ?

Il la tenait si fort qu'elle était certaine qu'il pouvait sentir son cœur s'emballer.

— Tu n'y as pas pensé ?

— Si, bien sûr, mais…

Y avait-elle vraiment pensé ? Pas de façon aussi explicite. Ils étaient heureux et ensemble et elle avait simplement supposé qu'ils resteraient comme ça. Peut-être qu'un jour ils se marieraient, mais elle ne s'était pas demandé quand. Est-ce qu'ils étaient sérieusement en train de parler de ça ?

— Pas maintenant, mais un jour. Après ma libération conditionnelle, quand la situation avec Quincy sera réglée et que les enfants seront légalement installés.

Tout à coup, tout prenait un sens. Alors qu'elle se voyait avancer dans la vie de façon constante, Truman, lui, se voyait dans un bateau le long d'une rivière, faisant quelques arrêts nécessaires le long du chemin, cochant des cases au fur et à mesure, allant vers une vie plus stable. Il était sorti de prison, mais tout ça n'était pas encore derrière lui. Il ne s'était jamais plaint de devoir régulièrement appeler le bureau de libération conditionnelle. Cela n'impliquait qu'un appel téléphonique par semaine et il le passait en privé, dans une autre pièce, ou bien sortait sur la terrasse, ce qui permettait à Gemma de le considérer comme un *simple appel téléphonique*.

Mais, pour Truman, c'était manifestement un nuage sombre qui planait au-dessus, avec une issue. Un autre pas dans la bonne direction. Elle comprenait qu'il ait envie d'attendre jusqu'à ce qu'il soit libéré de ses chaînes, et elle savait qu'il s'inquiétait que Quincy réussisse sa cure de désintoxication et reste clean. Quincy serait un souci permanent, comme ils en avaient déjà discuté. L'addiction était le combat de toute une vie. Mais sa remarque sur les enfants la troubla.

Elle s'assit et lui demanda :

— Qu'est-ce que ça veut dire ? Légalement installés ?

Truman se déplaça jusqu'au bord du lit, posa ses coudes sur ses genoux et se tordit les mains.

— Ils n'ont pas de certificats de naissance et je ne suis pas encore leur tuteur légal. Il faut que je m'occupe de tout ça.

— Oh, dit-elle soulagée. Vu la façon dont tu l'as dit, j'ai cru qu'il y avait autre chose. N'est-il pas juste question de remplir quelques formulaires au tribunal ou de passer par un avocat ?

Il secoua la tête, tournant ses yeux sérieux vers elle.

— Pas pour moi.

— Pourquoi ? Je ne comprends pas.

Il prit sa main dans la sienne et l'air autour d'eux sembla se déplacer, chargé de malaise.

— Gemma, ils ne me donneront jamais la garde des enfants avec une condamnation pour homicide volontaire dans mon dossier. Pourquoi le feraient-ils ?

— Parce que tu es leur frère et tu es bon avec eux. Tu as purgé ta peine et ce n'est pas comme si tu étais un jour sorti de chez toi pour aller commettre un meurtre.

Elle n'avait pas fait le lien entre sa condamnation et la garde des enfants.

— Ça ne changera rien. Je suis sûre qu'ils les placeront en famille d'accueil. Ils me les prendront. Je ne peux pas prendre ce risque.

Elle se leva du lit, croisant les bras.

— Non. Non, ils ne peuvent pas faire ça. Tu ne peux pas être sûr qu'ils le feront.

— Je ne peux pas prendre le risque qu'ils le fassent.

— Comment ça ? Comment obtiendras-tu la garde ?

— Je veux dire que je ferai ce qu'il faut pour les garder auprès de moi, là où est leur place.

Elle secoua la tête, toujours aussi confuse.

Il se leva et s'avança vers elle, prenant un ton plus apaisant.

— Bullet connaît un type qui sait faire de faux certificats de naissance, comme ça je pourrai inscrire Kennedy à l'école l'automne prochain et…

— Quoi ? Tu ne peux pas faire ça.

C'était hors de question.

— Truman, tu ne peux pas faire démarrer leur vie sur un mensonge. Ils l'auront sur la conscience pour toujours.

— Ils ne le sauront jamais.

Ses yeux étaient pleins de regret.

Elle fit un pas en arrière, perplexe et contrariée.

— Mais *nous*, nous le saurons. Je ne veux pas participer à quelque chose d'illégal. Et tu ne peux pas non plus.

Elle tendit la main vers lui, espérant le faire changer d'avis. Quand il lui prit la main, un courant électrique familier les traversa, trop fort pour être éclipsé, même par un désaccord aussi puissant.

— Tru, il faut que tu y réfléchisses. Tu viens de dire que tu attends d'aller au bout de ta période de liberté conditionnelle. Mais est-ce que cette histoire de certificat n'est pas considérée comme faire quelque chose d'illégal ? Ne peuvent-ils pas te renvoyer en prison pour avoir violé ta liberté conditionnelle ? Et qu'arrivera-t-il ensuite aux enfants ?

La tension fit palpiter les veines de son cou.

— Qu'est-ce que tu veux que je fasse ?

Il relâcha sa main et fit les cent pas.

— Ils font partie de ma famille. Je ne peux pas les laisser aller en famille d'accueil pour que quelqu'un d'autre que moi les élève.

— Je sais.

Elle s'avança vers lui et il cessa de faire les cent pas à contre-cœur, la bouche pincée et plissant les yeux.

— Mais aucun de nous ne peut se permettre d'enfreindre la loi. Il doit forcément y avoir un autre moyen.

— Je ne prendrai *pas* le risque qu'on me les enlève, dit-il haut et fort sur un ton sans appel.

Mais Gemma n'avait pas terminé.

— Je ne peux pas être impliquée là-dedans, Truman. Tu comprends ? Je ne veux pas être impliquée dans quelque chose d'illégal, peu importe combien je vous aime toi et les enfants, dit-elle en soutenant son regard pendant qu'il crispait sa mâchoire.

— Gemma, plaida-t-il. Ce sont mes enfants.

— Et tu es l'homme que j'aime. Ce sont les enfants que j'aime, expliqua-t-elle en prenant un ton plus doux. Tu es *mon* Tru Blue et, à toutes fins utiles, tu es leur père. Est-ce que tu es prêt à prendre le risque de retourner en prison parce que tu as peur de ce qui pourrait se passer si tu essaies de faire les choses correctement ? De façon légale ?

— Je fais ça pour *eux*, insista-t-il. Ils ont déjà traversé tellement de choses.

— Je comprends, Tru. Mais manipuler la loi n'est pas la bonne chose à faire, peu importe ton point de vue. Tu ne peux pas poser la question à quelqu'un qui est expert dans ce domaine ? Si Bullet est en relation avec ce genre de personnes, peut-être qu'il connaît aussi un avocat qui peut t'aider. Je ne vois pas comment tu peux te lancer là-dedans les yeux fermés alors qu'il y a peut-être un autre moyen.

— Et si je perds les enfants en essayant de le découvrir ?

Ils se turent tous les deux.

— C'est tellement tordu, putain, dit-il finalement avec un air douloureux. Tout ce que je veux, c'est m'occuper d'eux.

— Je sais. Mais je ne peux pas commettre quelque chose d'illégal. Je ne peux pas prendre ce risque, même pour les enfants.

Les larmes lui montèrent aux yeux en voyant cette douleur qui émanait de lui et ces choix auxquels ils devaient faire face.

— Je ne veux pas vous perdre. Ne me demande pas de faire ce choix.

Il la prit dans ses bras puissants. Son cœur battait aussi vite que le sien.

— Ne me demande pas de fermer les yeux sur tout ça, dit-elle.

La tristesse qu'elle lut dans son regard la fit presque vaciller.

— Et si c'était le seul moyen pour moi de les garder ?

La tension la traversa de toute part et elle se tut, ne souhaitant pas répondre et espérant ne pas y être forcée.

CHAPITRE VINGT-QUATRE

TRUMAN SUIVIT UNE femme dans le couloir du centre de désintoxication en espérant faire ce qu'il fallait. Après que la soirée parfaite entre lui et Gemma se fut transformée en une nuit de merde, il n'avait pas fermé l'œil. Il était resté éveillé toute la nuit, la tenant dans ses bras, essayant de trouver une solution. Depuis qu'elle était partie ce matin pour aller au travail, puis à la collecte de fonds, il n'avait toujours pas trouvé de réponses à ses questions. Mais au moins il avait une idée, et une idée, c'était mieux que rien. Il ne pouvait pas risquer de perdre les enfants, et il ne voulait pas perdre Gemma non plus. Donc, d'après lui, Quincy était son seul espoir.

Il entra dans la même pièce que la dernière fois, lorsqu'il avait rendu visite à Quincy, mais cette fois c'était différent. Parce que, cette fois, il allait demander un service à son frère qu'il n'était pas sûr d'avoir le droit de demander. Quelque chose qui, il l'espérait, motiverait Quincy à finir le programme et à rester clean.

Quelque chose qui pouvait se retourner contre lui.

Méchamment.

Quincy franchit la porte quelques minutes plus tard et, pendant un instant, l'air sembla quitter la pièce alors qu'ils se regardaient fixement. La conseillère avait dit à Truman que

Quincy allait bien et faisait des progrès. *Ce n'est pas parce que le pire est passé que c'est facile.* Quincy n'avait plus de bleus sur le visage, ses yeux étaient plus vifs, et ses mouvements n'étaient plus aussi saccadés ni tendus qu'auparavant.

— Salut, dit Quincy.

Son ton amical mais hésitant prit Truman au dépourvu. Il s'attendait à moitié à ce qu'il soit encore en colère et agressif malgré ce que la conseillère lui avait dit.

— Salut.

Ne sachant toujours pas comment lire en lui, il attendit que son frère fasse le premier pas.

Quincy fit un pas en avant, levant un bras, comme s'il le tendait vers Truman, puis le laissa retomber, les yeux rivés au sol.

Truman ne pouvait pas en rester là. Il fit un pas en avant et l'enlaça. Les bras de Quincy pendaient mollement le long de son corps, et le cœur de Truman se serra à nouveau. Quand il le relâcha, son frère le prit à son tour dans ses bras, lui faisant monter les larmes aux yeux. *Évidemment.* S'il y avait bien quelqu'un qui pouvait le faire passer pour une mauviette, c'était Quincy.

Ils s'enlacèrent pendant une seconde, peut-être trois. Assez longtemps pour que le ventre de Truman se dénoue. Quincy recula et désigna nerveusement les chaises.

— On devrait…

— Ouais.

Truman prit un siège, soulagé par son changement de comportement.

— Écoute, je suis désolé de t'avoir énervé la dernière fois.

— Non, mec. Il n'y a pas de problème.

Il plaça une mèche de ses cheveux derrière son oreille.

Ce simple geste provoqua chez Truman une avalanche de souvenirs. Il s'assit, comme s'il avait vu un fantôme. Quincy détestait quand Truman essayait de lui faire couper les cheveux, et il avait l'habitude de les mettre derrière son oreille droite. Comment quelque chose d'aussi insignifiant pouvait être un si bon signe ? Un sacré signe, d'ailleurs. Un signe que son frère redevenait la personne qu'il avait connue ?

— Comment vont les enfants ? demanda Quincy, prenant à nouveau Truman par surprise.

— Bien. Super, en fait. C'est pour eux que je voulais te voir justement.

Quincy hocha la tête.

— J'ai beaucoup pensé à eux. La façon dont ils ont vécu. La façon dont je les ai laissés vivre.

Il détourna le regard.

— Je…

— Quin, ne fais pas ça, mec. Ne t'inflige pas ça.

Il leva des yeux pleins de tristesse vers Truman.

— Est-ce que je les ai bousillés pour toujours ?

— Non, dit-il avec empathie. Tu ne les as pas bousillés. Ils ont une belle vie. Ils sont heureux, Quin. Ils sont putains d'heureux.

Des larmes inattendues lui montèrent aux yeux et son frère tourna la tête, ayant lui-même des yeux étrangement larmoyants. Truman se racla la gorge pour essayer de reprendre le contrôle de ses émotions.

— Tant mieux. Elle ne s'est pas droguée quand elle a découvert qu'elle était enceinte. Il y avait ce type, expliqua-t-il en regardant Truman, plissant ses yeux bleus d'un air sérieux. Crois-moi, tu n'as pas envie de savoir comment ça s'est passé, mais elle l'a fait, mec. Ce drogué était une sorte de docteur qui était devenu un camé, un truc comme ça. Je ne sais pas. C'était peut-être des conneries. Mais il savait quoi faire. Il l'a aidée à se sevrer et, quand elle a accouché – il secoua la tête avec dégoût –, il lui a immédiatement donné de la drogue.

Ses yeux se remplirent de larmes et il les essuya avec colère.

— Mais les bébés sont nés en bonne santé. Et ils vont bien maintenant, n'est-ce pas ?

— Ouais, dit Truman, en essuyant ses propres larmes – des larmes de colère à cause de ce que leur putain de mère avait fait subir à Quincy et aux enfants, ainsi *qu'à lui-même.*

Il s'approcha de Quincy et son frère le prit volontairement dans ses bras, pleurant sans retenue.

— Je suis désolé, Tru. J'aurais dû… Tu n'aurais jamais…

Truman prit son visage entre ses mains et le força à le regarder dans les yeux, comme il l'avait fait de nombreuses fois quand Quincy n'était encore qu'un enfant.

— Arrête. Même pas une seconde. Le passé c'est le passé et rien de ce que nous puissions dire ou faire ne changera cela. Ta vie commence *maintenant. Ici.* Ton passé ne définit *pas* ton futur, petit frère. T'as compris ?

Quincy lui saisit les poignets, les larmes coulant sur ses joues.

— Comment peux-tu me regarder dans les yeux alors que je t'ai gâché la vie ?

Truman ne put que plaquer son front contre celui de Quincy et fermer les yeux alors qu'il avait envie de le secouer jusqu'à ce qu'il le croie quand il lui disait que ce n'était pas de sa faute.

— Putain de merde, lâcha-t-il en s'écartant, observant cette culpabilité déchirante qui le regardait. C'est elle qui a fait ça. Pas toi. Pas moi. C'est elle. C'est elle qui a ramené ce connard et une centaine d'autres comme lui dans la maison et c'est elle qui a mis nos vies en danger. Tu comprends ça, Quin ? Tu comprends que c'est de sa faute ?

Il hocha la tête, serrant les dents et respirant de façon erratique.

— Ouais. Mais je me sens toujours putain de coupable.

Truman déposa un baiser sur le front de Quincy, puis le relâcha. Quincy rigola et secoua la tête. Il essuya ses larmes avec son bras et souffla.

— Mec, on est vraiment deux mauviettes.

Ils rigolèrent tous les deux et cela leur fit du bien. Son frère était de retour. Il n'était plus entre les griffes de la drogue et désormais il était juste là, à portée de main. Truman espérait que ce qu'il avait à lui demander le motiverait à continuer sur sa lancée. Il le fallait. Pour leur bien à tous.

— Tu veux te libérer de ta culpabilité ?

Quincy haussa un sourcil.

— Putain, oui.

— Alors, fais-nous une faveur à moi et aux enfants. Sois clean et reste clean. J'ai besoin de ton aide, mec.

— Tu n'as jamais eu besoin de l'aide de personne.

Truman s'assit et croisa les bras.

— Si. Quand j'ai eu les enfants, j'ai eu besoin d'aide. De beaucoup d'aide. Les Whiskey sont intervenus, mais Gemma nous a sauvés. Elle a été présente tout le long, et je l'aime, Quin. Je l'aime tellement, et si je ne trouve pas une solution, je vais la perdre.

Il exposa son dilemme avec les certificats de naissance à Quincy.

— J'ai besoin que tu deviennes clean, que tu trouves un travail, et que tu aies une vie stable pour pouvoir demander la tutelle des enfants. Je serai toujours entièrement responsable d'eux, mais au moins ils auront des papiers légaux et resteront dans la famille. Ils n'auront pas à vivre une vie construite sur des mensonges, comme nous.

— Putain, frérot. Tu parles d'une pression, dit Quincy en soufflant.

Le cœur de Truman se serra.

— Je sais que c'est beaucoup demander. Mais Gemma m'aime malgré ce qu'elle croit que j'ai fait. Elle croit en moi, Quin, et je veux bien faire les choses pour elle. Je veux bien faire, pour les enfants.

Quincy déglutit avec difficulté.

— Tout ça serait si facile si j'avais avoué avoir tué ce connard en premier lieu.

— On ne peut pas revenir en arrière, et même si l'on pouvait, je ne le ferais pas. Je ne vais pas te trahir, Quincy. Pas maintenant. Jamais. Elle ne saura jamais la vérité, peu importe à quel point je l'aime.

— Ça doit te tuer.

Face au regard plein de défi de son frère, un frisson lui parcourut l'échine.

— Si te laisser avec Maman ne m'a pas tué, alors rien ne le fera.

Quincy resta silencieux pendant un long moment, son regard allant de la table au sol, fuyant celui de Truman. Quand il le croisa enfin, ce fut avec des yeux plein d'inquiétude.

— Et si je me plante ? Je ne peux pas faire de promesses. Tu le sais mieux que quiconque.

Truman avait passé en revue les conséquences possibles tellement de fois depuis la nuit dernière qu'il avait fini par les mémoriser.

— Je ne vais pas te remplir la tête de conneries. Je crois en toi, et je veux croire que tu as foi en toi, mais nous savons tous les deux que c'est un coup de poker. Ce sera un combat de tous les jours, et je serai là pour t'aider. Je vais trouver un appartement plus grand pour que tu puisses y emménager jusqu'à ce que tu sois sur pieds ou que tu te sentes assez fort pour ne plus avoir besoin de moi. Peu importe ce qu'il faut, Quin. Je serai là pour toi.

— Pour les enfants, dit Quincy, en détournant à nouveau les yeux.

— Pour eux et pour toi.

Truman se pencha en avant, attirant à nouveau l'attention de Quincy.

— Et pour moi, mon frère. Je veux que mon frère revienne, et je ferai tout ce qu'il faut pour t'aider à rester clean.

— Tout ça pour Gemma, dit Quincy en soutenant son regard. Elle doit vraiment être incroyable.

Il ne pouvait pas nier que c'était pour Gemma qu'il lui demandait de se proposer comme tuteur légal, mais ce n'était pas pour ça qu'il voulait qu'il devienne clean.

— Ce n'est pas seulement pour elle. C'est pour nous tous. Elle a raison pour les enfants. Je ne veux pas qu'ils grandissent en s'inquiétant de leurs faux papiers. Un nouveau départ, mon frère. C'est ce qu'ils méritent. C'est ce que tu mérites.

Quincy resta un peu trop longtemps assis en silence, et l'estomac de Truman se noua un peu plus. Puis il se leva et dit :

— Et toi, Truman ? Qu'est-ce que tu mérites ?

C'était une question délicate. En mentant, il avait rejeté la culpabilité de Quincy et les avait séparés pendant six années éreintantes qui avaient changé leur vie, ce qui avait permis à leur mère de le faire tomber dans la drogue. Truman savait qu'il méritait plus que ce qu'il avait connu toute sa jeunesse, mais quoi exactement, ça, il n'en était pas sûr.

— Ça, personne ne le sait, répondit-il finalement. Mais moi en revanche, je sais ce que je veux.

Quincy eut un petit sourire en coin et il lut de l'amusement dans ses yeux. Bon sang, qu'est-ce que ça lui allait bien ! Tellement mieux que cette obscurité qui le hantait quand il était arrivé au centre de désintoxication.

— Une vie de famille normale et savoir que tu vas bien, dit Truman en serrant Quincy dans ses bras, lui donnant une tape virile dans le dos. Penses-y. C'est tout ce que je demande. Si c'est trop de pression, je trouverai quelque chose d'autre. Ce qui compte le plus, c'est que tu sois clean. Pour le reste, je m'en occupe.

Truman s'avança vers la porte.

— Où est-ce que tu vas ?

— Au palais de justice.

Quincy pâlit.

Truman plaqua la main sur son cœur.

— Ne t'inquiète pas, j'emporterai notre secret dans la tombe, mon frère. Je vais simplement poser quelques questions hypothétiques sur la tutelle pour comprendre à quoi je m'attaque exactement.

Avant que Gemma ne s'en aille ce matin, il lui avait demandé s'il risquait de la perdre avec cette histoire. Alors qu'il quittait le centre de désintoxication, sa réponse résonnait encore dans son esprit. *Je n'espère pas.*

Il allait faire tout ce qui était en son pouvoir pour s'assurer que ce ne soit pas le cas.

CHAPITRE VINGT-CINQ

S'IL Y AVAIT BIEN une chose que sa mère faisait correctement, c'était d'organiser des soirées mondaines. Gemma se tenait à côté de l'une des nombreuses colonnes en marbre dans la majestueuse salle de bal du manoir de son beau-père, observant la cérémonie. Chaque détail avait été pensé avec soin. Du service de voiturier à la brillance des sols en marbre, en passant par le quatuor qui jouait à l'avant de la salle, l'événement était parfaitement exécuté. D'élégants candélabres ornaient chaque table aux côtés de la porcelaine fine et de la meilleure argenterie que l'on puisse acheter. De beaux hommes, vêtus de smokings noirs, de chemises à col blanc et aux cheveux parfaitement coiffés, sirotaient du champagne avec de superbes femmes vêtues de belles robes à leurs bras – des femmes qui avaient sans doute passé des heures dans des spas à se préparer pour leur soirée, tandis que leurs enfants étaient gardés par des nounous. L'estomac de Gemma se retourna rien qu'à cette pensée qui raviva de nombreux souvenirs. Elle ne se rappelait que trop bien cette époque. Sa mère rentrait à la maison, radieuse, avec chaque mèche de ses cheveux dorés en place et un maquillage qui la faisait paraître jeune et belle. *Sympathique*, même. Gemma avait toujours été fascinée par la métamorphose de sa mère ces soirs-là. *Maman, tu es si belle*, disait-elle en espérant que le maquillage avait vraiment fait ressortir un côté plus agréable chez sa mère. *Oui, merci, ma chérie. Ne touche pas*, disait-elle avant de partir rejoindre ce qui était apparemment plus important que ces cinq minutes de son temps qu'elle aurait pu accorder à Gemma.

Les enfants, qui étaient invités à cet événement uniquement à des fins publicitaires, avaient rapidement été emmenés dans une autre salle de bal, où ils avaient été pris en charge par les nounous qui les accompagnaient ainsi que par plusieurs employés que sa mère avait engagés uniquement pour l'occasion – après que les photos publicitaires eurent été prises, bien évidemment.

Ce n'était pas la première fois que Gemma se demandait pourquoi elle avait effectué un trajet de près de deux heures pour assister à cet événement, alors qu'elle avait des choses plus importantes en tête. Comme essayer de convaincre Truman de faire le bon choix avec les enfants. Quand ils s'étaient séparés ce matin-là, la situation avait été tendue et inconfortable. Elle avait couru à droite et à gauche à la boutique toute la journée, ce qui était une grande distraction. Mais ici, elle n'arrivait pas à penser à autre chose que Truman et à quel point il était différent de tous ces gens prétentieux qui prenaient probablement l'avion un week-end sur deux pour assister à des événements réservés uniquement aux adultes. Truman, lui, n'aurait jamais laissé les enfants. Se battait-elle pour les mauvaises choses ? Elle avait un vrai certificat de naissance démontrant sa véritable lignée, et pourtant, voilà comment sa vie de famille avait tourné. Elle aurait donné n'importe quoi pour être élevée par un homme aussi aimant que lui. Peut-être que l'idée de Truman n'était pas la pire, même si elle était illégale.

Elle jeta un coup d'œil à sa mère, de l'autre côté de la pièce avec un groupe d'hommes plus jeunes, affichant un sourire aussi épais que la couche de maquillage qu'elle portait, tandis qu'elle se délectait de leur attention feinte. Elle était *La Femme en Vogue*, l'épouse de l'un des avocats de la défense les plus réputés au monde, Warren Benzos, et elle était parfaite pour ce rôle.

— Elle est radieuse, n'est-ce pas ?

Gemma se retourna vers la voix douce et familière de son beau-père.

— Oui, elle organise bien les fêtes.

Warren hocha la tête, un sourire en coin étirant ses lèvres fines. Il avait une soixantaine d'années, une décennie de plus que sa mère. Il avait un visage long et un nez anguleux qui la faisaient penser à une belette et des cheveux blancs bouffants qui semblaient difficiles à dompter. Ce n'était pas un homme antipathique. Il ne représentait pas grand-chose pour Gemma. Il avait épousé sa mère et l'avait entraînée dans une succession de vacances et d'événements, laissant Gemma derrière. Elle ne pouvait pas vraiment lui en vouloir. Qui était-*elle* pour lui ? Le fardeau de cette femme qu'il avait choisi d'avoir à son bras.

— Ta mère est plutôt douée pour convaincre les gens de se séparer de leur argent.

Il y eut quelque chose dans sa voix qui lui noua un peu plus l'estomac, mais Gemma n'arrivait pas à comprendre ce qu'il voulait vraiment dire.

— Oui, eh bien, au moins, elle a quelques talents.

— Être mère n'en a jamais fait partie, dit-il plus gentiment.

Gemma regarda Warren, tandis que son attention était toujours portée sur sa mère à l'autre bout de la pièce. Il avait l'air heureux : un petit sourire lui arrivait presque jusqu'aux yeux, sa peau était profondément bronzée, et elle ne lisait aucun signe de stress sur son visage. Cela n'avait jamais manqué de surprendre Gemma, compte tenu de la personne avec laquelle il était marié.

Elle préféra ignorer son commentaire sur sa mère plutôt que de poser les questions gênantes qu'il suscitait. À savoir : *pourquoi ? Pourquoi n'étais-je pas assez bien pour elle ?*

— Ta robe est une réussite.

Il ne la regarda pas en prononçant ces mots, mais son sourire s'élargit, comme s'il était au courant de son petit secret rebelle.

— Elle l'a remarquée.

Gemma sourit intérieurement face à son petit triomphe, même si elle n'aurait jamais deviné que sa mère l'avait remarquée s'il ne le lui avait pas confié. Sa mère ne lui avait rien dit de plus que : « Contente de te voir, Gemaline », avant de passer à l'inspection des invités.

— C'est étonnant, rétorqua-t-elle d'un ton neutre.

Pourquoi s'infligeait-elle cela chaque année ? Elle était malheureuse ici, et même si son beau-père n'était pas méchant, le simple fait d'être en présence de sa mère la rendait de plus en plus triste. Malheureusement, elle avait toujours espéré que sa mère change. Qu'un jour elle se présenterait à l'un de ces événements et que sa mère serait heureuse de la voir. Il valait mieux qu'elle s'en aille et retourne chez Truman et les enfants, là où elle était la plus heureuse. *Là où est ma place.*

— Ah bon ? dit Warren qui fit un signe de tête vers un groupe d'hommes plus jeunes qui avaient regardé Gemma toute la soirée et haussa un sourcil mince.

Un rire sarcastique lui échappa avant qu'elle ne puisse l'arrêter.

— Elle a seulement remarqué parce que l'attention n'était pas totalement tournée vers elle.

— Peut-être. Ou peut-être parce que c'est la première fois

que tu empiètes sur son territoire.

Il fit une pause alors qu'un blanc s'installait suite à sa remarque.

Sa mère traversa la pièce dans leur direction. Jacqueline Benzos savait comment captiver son public. Sa robe de soie noire épousait les courbes de sa silhouette lorsqu'elle se déplaçait ; clignant de longs cils factices, elle affichait des sourires aguerris.

Warren baissa la voix et dit :

— Pour ce que ça vaut, la robe te va bien mieux que cet environnement. Merci d'avoir fait l'effort de venir ce soir.

Il se pencha et l'embrassa sur la joue, disparaissant dans la foule avant que sa mère ne les rejoigne.

Le sourire de sa mère resta en place alors qu'elle se positionnait à côté de Gemma, semblant aspirer tout l'air de la pièce.

— Ma chérie.

Une vipère aspic. C'était ce que la voix de sa mère lui rappelait, une créature rampante pleine de poison.

— Mère.

Elle essaya de cacher son dégoût, mais craignit d'avoir échoué.

— J'ai respecté tes souhaits et je n'ai pas essayé de te caser avec l'un de ces beaux et riches jeunes hommes.

Bien que beaucoup d'hommes l'aient dévorée du regard toute la soirée, Gemma avait remarqué qu'aucun d'eux n'était venu la draguer.

— Merci. J'apprécie que tu respectes ma demande.

Sa mère leva le menton et sa coupe de champagne en direction d'une femme qui passait devant elles et marmonna :

— Oui, bon. Nous n'avons pas besoin que ces gens aient vent de ce marginal avec lequel tu te rebelles, n'est-ce pas ?

Le sang dans ses veines se glaça.

— Pardon ?

— Oh, Gemaline. Tu ne croyais quand même pas que je te laisserais fréquenter un homme sans l'avoir soigneusement examiné au préalable. Je ne peux que supposer que tu n'étais pas au courant de sa condamnation pour crime.

Sa mère ne la regarda même pas pendant qu'elle lui parlait avec une désinvolture exaspérante. Elle était trop occupée à hocher la tête et à sourire à ses invités.

La colère envahit Gemma, piétinant ce léger embarras qu'elle avait éprouvé lorsque sa mère avait annoncé connaître le sombre passé de Truman.

— Que tu me *laisserais* le fréquenter ?

— Bien sûr, ma chérie. Tu *es* ma fille. Quelqu'un doit veiller sur toi.

Quand as-tu déjà veillé sur moi ?

— Cet homme est un meurtrier reconnu coupable. Tu n'es pas en sécurité avec lui, Gemaline. Bon, tu as fait ta petite rébellion, très bien. Maintenant, il est temps de passer à autre chose et de trouver un homme plus convenable.

Elle sentit son estomac se retourner, non pas à cause de ce que sa mère avait découvert ou de cette façon désinvolte qu'elle avait de lui annoncer, mais parce qu'elle rabaissait sa relation avec Truman.

— Et évidemment, tu étais *si* inquiète pour moi que tu as choisi d'attendre et de me dire ça à ta collecte de fonds, là où tu pensais que je ne ferais pas de scène ! s'emporta-t-elle. Mais la vérité, *Mère*, c'est que je suis *très* en sécurité avec lui. Plus en sécurité avec lui que je ne l'ai jamais été avec toi, parce que c'est quelqu'un de bien. Il sait comment aimer de tout son cœur, et il se soucie de *moi*, pas de mon apparence ou de ce que les autres pensent de moi. Sais-tu au moins pourquoi il était en prison, ou tu t'en fiches ?

— *Le meurtre*, Gemaline. Après ça, rien ne compte.

Gemma se plaça devant sa mère, la forçant à la regarder, peut-être pour la première fois de sa vie.

— Sa mère se faisait *violer*. Il l'a *sauvée*. *Ça* compte. C'est la *seule* chose qui compte. Tu sais ce qui n'a *pas* d'importance, Mère ?

Sa mère contracta la poitrine. Elle leva le menton et regarda Gemma d'un air dédaigneux dans un silence froid.

— Ma robe, dit Gemma en serrant les dents, des larmes de colère et de douleur remplissant ses yeux, ce que ces gens pensent de moi, ou – et ça me fait mal de le dire, même si ça ne devrait pas – ce que *tu* penses de moi. Rien de tout cela ne compte, parce que rien de tout cela n'est réel. J'ai passé ma vie à assister à ces réceptions parce qu'elles sont importantes pour toi et, d'une certaine manière, j'ai toujours espéré devenir tout aussi importante à tes yeux. Mais il est clair que tout ce que tu vois quand tu me regardes, c'est quelqu'un à marier pour que tu puisses organiser un mariage ou être liée à une autre famille riche. Eh bien, devine quoi ? J'en ai assez.

Elle soutint le regard d'acier de sa mère.

— J'en ai assez d'essayer de faire ce qui est bien pour toi alors que tu n'as *jamais* rien fait de bien pour moi.

— Ne prends pas ce ton avec moi. Que dirait ton père ?

Gemma rit d'un air moqueur, un rire de garce, bruyant, qui attire l'attention.

— Comment pourrais-je savoir ce qu'il dirait ? Il ne me parlait jamais. Et toi non plus, sauf pour m'énumérer toute la liste de choses que je devais améliorer. Et tu sais quoi ? J'ai très bien évolué *malgré* vous deux et votre besoin constant d'être froids et oppressants.

S'étant trop laissée emporter par la vérité pour s'arrêter, et malgré les invités qui les regardaient, bouche bée, elle poursuivit sa tirade.

— Je *sais* aimer, et je suis quelqu'un que l'on *peut aimer*, ce dont je n'étais pas vraiment sûre pendant une bonne partie de ma vie. J'en ai assez de venir à ces événements ridiculement snobs, et la prochaine fois que tu m'adresseras la parole, tu *m'appelleras* par mon prénom. *Gemma.* Et tu me demanderas comment je vais, sinon tu ne m'appelles pas du tout.

Puis elle marmonna :

— Peut-être qu'un faux certificat de naissance n'est pas la pire chose qui puisse arriver à un enfant.

— Quoi ? ! s'énerva sa mère.

— Rien. Au revoir, Mère.

Les jambes tremblantes, elle fonça vers la sortie avant que sa mère n'interprète mal ses larmes, les associant à autre chose que la raison principale – le fait de finalement accepter qu'elle comptait très peu pour la femme qui l'avait mise au monde et qu'il était temps de tourner la page. Attendre que le voiturier lui amène son véhicule fut un enfer. Elle se jeta sur le siège conducteur et éclata en sanglots alors qu'elle se démenait pour sortir son téléphone de son sac. Mais à quoi avait-elle pensé en forçant Truman à choisir entre le fait de garder ses enfants ou faire ce qu'*elle* pensait être bon ? C'était *lui* qui était bon. Bon pour les enfants et pour elle.

Elle sortit du parking et alluma son téléphone, ayant l'intention de l'appeler et de lui dire exactement ça, lorsque son portable vibra à cause d'un appel entrant et le visage de Truman apparut sur l'écran, provoquant d'autres sanglots.

— Tru…

— Quincy a disparu. Il a quitté sa cure de désintoxication il y a une heure. Il faut que j'aille le retrouver. Les enfants sont chez Bear.

Qu'allait-il encore devoir endurer ?

Avant même qu'elle ne puisse trouver les mots pour lui répondre, il dit :

— C'est de ma faute. Je l'ai supplié de rester dans le programme pour qu'il puisse demander la garde des enfants afin qu'ils restent dans la famille. C'était trop de pression. Je suis un putain d'idiot.

— Non, dit-elle d'une voix presque suppliante.

Ce n'était pas de sa faute. C'était de la sienne.

— Rentre chez toi au cas où il se drogue et débarque chez moi. Je t'appellerai quand j'en saurai plus.

— Tru...

La ligne fut coupée.

CHAPITRE VINGT-SIX

TRUMAN ROULA DANS l'allée à une vitesse folle. Cela faisait des heures qu'il cherchait Quincy quand Gemma l'avait appelé et prévenu qu'il était avec elle. *Il est chez toi. Viens.* Il freina brusquement devant *Whiskey Automobile*, coupa le moteur et se précipita vers l'arrière du bâtiment.

Gemma se tenait dans la cour, lui tournant le dos. Elle pivota quand il s'approcha et son regard passa d'elle à Quincy, même s'il s'adressait à Gemma.

— Je t'avais dit de rentrer chez toi.

— Je ne t'ai pas écouté, répondit-elle d'une voix tremblante, détournant son attention de son frère qui était rigide et tendu devant lui, pour se focaliser sur elle.

Gemma avait les yeux rouges et gonflés et des larmes fraîches coulaient le long de ses joues. Truman sentit le feu brûler en lui. Il fit un pas en avant vers son frère, prêt à lui tordre le cou s'il avait osé la toucher.

— Qu'est-ce que tu as fait ?

Gemma lui prit le bras, l'empêchant d'avancer vers Quincy.

— Il m'a raconté. Il m'a tout raconté.

Truman sentit son estomac se tordre, lui coupant le souffle.

— Quoi ?

— *Tout*, Tru.

Elle resserra son emprise sur son bras.

Truman ne parvenait plus à respirer. Quelques heures plus tôt, il avait reçu la meilleure nouvelle de sa vie au palais de justice et, désormais, son monde s'effondrait à nouveau autour de lui. Il jeta un regard noir en direction de Quincy, son incrédulité pesant sur chaque mot.

— Mais qu'est-ce que tu as fait ?

Quincy s'avança sous la lumière du porche. Ses yeux étaient larmoyants et il avait l'air triste, mais indubitablement soulagé.

— Je n'ai pas pu, mon frère. Je ne peux pas laisser ta vie s'effondrer à cause de moi. Plus maintenant. Pas si je veux rester clean.

Truman eut l'impression que le monde basculait. Il s'écroula sur les escaliers et enfouit son visage dans ses mains.

— Tu ne réalises pas ce que tu viens de faire. Maintenant, elle est impliquée.

— Non. Il va aller voir la police demain. Il leur dira tout. Je n'aurai pas d'ennuis.

— Pourquoi, Quincy ? l'implora Truman, incapable de regarder Gemma, effrayé que son mensonge n'ait tout gâché. Pourquoi as-tu fait ça ? Je t'ai dit que je trouverais une solution.

Quincy étira ses épaules en arrière, soutenant le regard de son frère avec une confiance et une détermination que Truman n'avait encore jamais vues.

— Parce que tu es toujours ma forteresse et mon guide, mec. Parce que si je n'arrive pas à me sortir cette merde de la tête, je me tournerai à nouveau vers la drogue pour y échapper. Pourquoi crois-tu que j'ai commencé à en prendre ? C'est trop dur de savoir que j'ai foutu ta vie en l'air. Et, frérot, c'est ce qu'il y a de mieux à faire.

— Tu ne peux pas faire ça, Quincy, le supplia Truman. Je

retournerai en prison pour parjure. Et toi aussi. Dieu sait combien de temps ils t'incarcéreront pour ce qu'il s'est passé *et* en plus je perdrai les enfants. Ensuite, que se passera-t-il ? Qu'est-ce qu'il leur arrivera ? Qu'est-ce qu'il t'arrivera à toi ?

— Je n'ai pas toutes les réponses, dit Quincy. Mais il faut que je le fasse. Et je n'en ai pas fini avec la cure de désintoxication. Loin de là.

— Je ne peux pas te sauver ou aider les enfants si tu fais ça, dit Truman, plus à lui-même qu'à Quincy.

— Tu ne peux pas me sauver, Truman. Tu ne le vois donc pas ? Tu ne comprends pas ? Il n'y a que moi qui puisse me sauver, dit Quincy. Et j'ai pensé aux enfants. Peut-être que Bear et Dixie peuvent les élever si ça tourne mal.

— Vous n'aurez pas besoin de Bear ou Dixie. J'interviendrai. Tu sais que je le ferai.

Des larmes coulèrent le long des joues de Gemma alors qu'elle s'accroupissait devant Truman qui était toujours assis sur les marches.

— Tu n'as pas commis de crime.

C'était un fait, non une question, énoncé avec crainte et non sur un ton accusateur.

Il secoua la tête.

— Mais tu étais prêt à risquer *à nouveau* ta liberté pour protéger et élever les enfants. À tout *risquer*. Y compris moi.

Truman secoua la tête.

— Non. Je n'avais pas l'intention de te perdre. Je suis allé au palais de justice pour en savoir un peu plus sur le processus, comme tu l'as suggéré. Tu avais raison, Gemma. Il existe un autre moyen.

Il jeta un regard noir en direction de Quincy.

— Il *existait* un autre moyen.

Gemma porta la main à sa bouche, et des larmes coulèrent le long de ses joues.

— Tu es allé au palais de justice ?

Il hocha à nouveau la tête, essayant de calmer la tempête qui faisait rage en lui, assez longtemps pour lui exposer ce qu'il avait appris avant de partir à la recherche de son frère.

— Comme l'État n'est pas impliqué et que les enfants sont sous ma responsabilité, il faut que j'aille déposer une Réclamation pour la Garde auprès du tribunal. Ils m'ont dit que si j'apportais le certificat de décès de ma mère et déclarais sous serment que le père est introuvable, ça devrait être bon. Le tribunal n'enquête généralement pas sur les Réclamations pour la Garde à moins qu'une partie au litige n'en fasse la demande. Personne ne peut s'y opposer. Ils ont dit qu'elle serait généralement accordée sans une audience durant le cours normal des affaires de la cour. Mais désormais…

Il regarda Quincy qui paraissait plus confiant et lucide qu'il ne l'avait jamais vu. Il était partagé entre la sobriété de son frère et le prix à payer pour tous ceux qui étaient impliqués.

ÊTRE TOTALEMENT BOULEVERSÉE décrivait à peine ce que ressentait Gemma actuellement. Entre sa dispute avec sa mère et le fait d'avoir appris la vérité sur le crime de Truman — *de Quincy* – elle arrivait à peine à penser. Mais il ne fallait pas beaucoup réfléchir pour comprendre que si Truman et Quincy voulaient avoir une chance de sortir vainqueurs de ce cauchemar, il n'y avait qu'une seule façon d'agir. Et elle n'était même pas certaine que ce qu'elle avait en tête puisse les aider.

Ou si j'arriverai à passer cet appel.

Truman lui prit la main.

— Je suis désolé pour tout ça. De t'avoir menti en te disant que j'avais tué cet homme et de t'avoir impliquée dans cette situation tout court.

Mon Dieu, comme elle l'aimait. Elle aimait sa loyauté, la profondeur de son amour et tout le reste. Elle n'allait pas le laisser culpabiliser d'avoir fait ce qu'il fallait pour protéger son frère, pas quand il lui avait prouvé qu'il était le meilleur homme qui soit.

— Arrête. Je ne t'en veux pas de ne pas m'avoir dit la vérité. Je sais que tu ne pouvais pas faire autrement.

Elle jeta un coup d'œil à Quincy qui avait tellement porté le poids de la culpabilité sur ses épaules, c'était un miracle qu'il ait survécu. Comment avait-il trouvé le courage d'aller de l'avant, sachant que son frère serait livide, tout ça pour offrir à Truman l'avenir qu'il méritait ? Il avait avoué tous ses méfaits, sans retenir ses larmes et plein de regrets. Il lui avait expliqué comment s'était produit le crime, comment Truman était intervenu pour s'occuper de tout et comment sa mère l'avait trahi. La force et la détermination de ces deux hommes étaient incommensurables et elle savait que, malgré le long chemin qu'il lui restait à parcourir pour se débarrasser de son addiction à la drogue, et les batailles juridiques qu'ils allaient devoir affronter, ils étaient une famille dont elle voulait faire partie.

Focalisant à nouveau son attention sur Truman et leur conversation, elle lui dit :

— Tout comme tu ne peux pas être en colère contre Quincy pour vouloir faire ce qui est juste. Tu m'as montré que la limite entre le bien et le mal peut parfois être floue, mais que protéger ceux que tu aimes est la bonne chose à faire, quel qu'en soit le prix.

Elle ouvrit son sac à main et en sortit son téléphone.

— Qui appelles-tu ? demanda Truman.

— Tu as besoin du meilleur conseiller juridique qui soit et que l'argent peut offrir, et mon beau-père est le meilleur.

— Chérie, je n'ai plus d'argent, dit Truman avec regret.

Repensant à cet énorme compte en banque sur lequel sa mère avait versé de l'argent pour elle pendant près de dix ans elle rétorqua :

— Mais moi, oui.

ÉPILOGUE

GEMMA PASSA EN REVUE plusieurs robes lors d'une braderie avec Crystal et Dixie, cherchant une tenue pour Kennedy pour la parade de Pâques le week-end prochain. Au cours de ces derniers mois, elle s'était vraiment affirmée. Ils l'avaient progressivement habituée à la foule, l'emmenant au zoo et marcher sur la plage ou au centre commercial et elle avait plus que hâte d'aller à la parade de Pâques. Cela faisait désormais cinq mois que Quincy avait tout avoué, deux mois depuis que le tribunal avait accordé à Truman un redressement post-condamnation et annulé sa sentence, et cinq semaines que Truman avait obtenu la garde des enfants. L'État aurait pu juger Truman et Quincy, cependant, le procureur avait exercé ce que Warren avait appelé son *pouvoir discrétionnaire* et avait refusé de poursuivre l'un ou l'autre en justice. Warren avait expliqué que l'âge de Quincy au moment du crime et la peine que Truman avait purgée en prison avaient fortement pesé dans cette décision.

— Et que penses-tu de ça ? demanda Dixie en lui montrant une robe rose avec des girafes et des fleurs imprimées dessus. Elle adore les animaux et les fleurs.

Les animaux sauvages étaient la nouvelle obsession de Kennedy et Truman avait travaillé dur pour écrire de nouveaux contes de fées centrés sur les animaux. Même s'ils avaient décidé de l'habituer aux contes de fées plus classiques puisqu'elle entrerait en maternelle à l'automne.

— Ou ça !

Crystal lui présenta une robe multicolore avec de la dentelle sur les bords. Grâce à Crystal, Kennedy aimait les vêtements avant-gardistes autant qu'elle aimait les froufrous.

— Et si on lui demandait tout simplement ? suggéra Gemma alors que Truman, Quincy et les enfants sortaient de *Luscious Licks*.

Quand Truman croisa son regard, un sourire coquin étira ses lèvres, lui provoquant des papillons dans le ventre. Ils avaient vécu ensemble pendant des mois et il lui faisait toujours le même effet. Elle savait que cela ne changerait jamais.

Il lui souffla un baiser et s'agenouilla à côté de la poussette pour donner une cuillérée de crème glacée à Lincoln.

— Dada.

Lincoln agita les bras de haut en bas avec excitation. Il appelait Truman *Dada* et Gemma *Mama* depuis deux semaines et, même si au début Truman avait essayé de le corriger, il avait abandonné depuis. Lui et Gemma adoraient ces marques d'affection. Lincoln validait progressivement toutes les étapes, agitant la main pour dire au revoir et se mettant debout en s'accrochant à tout ce qu'il pouvait, allant de la table basse à la jambe de Truman. Son jeu préféré, à part tirer la barbe de l'oncle Bullet, était de cacher son visage entre ses mains pour ensuite dire coucou.

Lincoln tendit la main vers la cuillère et Quincy rigola.

— Il a hérité de mon appétit.

Quincy avait pris du poids au cours des derniers mois, rivalisant avec la carrure massive de son frère aîné. Après plusieurs mois stressants, Quincy avait terminé sa cure de désintoxication et travaillait à temps plein dans une librairie, et Gemma en était ravie. Il s'était avéré qu'après Truman qui excellait en art, c'était Quincy qui excellait dans les études. Il avait même réussi son GED[9] avec brio et s'était inscrit dans une université communautaire et était exceptionnellement bon dans tous ses cours. Deux semaines plus tôt, Truman, Gemma et les enfants avaient loué une maison dans une rue résidentielle près de l'école maternelle, et Quincy avait pris l'appartement de Truman. Sa relation avec Truman avait connu des hauts et des bas au cours de ces premières semaines, mais, désormais, ils étaient plus proches que jamais.

Alors que Gemma regardait les deux frères se taquiner, elle remercia mentalement son beau-père qui avait gratuitement accepté de s'occuper de leur situation malgré le fait que sa mère avait tenté de convaincre Warren de ne pas aider son *petit ami marginal*. Elle n'avait jamais compris sa mère et, alors qu'elle observait les enfants, Truman et Quincy, elle réalisa que ce n'était pas grave. Tous les parents n'avaient pas besoin d'être compris, ni d'être aimés d'ailleurs. Elle avait un beau-père avec qui elle établissait une relation qui lui paraissait presque paternelle et une famille et des amis qu'elle adorait.

— Hé, Kennedy, l'interpella Crystal en lui montrant la robe qu'elle avait trouvée. Qu'est-ce que tu penses de cette robe ?

— Zoli ! répondit la petite qui avait de la glace partout autour de la bouche.

Sa petite langue tourna pour la nettoyer.

Dixie s'accroupit à côté d'elle et lui présenta la robe rose qu'elle avait choisie.

---

[9] Équivalent du Baccalauréat

— Et celle-ci ?

La réponse de Kennedy fut noyée par le grondement des motos alors que Bear, Bones et Bullet se garaient sur le trottoir.

— Be-ah ! glapit Kennedy.

Bear enleva son casque et descendit de la moto, prenant la petite fille dans ses bras. Quand son cône de glace heurta son menton, il leva les yeux au ciel et haussa les épaules face à tout ce désordre, ce qui fit rire Kennedy.

— Qu'est-ce que vous faites là ? demanda Gemma.

Bones et Bullet échangèrent un regard avec Truman qu'elle ne sut pas interpréter. Elle réalisa soudain que Truman était resté silencieux aujourd'hui et elle se demanda ce qui lui arrivait.

— On a entendu dire qu'il y avait des filles sexy qui traînaient dans le coin, répondit Bear en regardant Crystal d'un air séducteur, la faisant lever les yeux au ciel.

C'était devenu leur *truc*. Il draguait Crystal qui pour une raison obscure – qu'elle ne partageait d'ailleurs pas avec Gemma – le repoussait sans cesse.

— Et des glaces gratuites.

Bones prit Kennedy dans ses bras et lécha sa glace.

— Boni ! se plaignit Kennedy.

Ils éclatèrent tous de rire en entendant le surnom qu'elle lui avait attribué. Elle se tortilla pour échapper à son emprise et tendit les bras vers Truman qui se baissa et lui ébouriffa les cheveux. Il se pencha en avant et lui murmura quelque chose. Elle fronça les sourcils en signe de concentration.

— Comment va mon petit bonhomme ?

Bullet souleva Lincoln dans ses bras et ce dernier tira sur sa barbe.

— Je la rase demain.

— Ah bon ? demanda Dixie.

— Ouais. J'en ai assez que ce petit gars tire dessus.

Il embrassa le bébé sur la joue et celui-ci tira à nouveau sur ses poils, gloussant comme un fou quand Bullet lui grogna dessus.

Cela réchauffa le cœur de Gemma de voir tout l'amour que l'on portait à ces enfants. Tout l'amour qu'on lui portait à *elle*. Elle chercha Truman du regard, comme à son habitude, et elle le surprit en train de la regarder comme il l'avait fait tant de fois au cours des derniers mois, avec émerveillement et avec tant d'amour qu'elle avait l'impression qu'il l'étreignait.

Kennedy tendit son cône vers Gemma, écrasant la friandise contre sa jupe. Gemma se pencha en avant, laissant la crème glacée de côté et préférant profiter de ces bisous pleins de glace à la place.

— Hum. Les meilleurs bisous du monde, dit Gemma en rigolant.

Elle n'était peut-être pas la mère de Kennedy et Lincoln, mais elle les aimait autant que n'importe quel autre parent.

— Je m'en occupe, ma chérie, proposa Truman en se penchant pour essuyer sa jupe avec une serviette. Il se releva avec un beau sourire – lui provoquant à nouveau des papillons dans le ventre – et lui tendit son cornet de glace.

— Non, merci. Ces baisers gelés m'ont suffi.

Crystal et Dixie tressaillirent et Gemma regarda autour d'elle, se demandant ce qu'elles avaient vu. Crystal pointa Truman du doigt et elle vit qu'il avait posé un genou par terre devant elle, lui offrant toujours sa glace – avec une magnifique bague en diamant solitaire coincée à l'intérieur et qu'elle n'avait pas vue.

— OhmonDieu, Truman ? !

Elle rencontra son regard impatient et aimant et son cœur se gonfla dans sa poitrine, prenant alors tout l'espace.

— Ma douce, je ne peux pas t'offrir le glamour et les paillettes, mais je peux t'offrir des taches de glace, des contes de fées faits maison et des baisers de minuit.

Son regard s'enflamma lorsqu'il prononça les mots *baisers de minuit* et elle se demanda s'il pensait à la nuit dernière, quand ils avaient fait l'amour dans leur nouvelle maison. Une *vraie* maison, où les enfants pourraient grandir et inviter des amis et vivre une vie heureuse en toute sécurité.

— Et une famille qui t'adore, si tu veux bien de nous. Je te laisserai même écrire cet article pour lequel tu me harcèles si tu acceptes de m'épouser. Acceptes-tu d'être mon épouse, Gemma ? Est-ce que tu veux bien *nous* épouser ?

Les larmes coulèrent.

— Je ne veux pas de glamour et de paillettes. Tout ce dont j'ai toujours rêvé est juste là, sur ce trottoir. Oui, Tru Blue. J'accepte de t'épouser.

Il se leva, léchant la bague pour la nettoyer avant de la glisser à son doigt.

— Elle est petite et collante, mais un jour je la remplacerai par une plus grande.

— Non, tu ne feras rien de tout ça, dit-elle admirant cette magnifique preuve d'amour. Elle est parfaite.

Tout le monde cria et applaudit lorsque ses bras puissants l'entourèrent et qu'il l'embrassa. C'était le baiser le plus incroyable de toute sa vie – le baiser de son futur mari.

Kennedy tenta de se glisser entre leurs jambes et ils s'écartèrent en rigolant alors que Truman prenait *leur* petite fille dans ses bras.

— Maintenant t'es ma moman ? demanda Kennedy avec excitation.

Les yeux de Gemma se remplirent de larmes. Elle jeta un regard intrigué à Truman.

— Je ne sais pas ce qui a déclenché ça, mais toute la journée, elle n'a pas arrêté de me demander si elle pouvait nous appeler Papa et Maman.

Il haussa les épaules, avec le sourire le plus doux et le plus sexy qu'elle ait jamais vu.

Gemma avait dû se tromper, quelques mois plus tôt. C'était bien maintenant que ses ovaires semblaient exploser de l'intérieur et non pas le jour où elle avait rencontré Truman pour la première fois.

— Oui, ma puce. Je serais honorée d'être ta maman.

Prêts pour plus de Whiskey ?

Tombez amoureux de Bear et Crystal dans *Comme une étincelle*

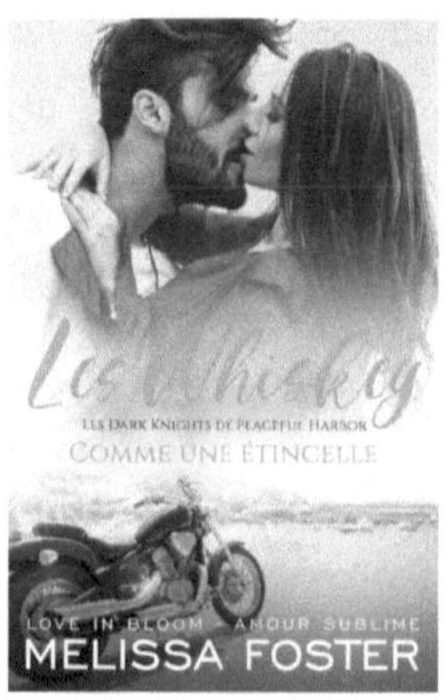

Huit mois, c'est sacrément long quand on craque pour une femme qui garde résolument ses distances avec vous. Mais Crystal Moon n'est pas n'importe quelle femme. C'est une pécheresse sexy en diable, une dure à cuire et une grande gueule, et elle tient le premier rôle dans les fantasmes nocturnes de Bear Whiskey. C'est aussi l'une de ses plus proches amies.

Alors que Crystal pense avoir remis sa vie sur les rails, elle est bousculée par un Bear torride comme la braise, possessif, brutal et farouchement loyal. Il l'attise comme personne, implacable et bien décidé à la faire *sienne*.

Plus Bear insiste, plus leur passion s'embrase, déterrant des souvenirs que Crystal aurait préféré laisser enfouis. Pourtant, impossible d'empêcher la collision entre le passé et le présent. Les deux amoureux sont catapultés sur un chemin chargé en émotions, qui les pousse à remettre en question tout ce qu'ils croyaient savoir sur eux-mêmes.

Achetez *Comme une étincelle*

Inscrivez-vous à la newsletter de Melissa pour ne pas rater les prochaines parutions et promotions.
www.MelissaFoster.com/French-Romance-Newsletter

Remerciements

Merci d'avoir lu l'histoire de Truman et Gemma. J'espère que vous êtes tombés amoureux d'eux, ainsi que des adorables Kennedy et Lincoln, et toute notre merveilleuse et chaleureuse famille, dont chaque membre connaîtra son histoire de conte de fées.

Il y a tant de personnes à remercier pour avoir discuté avec moi à bâtons rompus de Truman et Gemma. Amy Manemann, Natasha Brown, Elise Sax et bien d'autres. Merci d'avoir toujours été là. Toute ma gratitude à Maître Aiden Smith pour m'avoir aidée à comprendre les processus juridiques. J'ai pris quelques libertés narratives avec l'histoire et toutes les erreurs sont les miennes (ce n'est pas représentatif des connaissances juridiques excellentes d'Aiden).

Comme toujours, merci à mon incroyable équipe de correction. Grâce à vous, mes histoires sont encore meilleures pour les lecteurs. Et merci à ma famille pour son soutien sans faille.

Retrouvez Melissa

www.MelissaFoster.com

Melissa Foster est une auteure primée, dont les best-sellers figurent aux classements du *New York Times*, du *Wall Street Journal*, et de *USA Today*. Ses livres sont recommandés par le blog littéraire de *USA Today*, le magazine *Hagerstown*, *The Patriot* et de nombreuses autres revues.

Retrouvez Melissa sur son site web ou discutez avec elle sur les réseaux sociaux. Melissa aime parler de ses livres avec les clubs de lecture et les groupes de lecteurs. N'hésitez pas à l'inviter à vos événements. Les livres de Melissa sont disponibles dans la majeure partie des boutiques en ligne, en version papier et numérique.